THOMAS MONTASSER

DAS GLÜCK DER KLEINEN AUGENBLICKE

The Times, 15. August

Manuskript verloren!
Am Freitag, den 12. August, habe ich ein fast vollendetes Manuskript verloren. Falls Sie es gefunden haben, melden Sie sich bitte. Selbstverständlich werde ich Ihre Ehrlichkeit belohnen. Chiffre

EINS

Es gibt diese Tage im Leben, die alles verändern. Jeder erlebt sie, einige erkennen sie sogar. Bei manchen aber sind es Tage, an denen plötzlich jede Kleinigkeit von unvorstellbarer Bedeutung zu sein scheint. Einen solchen Tag erlebte – zumindest kam es ihr selbst so vor – Marietta Piccini in jenem denkwürdigen August vor einigen Jahren. Aber der Reihe nach.

Zunächst hatte der Wecker verschlafen. Aus irgendeinem Grunde hatte er drei Minuten zu spät geklingelt. Es waren die drei Minuten, um die sie verspätet an der Bushaltestelle angelangt war – um also den nächsten Bus nehmen zu müssen. Jenen Bus, in dem sie sich unvorsichtigerweise hinsetzte, ohne auf den Fleck zu achten, der auf dem Sitz war und nun unschön ausgerechnet dort an ihrem geblümten Kleid haftete, wo ein Fleck sich besonders beschämend ausnahm.

Als sie vor dem Verlag ankam, begann es gerade so rechtzeitig sturzflutartig und ohne jede Vorwarnung zu regnen, dass sie auf den wenigen Metern bis zum rettenden Hauseingang praktisch bis auf die Haut durchnässt war. Immerhin hatte sie ihre Tasche halbwegs vor Überflutung schützen können, indem sie sich darüber gekrümmt hatte. Das war ihr nicht nur der Tasche wegen wichtig, sondern mehr noch wegen des Inhalts: Sie trug nämlich in dieser Tasche die Ausbeute der Arbeit einer ganzen Woche, in der sie abends und bis spätnachts Manuskripte geprüft hatte.

Im Hausflur blieb sie einige Minuten stehen, um nicht alles vollzutropfen in den eher beengten Räumlichkeiten ihres Arbeitgebers oder vielmehr: Auftraggebers. Denn Marietta Piccini war nicht angestellt, sondern nur als freie Mitarbeiterin tätig – wie hätte sich ein so kleiner Verlag festangestellte Beschäftigte leisten können mit all den Abgaben und Steuern, die das bedeutete.

Das Türschild schimmerte matt im Halbdunkel. *Millefeuille. Verlag für schöne Literatur* stand in schwarzen Lettern auf der Messingtafel geschrieben. Die junge Lektorin atmete tief durch, fuhr sich noch einmal durchs nasse Haar und klingelte. »Die Tür ist nur angelehnt!«, rief jemand von drinnen. Also trat Marietta Piccini ein, ihre Tasche fest unter den Arm geklemmt. Heute würde sie es wagen. Heute würde sie ...

»Ah, Miss Puccini!«, murmelte der Verleger, der an seinem Schreibtisch stand und sich über einige Probeandrucke gebeugt hatte, ohne zu ihr aufzublicken.

»Ich habe Sie schon an der Melodie Ihrer Schritte erkannt. Setzen Sie sich, ich bin gleich fertig.«

Wer die Räume des kleinen, aber sehr feinen *Millefeuille* Verlags betritt, tritt ein in eine Welt, die man aus guten Gründen als untergegangen bezeichnen kann. Solche Verlage gibt es eigentlich nicht mehr – wenn man von jenem, übrigens gar nicht so alten, Unternehmen absieht, das Mr. John Thornton in einem Anfall leidenschaftlicher Liebe zur Literatur und hoffnungslosen Wahnsinns gegründet und seither gegen alle Wahrscheinlichkeit und Logik zu einem kleinen, aber kerngesunden Bücherhaus entwickelt hatte.

Die Geschichte der Literatur ist ja nicht nur die Geschichte der verlegten Werke, also all jener Bücher, die als solche den Leserinnen und Lesern vorgestellt wurden und mehr oder weniger ihr Publikum gefunden haben, die Begeisterung entfacht oder Empörung hervorgerufen, Menschen inspiriert oder verstört, neue Strömungen begründet oder alte endgültig überwunden haben. Nein, die Geschichte der Literatur ist auch die Geschichte all jener Werke, die nie das Licht der Öffentlichkeit erblickt haben, die nicht zu Büchern wurden, sondern ungelesen in den Schubladen der verkannten Autoren verstauben und darauf warten, von deren Erben entsorgt zu werden – oder deren entsprechende Bestimmung sich schon erfüllt hat. Es sind ihrer weit mehr als die verlegten. Experten schätzen, dass von tausend geschriebenen Romanen einer veröffentlicht wird, bei den Erzählungen sind es noch weniger, von Gedichten ganz zu schweigen. Doch selbst diese ernüchternden Zahlen sind freilich nur die Spitze des Eisbergs, denn sie beziehen sich naturgemäß auf *die* Werke, deren Autoren überhaupt den Mut gefunden haben, sie bei Verlagen einzureichen, und die verrückt genug waren, ein Fünkchen Hoffnung zu hegen, ihr Opus könne *einen* Menschen auf diesem Erdenrund interessieren. Den Verleger zumindest.

Betrachten wir aber nur diese literarischen Schriften, so müssen wir, wenn wir ehrlich sind, häufig feststellen, dass manches, was kein Mensch lesen und schon gar keiner verlegen wollte, womöglich besser ist als jenes, was es zum Buch gebracht hat. Ja, es ist keineswegs so, dass besagtes Promille der Einsendungen, aus dem Bücher werden, unbestreitbar die Krone der literarischen Schöpfung wäre. Nicht von ungefähr sind wir ja stets aufs Neue von schwachen Büchern enttäuscht. Wie aber kommt es, dass manch gutes Buch nie erscheint, während so viel Unlesbares es in die Buchhandlungen und Feuilletons schafft?

Darüber hatte Marietta Piccini in langen Stunden nachgedacht. Nicht nur, weil es ihr Beruf war, die Spreu vom Weizen zu trennen. Doch obwohl sie sich tagtäglich mit dem Mysterium des Buchmarkts beschäftigte, hatte sie doch keine befriedigende Antwort gefunden. Fest stand für sie nur, dass die meisten Verlage nicht den Mut hatten, Neues auszuprobieren. Sie setzten auf Althergebrachtes, versuchten Erfolge anderer zu kopieren oder eigene Erfolge zu wiederholen. Wer in dieses Schema nicht passte, dem winkte kaum je eine Veröffentlichung.

Mr. Thornton war übrigens in dieser Hinsicht kein Vorwurf zu machen. Er hatte es immerhin gewagt, einen Verlag zu gründen, mit dem er Bücher verlegte, wie sie sonst kaum verlegt werden: schöne Bücher. Besondere Geschichten. Er probierte gelegentlich etwas Neues aus, manchmal mit Erfolg, manchmal, um sich eine blutige Nase zu holen. Aber natürlich kann ein Verleger seines Formats den Buchmarkt nicht revolutionieren. Dafür ist er zu klein, zu verschroben, zu speziell. Und die Buchhändlerinnen und Buchhändler, die seine Veröffentlichungen im Sortiment führen, gehören auch nicht zu den Beklagenswerten, die nichts wagen und stattdessen nur der Mode folgen.

Dennoch geschieht es – und es geschieht überraschend oft –, dass Miss Piccini ein Manuskript vorschlägt, von dem sie zutiefst überzeugt ist, und das dennoch nicht bei *Millefeuille* ins Programm kommt. Das sollte an jenem denkwürdigen Tag im August auf geradezu verwirrende Art anders sein.

»Nun«, sagte Mr. Thornton und nahm seine Brille ab, um sie an seinem Pullover zu putzen. Als er sie wieder aufsetzte und mit müden, aber freundlichen Augen auf die junge Lektorin blickte, schienen die Gläser eher noch trüber zu sein. »Setzen wir uns. Was haben Sie heute für mich?« Er trat zu der sehr einladenden Ecke seines Büros, in der er – umgeben von hohen Büchervitrinen – ebenso altertümliche wie gemütliche Sitzmöbel aufgestellt hatte. Alles wirkte gediegen, wie in einem traditionellen Club, wenn man davon absah, dass der Verleger (ob nun zum Befremden seiner Gäste oder aus purem Zufall) in den Vitrinen bevorzugt Werke der sogenannten Sittengeschichte verwahrte.

»Ähm ... ja.« Miss Piccini räusperte sich und wählte den Sessel mit Blick auf das entzückende Programmkino auf der anderen Straßenseite, in dem man eine französische Komödie gab, einen Film über die Macht des Schicksals und die Ohnmacht der kleinen Fluchten eines in die Jahre gekommenen Herrenschneiders. »Ich habe heute etwas mehr mitgebracht. Es waren ein paar sehr interessante Stoffe unter den unverlangt eingesandten Manuskripten.«

»Interessante Stoffe oder interessante Texte?« Mr. Thornton hatte das Talent, seine Mitarbeiter sehr schnell zu durchschauen. Ihre kleinen Schwächen forderten seine Neugier heraus. »Beides«, antwortete

Miss Piccini und Mr. Thornton lächelte milde. Ihre Schwäche war eine ausgeprägte Begeisterungsfähigkeit. Manchmal schien es ihm, als lese sie mehr in die Texte hinein, als tatsächlich darin stand. Aber vielleicht war das ja überhaupt eines der Geheimnisse genussvollen Lesens. Mr. Thornton griff nach seiner Pfeife, klopfte den Tabak etwas fester und zündete sie mit mehrmaligem Nicken an, was Miss Piccini als Aufforderung verstehen durfte, ihre Trouvaillen zu präsentieren. Sie nahm die Mappen mit den Manuskripten, Exposés und Textproben aus ihrer Tasche und schlug die erste auf.

Es hatte sich ein Ritual zwischen dem Verleger und seiner Lektorin herausgebildet, wonach er sich von ihr stets die ersten paar Absätze eines Textes vorlesen ließ, um den Klang des Werkes kennenzulernen, worauf dann Miss Piccini in wenigen Sätzen zusammenfasste, worum es in dem Manuskript ging und weshalb es ihr so überzeugend erschien. Sie räusperte sich also und begann mit ihrer übrigens sehr klaren Stimme und einem eher unklaren Akzent vorzulesen:

Es war schon spät, als Herr Seidelbast seine Arbeit beendete und – wie jeden Tag – die eingesammelten Bücher auf einen Stapel legte und seine Laterne darauf abstellte. Ich saß unter dem Dach des nahen Taubenhauses und sah ihm zu, wie er die Tische wischte und die Stühle kippte, damit sich kein Wasser darauf sammeln konnte, falls es in der Nacht regnete. Sebastian Seidelbast war sehr alt, vermutlich älter, als ich es mir zu der Zeit überhaupt vorstellen konnte. Er hatte in unserer Pension gearbeitet, solange ich mich erinnern konnte. Und jeden Abend hatte er die Bücher der Gäste eingesammelt, hatte sie gestapelt und seine Laterne darauf abgestellt, um noch die Tische zu wischen und die Stühle zu kippen. Jeden Abend, meine ganze Kindheit über. Bis zu jenem Tag, an dem er nach getaner Arbeit einen Stuhl wieder hinstellte und sich darauf setzte.

Er nahm die Laterne herab und stellte sie behutsam auf den Tisch neben sich. Dann zog er ein Buch aus seiner Jackentasche und begann zu lesen. Eine Weile beobachtete ich ihn noch. Doch irgendwann schlief ich ein. Das stete Rauschen der Wellen, der milde Sommerwind, das leichte Schaukeln des Taubenhauses, all das hatte mich müde gemacht und wiegte mich nun in eine traumbeladene Nacht, in der sich seltsame Dinge ereigneten und geheimnisvolle Gestalten auftauchten. Bis mich eine Flaumfeder, die mir vor die Nase geweht worden war, wachkitzelte. Ich rieb mir die Augen und blinzelte ins Dunkel. Herr Seidelbast war weg. Die Laterne aber war noch da. Und unter meinem Kopf lag, wie ich jetzt bemerkte, ein Buch. Sein Buch. Denn auch der Bücherstapel stand noch so auf dem Tisch, wie er ihn dort aufgerichtet hatte.

Verwirrt nahm ich das Buch zur Hand und versuchte zu

entziffern, was auf dem Umschlag geschrieben stand. Doch da war außer einem Bild nichts zu erkennen: Es stellte einen Mann dar mit einem Hut, nein, eigentlich war fast nur der Hut zu sehen, von dem Mann erkannte man nur ein wenig weißes Haar. Auf diesem weißen Haar also saß ein weißer Hut. Auf dem Hut aber saßen zwei Kinder, gerade so groß, als wären sie Spatzen, die sich darauf niedergelassen hatten. Ein Mädchen und ein Junge, der etwas größer war, ganz so wie mein Bruder und ich. Eigentlich sahen die beiden wirklich aus, als wären es wir beide gewesen. Und der Junge deutete mit der Hand in die Ferne, als ob es dort etwas ganz Besonderes zu sehen gäbe. Zu gerne hätte ich gewusst, worauf der Junge zeigte. Ob es mir der Titel des Buches verraten würde? Neugierig schlug ich es auf. Doch es war zu dunkel in meinem Taubenhaus. Also kletterte ich heraus und setzte mich an den Tisch, gerade auf den Stuhl, auf dem vorhin noch Herr Seidelbast gesessen hatte. Die Laterne warf ihr weiches Licht in einem Kreis über Tisch und Stuhl und Buch. Der Wind hier draußen war etwas frischer und ich fröstelte, als ich das Buch erneut aufschlug und nun sehr deutlich in schönen Buchstaben las: Die Bibliothek der Träume.

Miss Piccini hielt inne. Über der Pfeife des Verlegers ringelten sich Rauchwölkchen gen Zimmerdecke. Eine kleine Weile saßen sie schweigend. Dann streckte Mr. Thornton die Hand aus und ließ sich das Manuskript geben. »Selten, dass wir hier über eine Geschichte in der ersten Person sprechen. Warum gibt es eigentlich so wenige Ich-Erzählungen? Ich habe den Eindruck, früher war das gebräuchlicher.« Er ließ den Blick über die ersten Seiten schweifen. »Der Ton gefällt mir«, murmelte er. »Die Erzählerin ist ...?«

»Ein junges Mädchen, vielleicht zwölf Jahre alt.«

»Natürlich«, murmelte der Verleger verdrießlich. »Scheinbar kann niemand mehr Geschichten über Jungen erzählen. Sie wissen, dass wir kein Kinderbuchverlag sind.« Keine Frage. Eine Feststellung, natürlich.

Miss Piccini lächelte unsicher. »Das ist auch kein Kinderbuch«, erklärte sie. »Jedenfalls nicht nur.«

»Natürlich.« Und es klang wie eine Wiederholung. »Wer würde schon eine Geschichte schreiben, die nur für Kinder ist?« Ein leicht melancholischer Anflug wehte über seine Züge, dann legte er das Manuskript beiseite, hob leicht resignierend die Hände und nickte der Lektorin wieder zu.

Miss Piccini holte Luft und schlug die nächste Mappe auf. »Eine Novelle«, erklärte sie. »Ganz hübsch. Vielleicht ein wenig traurig ...« Es klang wie eine Frage, doch da sie ein sachtes Lächeln die Züge des Verlegers umspielen sah, begann sie zu lesen.

Vierundzwanzig. Das musste es sein. Anne stand vor dem Gebäude, das sich wie ein müder Riese über die Straße erhob. Die Tür war blau gestrichen. Blau, wie die Hoffnung.

»Sagt man nicht, die Hoffnung sei grün?«, unterbrach Mr. Thornton.

»Das hat hier eine Bedeutung«, erklärte Miss Piccini und beeilte sich weiterzulesen.

Es war das Blau ihrer Kindheit, ja beinahe das Blau der Augen ihrer Mutter. Sie spürte, wie ihr Herz schneller schlug. Ob er sie erwartete? Ob er alleine war? Plötzlich durchfuhr sie ein stechender Schmerz. Was, wenn er ihr nicht verzeihen konnte?

Ein Brummen des Verlegers ließ sie innehalten. Sie kannte diese Reaktion. Er war nicht überzeugt. Weniger als das: Er mochte es nicht.

»Das ist der Anfang des Textes?«, fragte er denn auch.

»Ist es.«

»Hört sich an wie eine Stelle mitten aus der Erzählung. Hundert Informationen auf zehn Zeilen. Die Autorin kann das alles am Ende auffangen? Ich bin skeptisch.«

»Der Autor. Es ist ein junger Mann aus Cardiff. Ich weiß auch nicht. Soll ich mal die Umrisse der Erzählung schildern?«

Mr. Thornton schüttelte den Kopf. Wenn er in den vielen Jahren seines verlegerischen Daseins etwas gelernt hatte, dann war es, dass das erste Signal immer aus dem Bauch kommen musste. Fühlte sich ein Projekt nicht auf Anhieb gut an, dann durfte er es nicht machen. Also winkte er ab. »Lassen Sie nur, Miss Puccini. Wir können sowieso nicht alles machen. Für mich scheint das eher eine Geschichte zu sein, die zu einem anderen Haus besser passen wird.«

Die Lektorin widersprach nicht. Auch wenn es rational kaum erklärbar war, wie es einem Menschen gelingen sollte, anhand von fünf oder sechs Sätzen zu erkennen, ob ein Manuskript zu einem Verlag passte oder nicht, war es doch genau dieses Talent, das sie unter all den mysteriösen Talenten des John R. Thornton für das bemerkenswerteste hielt. Sie steckte die Mappe zurück in ihre Tasche und nahm Nummer drei zur Hand: *Die seltsamen Wege des Mr. Anthony Black*.

»Immerhin schon mal ein Titel, der neugierig macht. Bitte schön.«

Miss Piccini räusperte sich und begann – ein wenig leise, aber das mochte durchaus Absicht sein – zu lesen:

Im Grunde war Anthony Black ein friedfertiger Mensch. Er hatte keine übermäßig hohe Meinung von sich selbst und machte sich zu dieser Frage auch in Bezug auf andere Menschen nicht viele Gedanken. Obwohl er sich durchaus viele Gedanken machte! Umso mehr kränkte es ihn, dass es tagtäglich Menschen gab, die sich ihrerseits ein sehr eindeutiges Urteil über ihn bildeten, das sich mit einem Wort zusammenfassen lässt: »Vollidiot!«

Die meisten von uns haben sich schon öfter ein entsprechendes Urteil über einen Menschen wie Anthony Black gebildet. Das ist nicht weiter verwunderlich, denn Mr. Black ist Busfahrer. Er fährt täglich auf derselben Route, aber zu wechselnden Schichten. Das war an dem Tag, an dem diese Geschichte beginnt, anders. Mr. Black war auf eine neue Route eingeteilt worden, eine, die er besonders gerne mochte, weil sie durch einen Reihe von schönen und nicht sehr stark befahrenen Straßen im Westen der Stadt führte, in denen alte Bäume ihren Schatten warfen und der Berufsverkehr sich in Maßen hielt.

Mr. Thornton sagte nichts, sondern streckte nur die Hand aus. Die Lektorin gab ihm das Manuskript, das nicht sehr dick war und auf dessen Titelblatt ein roter Doppeldeckerbus prangte. Er blätterte ein wenig darin herum. Dann legte er seine Pfeife weg und strich sich über den sorgsam gestutzten Bart. »Ein Exposé?«

»Ist dabei«, erklärte Miss Piccini. »Ganz hinten.«

Er blätterte nach hinten, überflog den kurzen Text, dann stand er auf und legte die Mappe auf seinen Schreibtisch. »Ich werde es lesen«, sagte er, als er wieder bei seiner jungen Lektorin war. »Haben Sie noch etwas für mich?«

Miss Piccini schüttelte etwas unsicher den Kopf. »Nein, das war es«, sagte sie. Aber natürlich entging ihr sein Blick nicht, der direkt in ihre Tasche zielte, in der sich zwei Manuskripte befanden: zum einen der Text, den sie wieder hineingeschoben hatte, zum anderen eine vierte, eine letzte Mappe, die mit einer Paketschnur auf geradezu altertümliche Weise zusammengebunden war. Mr. Thorntons Blick drückte eine verschärfte Neugier aus, fast schien es, als erwarte er die größte Überraschung von dem Stapel Papier, der ihm hier scheinbar vorenthalten werden sollte.

»Das, ähm ... ist ...«, begann Miss Piccini und brach ab. »Ja, also ...« Sie seufzte. »Das ist eine seltsame Geschichte«, brachte sie schließlich hervor.

Mr. Thornton aber nahm wieder in seinem Sessel Platz und erklärte mit der größten ihm möglichen Süffisanz: »Sie wissen doch, wie sehr ich seltsame Geschichten liebe. Lassen Sie hören!« Er steckte sich seine Pfeife wieder zwischen die Zähne und versuchte sie erneut anzuzünden, allerdings vergeblich.

Vielleicht war ja diese kleine Widerborstigkeit nichts weiter als eine vorweggenommene Reminiszenz an einen sehr besonderen Fall und eine gänzlich eigensinnige Geschichte.

ZWEI

Wie so oft hatte sich Marietta Piccini festgelesen. Sie hatte eigentlich nur für einige kurze Recherchen den großen Lesesaal der London Library aufgesucht, denn wie nicht anders zu vermuten war die junge Lektorin, die aus Gründen des Studiums nach London gegangen und dann aus Gründen der Liebe geblieben war, überaus gewissenhaft und ließ ihren Autoren keine Undeutlichkeiten und schon gar keine Ungenauigkeiten durchgehen. Zurzeit bearbeitete sie ein Manuskript für *Raven Press*, eine kurze Geschichte der Irischen See in Form eines verschollenen (und schließlich auf einem Leuchtturm im Norden der Isle of Skye aufgetauchten natürlich rein fiktiven) Logbuchs. Miss Piccini liebte solche Geschichten, in denen Phantasie und Realität auf traumtänzerische Weise ineinander verflochten waren. Allerdings schätzte sie es nicht, wenn an dem beschriebenen Ort nicht nur kein Leuchtturm stand, sondern ein Heizkraftwerk, oder wenn die handelnden Personen den falschen Akzent sprachen. Auch entsprach die Form des Logbuchs keineswegs den gebräuchlichen Formen von Logbüchern aus der betreffenden Zeit. Miss Piccinis unbestechliches Auge entdeckte jeden Mangel, jeden Makel, und sie suchte und fand auch meist Lösungen, die sie den Autoren gerne so verkaufte, dass diese das Gefühl hatten, sie seien selbst auf die Verbesserungsvorschläge gekommen. Denn es versteht sich von selbst, dass Marietta Piccini ein weiches Herz und alles Verständnis der Welt für die kleinen (und manchmal auch größeren) Fahrlässigkeiten der schreibenden Zunft hatte, von ihren Nöten ganz zu schweigen.

Dennoch war sie mit ihrer Arbeit an jenem Tag nicht zufrieden. Wichtige Werke, die sie hätte zurate ziehen wollen, waren nicht am Lager verfügbar, ihr Lieblingstisch im Lesesaal war besetzt – und in der Cafeteria hatte man sich – vermutlich aus Anlass irgendeines Jubiläums – dazu hinreißen lassen, eine *Italienische Woche* auszurufen. Das hieß: was Engländer eben für italienisch hielten. Und so sah sich Marietta Piccini in ihrer kleinen Pause, die sie sich täglich zwischen zwölf Uhr mittags und dreizehn Uhr gönnte, mit *Strawberry-Tiramisu* und *Cream-Cappuccino* konfrontiert. Gewiss Köstlichkeiten, aber für den italienischen Gaumen ungenießbar.

Die junge Lektorin beschloss, ihre Arbeit an diesem Tag im Freien fortzusetzen, denn es war einer der wenigen lieblichen Sommertage, die es in der Stadt gab, und gegenüber der Bibliothek lag ein bezaubernder kleiner Park, auf dessen Bänken sie zu lesen liebte. Während sie aber die Stufen vor dem Haupteingang der Library hinabstieg, entriss ein unerwarteter Windstoß ihr einen Stapel Papier und fegte ihn über den St. James's Square. Verärgert hastete sie hinterher und sammelte die Blätter wieder ein. Schon war der Wind vorbei und die Sonne lächelte spöttisch auf Marietta Piccini herab, die sich auf die Stufen setzte und ihre Unterlagen sortierte. Waren noch alle Seiten vorhanden? Es dauerte eine Weile, bis sie sich sicher sein konnte, nichts zu vermissen. Sie atmete auf und lehnte sich – ihre Unterlagen mit beiden Armen fest an die Brust gepresst – an das schmiedeeiserne Gitter vor dem Portal, um für einen Moment die Augen zu schließen und das warme Licht ihr Gesicht umspielen zu lassen. Ein wenig fühlte es sich an wie am Strand von Cinqueterre, wo sie in ihrer Kindheit einige Sommer verbracht hatte. Nur dass natürlich der frische Duft des Meeres fehlte, während hier, mitten in der Hauptstadt des Vereinigten Königreichs, beständig der Geruch von Auspuffgasen und in der Mittagssonne brütenden Müllbehältern in der Luft lag.

Plötzlich schob sich ein Schatten vor ihr Gesicht. Als sie die Augen öffnete, stand ein Herr vor ihr, vielleicht ein Mitarbeiter der Bibliothek, vielleicht ein Besucher, der ihr ein ganz und gar durchschnittliches Lächeln schenkte und sagte: »Entschuldigen Sie, Ma'am, ich glaube, das haben Sie auch verloren.« Worauf er ihr eine Mappe reichte, die Marietta Piccini im Gegenlicht zunächst gar nicht genau erkennen konnte. »Danke«, sagte sie und nahm sie an sich. Es war ein von grünem Karton umfasster Stapel Papier, der mit einer Schnur zusammengehalten wurde.

»Oh«, murmelte sie. »Das ist nicht ...« Sie sah auf, doch der Mann war schon über den Platz und auf die andere Straßenseite geeilt, die Hand erhoben, um ein Taxi heranzuwinken. »Hallo?«, rief die junge Frau. »Sir! Das ist nicht mein ... Hallo?« Es war zwecklos. Schon fädelte der Wagen in den plötzlich unerwartet dichten Verkehr ein und war wenige Augenblicke später um die Ecke der kleinen Parkanlage verschwunden.

»Aber es gehört mir nicht«, flüsterte Marietta Piccini.

Etwas ratlos stand sie auf den Stufen der London Library und sah sich um. Kein Mensch, der auch nur entfernt den Eindruck machte, als würde er etwas vermissen, gar suchen. Stattdessen ergoss sich eine Gruppe von Schülern durch das Portal auf den Gehweg. Zwei Studentinnen eilten kichernd die Treppe hinunter und über den Vorplatz. Ein einsamer Skater zog in einiger Entfernung seine halsbrecherischen Bahnen. Es würde Marietta Piccini nichts anderes übrigbleiben, als das Bündel an der Pforte zu hinterlegen. Sie stieg also die restlichen Stufen wieder hinauf und betrat das kühle, stille Gebäude erneut. Hinter ihr schloss sich lautlos die Tür und blendete all die Straßengeräusche aus. An den Schließfächern sortierten sich noch einige Besucher, die bis zur letzten Minute geblieben waren. Rasch durchquerte die junge Frau die Halle und eilte auf den Empfang zu. Doch die Glastür war bereits geschlossen – und auf dem Tisch der Aufsicht stand ein Schild: *Closed for today.*

Marietta Piccini versuchte zu erkennen, ob nicht doch noch jemand drinnen war, sie klopfte zur Sicherheit gegen das Glas und wartete noch einige Minuten. Als ihr aber klar wurde, dass offensichtlich niemand mehr auftauchen würde, dem sie die Mappe geben konnte, wandte sie sich um und verließ das Gebäude wieder.

Was tun? Sollte sie die Papiere zum allgemeinen Fundbüro bringen? Machte man das mit etwas, das offensichtlich keinen materiellen Wert hatte? Und würde es dort überhaupt jemand suchen?

Auf den Treppen blieb sie stehen und betrachtete das Konvolut. Es mochten vielleicht hundertfünfzig oder zweihundert Blatt sein, die fein säuberlich gestapelt von einer einfachen grünen Pappe umfasst und kreuzweise mit einer Schnur zusammengebunden waren, wie man sie zum Verschnüren von Paketen benutzte. Eine kleine Schleife thronte in der Mitte, die ihrerseits noch einmal verknotet worden war. Jemand hatte offensichtlich große Sorgfalt darauf verwendet.

Nun, vielleicht gab der Inhalt der Mappe Aufschluss über ihren Besitzer. Marietta Piccini zupfte an der Schnur und löste sie so behutsam wie möglich. Dann klappte sie die schon etwas abgegriffene Papphülle auf und setzte sich unwillkürlich auf den Stufen nieder. Für einen kurzen Augenblick hielt sie den Atem an. Denn offensichtlich war das, was ihr da durch puren Zufall in die Hände gefallen war, ein Manuskript: in der Tat etwa hundertfünfzig Seiten, kurioserweise sorgsam auf der Schreibmaschine getippt, mit einigen wenigen handschriftlichen Verbesserungen und Bemerkungen am Rand und einem etwas wirren Notizzettel am Ende, auf dem der Autor offenbar noch einige Ideen für Szenen skizziert hatte. Was nicht darin stand, war der Urheber dieses Textes. Stattdessen nur – in einer gefälligen Handschrift und etwas größer als der Text selbst – die Überschrift:

Das Glück der kleinen Augenblicke

Wie an jedem Samstag seit vier Jahren, fuhr Lilly mit dem Bus zu ihrem Vater. Seit zwei Jahren durfte sie die Strecke sogar alleine fahren. Vielleicht war es ihrer Mutter gar nicht so unangenehm gewesen, dass Lilly sich das gewünscht hatte. Irgendwie hatte sie erleichtert gewirkt. Die Fahrt war für Mama nicht schön gewesen, Lilly hatte das immer deutlich gespürt. Ihre Mutter war dann nervös gewesen, hatte wegen der kleinsten Kleinigkeiten geschimpft und einmal sogar vergessen, eine Fahrkarte zu lösen. Der Fahrer hatte es nicht bemerkt, aber hinterher hatte Mama ihr große Vorwürfe gemacht und Lilly hatte sich lieber entschuldigt. Das besänftigte ihre Mutter immer. Vor allem, wenn Lilly gar nicht schuld war.

Lilly wählte stets einen Platz am Fenster. Am liebsten saß sie dabei hinten, weil sie dann nicht nur nach draußen schauen, sondern auch die anderen Fahrgäste beobachten konnte. Einige von ihnen kannte sie schon, manche sogar seit langem. Denn sie hatte herausgefunden, dass auch am Samstag häufig dieselben Menschen mit dem Bus unterwegs waren. Auch wenn sie vielleicht gar nicht zur Arbeit gehen mussten. Da gab es zum Beispiel eine alte Dame, aus deren Handtasche immer der Stiel einer Schaufel lugte (jedenfalls ging Lilly davon aus, dass es eine Schaufel war) und die im Sommer gelegentlich sogar eine Gießkanne mit sich führte. Sie stieg jedes Mal an einer Haltestelle in Mayfair aus. Da der Bus wenig später an einem Friedhof vorbeifuhr, hatte sich Lilly überlegt, dass die Lady dort womöglich jemanden besuchte. So wie sie selbst gelegentlich mit ihrem Papa, wenn sie bei ihm war, an das Grab ihrer Großeltern in Camden fuhr. Und da sie immer alleine im Bus unterwegs war, mochte es wohl ihr verstorbener Mann sein. Lilly hatte einige Zeit überlegt, ob ihr die alte Frau leidtun sollte. Doch dann hatte sie sich dagegen entschieden: Sie sah eigentlich immer ganz zufrieden aus. Und einmal hatte sie ihr sogar zugezwinkert.

Auch eine junge Frau, fast eher noch ein Mädchen, nahm regelmäßig denselben Bus. Sie trug einen Geigenkasten bei sich und fuhr vermutlich zum Unterricht oder kam von dort und war auf dem Weg nach Hause. Sie hatte die zierlichsten Finger, die Lilly jemals gesehen hatte. Was lustig war, denn im Übrigen sah sie wenig zierlich aus, sondern war vielmehr ziemlich groß und auch ein bisschen dick. Vor allem hatte sie mehrere Tattoos, die man sehen konnte. Lilly fragte sich, ob sie auch welche hatte, die man nicht sehen konnte.

Der Busfahrer selbst war fast immer derselbe. Er erinnerte Lilly an das Lied *Penny Lane*, in dem ein Feuerwehrmann vorkam, den sie sich genauso vorstellte wie diesen Busfahrer: Er liebte es, sein Feuerwehrauto zu polieren, und trug in seiner Tasche stets ein Porträt der Queen. Das konnte sich Lilly bei Mr. Finch auch gut vorstellen. Dass er Mr. Finch hieß, wusste sie, weil gelegentlich eine Lady einstieg, die so alt aussah, dass es Lilly fast unmöglich erschien, so alt zu sein. Der Busfahrer kannte sie mit Namen und begrüßte sie stets mit stolzer Brust. »Good morning, Dame Cynthia.«

Dame Cynthia war offensichtlich etwas sehr Besonderes und ließ sich das auch dadurch anmerken, dass sie sich betont so gab, als sei sie absolut nichts Besonderes. »Guten Morgen, Mr. Finch. Ein schrecklicher Tag heute, nicht wahr? Aber Sie tun Ihre Pflicht, und Ihre schöne Droschke blitzt wie stets.« Dann ließ sie ihren Blick durch den Bus schweifen und setzte sich auf einen der vorderen Plätze, ihren Schirm neben sich platzierend, als wäre er ein lieber Bekannter, dem sie etwas Gutes tun wollte. Sie nannte den Bus tatsächlich immer »Droschke«, was Lilly amüsierte. Sie freute sich, wenn Dame Cynthia im selben Bus fuhr. Dann stellte sie sich immer vor, es wäre tatsächlich eine vornehme Kutsche, die von zwei prächtigen schwarzen Rössern gezogen wurde. Und die anderen Fahrgäste wären Lords und Ladys, und oben auf dem Dach säße die Dienerschaft und nutzte die Fahrt, um endlich die Zeit zu einem kleinen Plausch zu finden.

An jenem Tag aber, an dem sich diese Geschichte zutrug, war die alte Lady nicht da gewesen. Lilly zählte also nur den Busfahrer, die Dame mit der Schaufel und das Mädchen mit dem Geigenkasten zu ihren alten Bekannten. Und natürlich Mr. Swift. Sie hatte ihn so genannt, weil sie nicht wusste, wie er hieß, aber fand, dass dieser Name bestens zu ihm passte. Mr. Swift nämlich war ein mittelgroßer Mann mittleren Alters, meist gut, aber nicht außergewöhnlich gekleidet, das mittellange Haar manchmal bedeckt mit einem Hut, der aussah, als wäre er mit seinem Träger einer alten Fernsehserie entstiegen. Wenn er den Hut absetzte, war deutlich zu erkennen, dass sich sein Haar schon etwas lichtete. Aus seiner Brusttasche lugte der Bügel einer Brille. Lilly fragte sich, ob er sie nur zum Lesen brauchte oder ob er zu eitel war, sie in der Öffentlichkeit zu tragen.

Sie mochte Mr. Swift. Zwar hatte sie noch nie ein Wort mit ihm gewechselt, aber es war ihr aufgefallen, dass er stets sehr neugierig auf seine Umgebung blickte und dass dieser Blick stets ein freundlicher war. Stand der Bus im Stau, so schien sich Mr. Swift ganz einfach zu entspannen. Er schlug die Beine übereinander und legte den Kopf ein wenig in den Nacken, als würde er einem Konzert lauschen. Setzte sich jemand vor ihn, der stark roch, nach Knoblauch zum Beispiel, so umspielte ein amüsiertes Lächeln seine Lippen. Und als Lilly einmal versehentlich im Vorbeigehen auf seinen Fuß stieg, lupfte er nur kurz seinen Hut und beugte sich ein klein wenig vor. Als wäre er es gewesen, der umgekehrt ihr wehgetan hätte, und er müsste er sich bei ihr entschuldigen. Dabei zwinkerte er ihr mit einem Lächeln zu.

Selten kam es vor, dass Lilly nicht diesen Bus nahm, sondern einen später, was sie immer sehr bedauerte. Denn auch wenn dieser spätere Bus dieselbe Strecke fuhr, war es doch nicht so vertraut. Manchmal aber war es eben unvermeidlich. Manchmal bekam Mama es einfach nicht rechtzeitig hin, sie zur Haltestelle zu bringen. Weil die Frisur nicht saß, weil die Zigaretten alle waren oder weil sie länger hatte schlafen müssen. Manchmal war es vielleicht auch einfach, dass sie Papa ein wenig ärgern wollte, weil sie wusste, dass er an der Endhaltestelle wartete. Und manchmal stand Lilly dann schon fertig angezogen in der Tür, die Tasche mit Leo-Bär in der Hand, den Rucksack mit Schlafanzug und Zahnbürste auf dem Rücken, damit sie den 8.12-Uhr-Bus doch noch schaffte.

Wenn die Bank neben Mr. Swift frei war, setzte sie sich dorthin und beobachtete ihn aus den Augenwinkeln. Er blickte zum Fenster hinaus. Manchmal auch in ein Buch, das er stets in der Jackentasche trug. Auf dem Sitz neben sich hatte er seine Tasche. Gelegentlich holte er einige Papiere daraus hervor und sah sie aufmerksam durch, einen Bleistift in der Hand, mit dem er hier und da Anmerkungen machte. So wie an jenem Tag, an dem sein besonderes Talent, die Schönheit der Dinge und des Augenblicks zu sehen, mit einem Mal auf ganz neue Weise gefordert sein würde.

Lilly hatte es im allerletzten Moment geschafft, den Bus zu erwischen, und sich außer Atem auf einen Sitz fast ganz hinten fallen lassen. Sie setzte Leo-Bär so, dass er etwas sehen konnte, und winkte Mama noch einmal durchs Fenster zu, die sich allerdings schon abgewandt hatte und auf ihr Smartphone blickte. »Geschafft, Leo«, flüsterte sie und knöpfte den Schal des kleinen Bären auf, damit ihm nicht so heiß war. Denn wie fast immer war es sehr warm im Bus. Zwei Reihen vor Lilly saß die alte Dame mit der Schaufel, die Tasche auf den Knien, den Rücken sehr gerade, und trommelte leicht mit den Fingern auf den Griff des Vordersitzes. Und nebenan saß Mr. Swift, heute ohne Hut, aber mit seiner Aktentasche, aus der er eine grüne Pappmappe genommen hatte, darin ein Stapel blütenweißer Papiere. Er las. Und er merkte von Zeit zu Zeit etwas mit seinem Bleistift an. Zwischendurch beobachtete Lilly, wie er den Stift ganz leicht in der Luft bewegte, fast so wie ein Dirigent seinen Stab bei einer ganz besonders leisen, feinen Melodie. Lilly war einmal mit ihrem Vater in einem

Konzert gewesen; der Dirigent hatte ihr am besten gefallen.

Wenn man genau hinsah, konnte man erkennen, dass Mr. Swift vielleicht sogar ein bisschen jünger war. Er wirkte nur schon so gesetzt. Und dann entdeckte sie es. Zuerst hatte sie nur seine Lippen beobachtet, die lautlos die Worte sprachen, die er gerade las. Dann die Nasenspitze, die ein klitzeklein wenig dabei wippte. Und schließlich die Augen, mit denen er den Text streichelte, das übliche Lächeln in den Winkeln. Und noch etwas: Eine Wimper hatte sich gelöst, eine kräftige, schwarze Wimper lag auf seinem linken Augenwinkel und fiel – gerade in dem Moment, als Lilly sie entdeckt hatte – auf seine Hand. Auch Mr. Swift bemerkte sie, betrachtete sie, kurz nur, aufmerksam für einen winzigen Augenblick. Doch dann tat er das Unglückliche. Noch ehe Lilly – sie hatte schon Luft geholt, um ihn zurückzuhalten – ihn daran hindern konnte, wischte er die Wimper weg. Und widmete sich wieder seinem Text.

DREI

Auf Mr. Thorntons Gesicht zeichnete sich ein feines Lächeln ab. »Es geht also um ein kleines Mädchen, das einmal die Woche zu seinem Vater fährt, weil die Eltern offenbar getrennt sind«, resümierte er. »Dabei beobachtet es die Menschen im Bus und macht sich über sie Gedanken.« Er legte die Pfeife, die längst wieder erloschen war, beiseite, stand auf und trat ans Fenster, weniger um hinauszusehen (denn inzwischen war es draußen beinahe so dunkel geworden, dass im Fenster das Zimmer besser zu erkennen war als alles, was sich draußen befand – vom beleuchteten Kinoplakat abgesehen) als vielmehr, um wie durch einen Spiegel mit seiner Lektorin zu sprechen und zugleich mit sich selbst. So lauschten also vier Personen seinen Worten und vor allem dem Nachklang des eben Gehörten. »Aber trägt das einen ganzen Roman?«

Marietta Piccini klappte die Mappe zu und blickte zu dem Verleger auf. »Es geht nicht um das Mädchen«, erklärte sie. »Jedenfalls nicht in erster Linie.«

»Ach nein?« John Thornton wandte sich zu ihr um

und musterte sie. »Ich sehe, dass Sie das Manuskript lieben.« Und als Miss Piccini nichts erwiderte, fügte er hinzu: »Ich sehe aber auch, dass Sie zögern. Was also lässt Sie zögern?«

Marietta Piccini seufzte. »Was das Werk selbst betrifft, habe ich keine Zweifel«, sagte sie und kreuzte ihre Hände auf dem Manuskript. »Es gibt aber zwei Probleme.«

»Nämlich?«

»Es ist nicht fertig. Keine Ahnung, wie viel fehlt. Vielleicht nicht viel. Es könnte mit einigen wenigen Seiten mehr zu einem guten Ende kommen, zu einem sehr guten sogar.«

»Nun, dann scheint mir dieses Problem ein kleines«, sagte Mr. Thornton, ließ die Lektorin dabei nicht aus den Augen. »Aber Sie sagten, es gäbe zwei Probleme. Was also wäre das zweite?«

Marietta Piccini hob die Hände in einer Geste der Ratlosigkeit. »Wir wissen nicht, wer der Autor ist.«

Der Verleger ließ sich wieder auf seinen Sessel fallen. »Wie? Wir wissen nicht, wer der Autor ist? Woher haben Sie es denn?«

»Tja«, stellte Marietta Piccini fest. »Das ist in der Tat eine kuriose Geschichte.«

Natürlich war sie am nächsten Tag früh wieder zur London Library gegangen. Allerdings nicht so früh, wie sie es vorgehabt hatte, was daran lag, dass sie die halbe Nacht damit zugebracht hatte, das Manuskript zu lesen. Sie hatte sich also zunächst mit einer großen Kanne Kaffee wiederbeleben müssen, war dann unter die Dusche gestiegen, hatte noch rasch ein paar altbackene Cookies aus einer längst geöffneten Packung gegessen, um schließlich – ärgerlicherweise hatte sie den Schirm vergessen und war in einen dieser heftigen Regenschauer geraten, die nach bester Londoner Art den ganzen Vormittag über anhielten – in der Subway zwischen Dutzenden hustender und schniefender Zeitgenossen zu landen. Als sie endlich wieder die Stufen zur Bibliothek hinaufschritt, konnte sie den Virencocktail, den sie in der Untergrundbahn eingeatmet hatte, schon in ihrer Blutbahn tanzen fühlen.

Einen Augenblick zögerte sie. Es war nicht so, dass sie Zweifel gehabt hätte, ganz und gar nicht. Es war eher eine gewisse Wehmut, dieses kleine, feine Manuskript aus der Hand zu geben, zumal in der Gewissheit, kaum jemals zu erfahren, wie die Geschichte denn nun ausging. Gleichwohl trat sie schließlich auf die Dame am Empfang zu, atmete einmal tief durch und sagte: »Ich habe gestern auf der Treppe draußen eine Mappe gefunden ... oder vielmehr: Jemand anderer hat sie gefunden und mir gegeben. Jedenfalls wollte ich sie gerne bei Ihnen hinterlegen, falls ...«

Die Empfangsdame sah sie kurz verständnislos an. »Sind Sie also die Finderin?«

»Nein. Jemand anderer ... ein Mann hat sie gefunden ...«

»Aber Sie haben sie nun?«

»Ja. Und ich wollte sie bei Ihnen abgeben.«

»Aha.« Manchen Menschen fällt es schwer, ihre natürliche Freundlichkeit unbefangen nach außen zu kehren. Bei der Empfangsdame hatte Marietta Piccini das Gefühl, dass es eher umgekehrt war: Sie hatte keine Schwierigkeiten damit, ihrer natürlichen Unfreundlichkeit freien Lauf zu lassen. »Da sind Sie aber ein bisschen zu spät da, Miss.«

»Zu spät? Ich dachte, vielleicht fragt jemand. Könnte ja sein.«

»Könnte sehr gut sein, Miss. Und es ist auch schon geschehen.«

»Schon geschehen?«

»Dass jemand gefragt hat.«

»Oh!« Die junge Frau war nur kurz unsicher, ob sie sich freuen oder enttäuscht sein sollte. Aber ganz klar lag hier ein Anlass zur Freude vor. »Das ist ja schön!«, erwiderte sie. »Dann ist ja alles gut. Wollen Sie es ihm geben, ich meine: Soll ich es bei Ihnen lassen? Oder soll ich es ihm irgendwo hinschicken?«

»Nachdem er schon mal hier war, wird er vermutlich nicht mehr wiederkommen, Miss«, sagte die Empfangsdame trocken. »Wieso auch? Jeder Finder würde es ja hierher gebracht haben, wenn er es gefunden hat – und nicht erst am nächsten Tag ... irgendwann.« Dabei warf sie einen Blick auf die Uhr an der gegenüberliegenden Wand, die bereits kurz vor Mittag zeigte. Ein unausgesprochener Vorwurf konnte kaum lauter geäußert werden. Marietta Piccini räusperte sich. »Dann werde ich es ihm besser schicken.«

»Tja, wenn Sie eine Adresse haben ...«

»Eine Adresse? Aber wie sollte ich ... ich meine ...« Ja, eigentlich wusste sie nicht, was sie meinte. Alles, was ihr klar wurde, war, dass sie keine Ahnung hatte, wohin mit dem Manuskript. Seufzend steckte sie die Mappe wieder ein. »Sagen Sie«, wandte sie sich noch einmal zu der Dame. »Der Mann ... ist er vielleicht ein häufiger Besucher der Bibliothek? Ein Stammbesucher?«

Fast meinte die junge Lektorin, einen Hauch Mitgefühl in der Miene der Frau zu erkennen. Vielleicht war es aber auch bloß Amüsement.

»Ein Stammbesucher?« Sie schüttelte den Kopf. »Nein, ich glaube nicht.«

»Sie glauben nicht ...«, murmelte Marietta Piccini. »Sie kannten ihn also nicht vom Sehen?« Die

Empfangsdame wiegte den Kopf, was alles bedeuten mochte oder nichts. »Aber Sie erinnern sich noch, wie er aussah?«

»Gott ja, er wirkte gepflegt.« Sie zögerte.

»Eher jung? Oder eher alt?« *Meine Güte, musste sich die Frau nun wirklich jedes Wort aus der Nase ziehen lassen?*

»Eher jung, würde ich sagen. Aber nicht zu jung.«

»Aha. Denken Sie, er war ein Londoner?«

»O ja, das könnte sein.«

»Weil ...?«

»Hören Sie, Miss, ich habe jetzt wirklich Besseres zu tun. Ich kann Ihnen da nicht helfen. Wären Sie gestern gekommen ...«

Marietta Piccini seufzte. »Gut«, sagte sie. »Dann danke ich Ihnen.« Da fiel ihr noch etwas ein. »Ach ... Falls er sich doch noch einmal hier meldet und nachfragt ... Ich meine, könnte sein, nicht wahr? Für den Fall würde ich Ihnen gerne mein Kärtchen dalassen.« Sie kramte in ihrer Tasche und nahm das kleine, silberne Döschen heraus, das sie letztes Jahr von ihrem Freund geschenkt bekommen hatte – von ihrem ehemaligen Freund, genau genommen. Darin bewahrte sie ihre Visitenkarten auf und reichte nun eine über die Theke. »Das wäre sehr nett.«

Die Empfangsdame nickte gnädig und nahm die Karte, hob den Kopf ein wenig, um durch ihre Brille darauf hinabzusehen, und las:

Mag. Marietta Piccini
fine literature

Sie ließ die Augen nach oben wandern und sah dann zweifelnd an der jungen Lektorin herab. *»Fine literature?«*

»Belletristik«, erklärte Marietta Piccini und lächelte berufsmäßig und, ja, auch ein wenig von oben herab. Denn es war nun einmal so, dass ihr Menschen, die sich für etwas Besseres hielten, unsympathisch waren. Die Empfangsdame konnte den Blick offensichtlich lesen. Jedenfalls sog sie scharf die Luft ein, legte das Kärtchen zur Seite und widmete sich dann – ohne ein weiteres Wort – so demonstrativ ihrem Bildschirm, dass Marietta nichts anderes blieb, als sich auf der Stelle umzudrehen und die Bibliothek wieder zu verlassen.

Immer noch also trug sie das fremde Manuskript bei sich – und sie wusste so wenig wie zuvor über seinen Urheber. Konnte man ein Manuskript ins allgemeine Fundbüro bringen? Sicher konnte man. Aber würde es dort jemand suchen? Und wenn nicht, würde man sie dann wieder benachrichtigen? Oder würde man die Mappe einfach wegwerfen, weil sie ja ohne materiellen Wert war? Normalerweise hätte Marietta an der Stelle gedacht, dass es ja nur Papier sei – kein Problem, solange die Datei existierte. Doch in diesem besonderen Fall: Es war ein auf der *Schreibmaschine* geschriebenes Manuskript. Und, wie sie gestern Nacht bei der Lektüre im Bett festgestellt hatte: Es war das *Original*. Denn die Buchstaben und vor allem die Satzzeichen hatten sich ins Papier geprägt. Dieses Werk war ein Unikat!

Möglich, dass der Verfasser mit Durchschlagpapier gearbeitet hatte, Marietta erinnerte sich vage, dass ihre Mutter früher dergleichen für ihre Rechnungen benutzt hatte. Doch was, wenn nicht? War sie dann womöglich am unwiederbringlichen Verlust eines literarischen Meisterwerks schuld, wenn sie es einfach zum Fundbüro brachte? Denn das war es: ein Meisterwerk. Nun, da sie gedankenverloren und einigermaßen ziellos und definitiv ratlos durch die Straßen Londons lief, wurde es ihr klar: Was sie da gemacht hatte, war kein Fund, sondern eine Entdeckung!

Sie sah sich um. Wo war sie eigentlich gelandet?

Sie stand am Haymarket, neben sich *Her Majesty's Theatre*, gegenüber das *Theatre Royal Haymarket*, zwei prachtvolle Bauten, die den Glanz einer vergangenen Epoche spiegelten. Zwischen ihnen wälzte sich der Verkehr in einer aberwitzigen Kolonne dahin, Blech an Blech, ein Albtraum an Stress und Abgasen. Marietta Piccini hatte bisher kein Auto ihr Eigen genannt. Und seit sie in London lebte, lebte sie auch in der Gewissheit, keines zu brauchen.

Nun gut, ein kleines Stück Richtung Norden kam der Piccadilly Circus. Marietta musste lächeln, weil ihr eine Szene in dem Manuskript wieder einfiel. Sie würde dorthin gehen und dann den Bus nehmen nach Lisson Grove, wo sie eine kleine Wohnung in der Fisherton Street hatte. Nicht das beste Viertel, sicher, aber immerhin nah an den Plätzen, die sie regelmäßig aufsuchte. Vom Piccadilly aus in wenigen Stationen zu erreichen.

Den Nachmittag verbrachte die junge Frau auf der tiefen Fensterbank, die sie sich mit einigen Kissen zum Leseplatz gestaltet hatte. Gegenüber saß wie immer die fette Katze einer äußerst zierlichen und scheinbar uralten Lady am Fenster und beobachtete sie. Marietta hielt das Manuskript in der einen, eine große Tasse italienischen Kaffees in der anderen Hand (oder vielmehr das, was der Tesco um die Ecke als italienischen Kaffee verkauft hatte und was schon ihren Argwohn hätte wecken müssen, weil *Italian Coffee-Mix* draufstand) und starrte gedankenversunken nach draußen, dorthin, wo die Nachbarsmädchen Gummitwist spielten, neidvoll und gehässig beäugt von zwei Jungs, die Marietta nicht kannte. Von Zeit zu Zeit vertiefte sie sich wieder in den Text und versuchte, etwas in ihm zu finden, was darin geschrieben stand: die Identität des Autors.

Ein junger Mann, nun, vielleicht nicht ganz jung. Londoner, womöglich. Sehr gepflegt. »Wo soll man da zu suchen anfangen?«, murmelte Marietta und musterte die Passanten, als könnte einer von ihnen der Gesuchte sein.

Noch einmal blätterte sie die erste Seite auf, dann die zweite und die dritte. Und entschied sich, noch einen *Italian Coffee-Mix* zu wagen.

Wer eine ausgefallene Wimper findet, hat einen Wunsch frei. Jedes Kind weiß das. Man muss die Wimper wegpusten, am besten die Augen dabei schließen und sich etwas wünschen. Natürlich darf man niemandem den Wunsch verraten, sonst kann er nicht in Erfüllung gehen. Vielleicht gab es auch Dinge, die man sich nicht zu wünschen brauchte, weil sie die Kraft einer Wimper überstiegen. Den Verdacht hatte Lilly schon länger, da gerade ihre dringendsten und heißesten Wünsche sich so selten erfüllten. Zum Beispiel, dass Papa wieder zu Hause einzog oder dass sie endlich einen Hund geschenkt bekam. Und doch: Es war ganz klar, dass ausgefallene Wimpern etwas sehr, sehr Wertvolles waren. Wenn man nun aber eine solche Wimper entdeckte und sie nicht wegpustete und sich dabei etwas wünschte, sondern sie stattdessen einfach beiseitewischte wie eine Fussel oder Schmutz, dann ... ja, dann bedeutete das umgekehrt nichts Gutes, dessen war Lilly sich sicher. Wer dem Glück nicht Eintritt gewährt, von dem wendet es sich ab. So ähnlich dachte Lilly und starrte Mr. Swift mit offenem Mund an. So lange und so intensiv, dass er es irgendwann bemerkte und zu ihr herübersah.

»Hallo, junge Lady«, sagte er. Es war das erste Mal, dass er sie ansprach. »Alles in Ordnung?«

Lilly konnte nur nicken, nichts sagen. Sie überlegte, ja, es arbeitete sehr in ihr, ob sie ihm ihre Beobachtung und ihren Verdacht erzählen sollte. Doch erstens war es kein Verdacht, es war Gewissheit: Sie wusste nicht, warum, aber sie wusste es. Und zweitens würde es nichts ändern. Gar nichts. Die Wimper war weg. Der magische Moment war vergangen. Irgendwo über Mr. Swift bildete sich gerade schon eine dunkle Wolke, von der er nichts ahnte. Und ein klein wenig war Lilly bang um ihn. Auch wenn sie ihn eigentlich gar nicht kannte.

»Ich glaube, du musst bei der nächsten Haltestelle raus!«, hörte sie ihn sagen und nickte erneut.

»Stimmt«, flüsterte sie. Offenbar hatte nicht nur sie ihn schon länger bemerkt, sondern auch er sie. Er nickte ihr aufmunternd zu. »Einen schönen Tag noch!«

»Danke. Das wünsche ich Ihnen auch.« Lilly stand auf und nahm ihre Tasche und Leo-Bär, der die ganze Fahrt über nichts gesagt hatte. Dann lief sie den Gang nach vorne und stellte sich neben die Tür. Ob sie trotzdem etwas hätte sagen sollen? Der Bus kam zum Stehen und Lilly hüpfte die Stufen hinab auf den Gehsteig. Papa stand schon da und hielt ihr die Hand hin. Doch Lilly zögerte noch einen kleinen Moment. Meist schloss der Busfahrer die Tür erst, während er schon die nächste Station ansagte: Piccadilly Circus.

Piccadilly Circus war Lillys Lieblingsstation. Auch wenn sie nie bis dorthin fuhr, sondern jedes Mal eine Haltestelle früher aus dem Bus stieg. Es klang ebenso lustig wie aufregend, außerdem reimte es sich auf ihren Namen! Piccadilly – das Wort hüpfte geradezu. Nicht einmal die langweilige Stimme des Busfahrers konnte dieses Wort anders aussprechen als lustig. Und doch war Lilly an diesem ganz besonderen Tag nicht fröhlich zumute, als sie sich noch einmal umwandte und Mr. Swifts Blick suchte, der ihr nachsah und ihr aufmunternd zulächelte. Und sie lächelte tapfer zurück, während der Bus sich in den Stau schob und Papa sie an der Hand nahm und so munter, dass er es gar nicht ernst meinen konnte, sagte: »Pizza oder Frühlingsrollen?«

Als Marietta Piccini drei Stunden später erneut zum Ende des Manuskripts vorgedrungen war, wusste sie, dass man keinesfalls mehr als eine oder zwei Tassen *Italian Coffee-Mix* trinken sollte. Sie wusste aber auch, dass es nicht an diesem merkwürdigen Getränk lag, dass sie ihr Herz in allen Fasern ihres Körpers pochen fühlen konnte. Es war vielmehr das seltsame Gefühl, sich bei diesem Text ganz und gar zu Hause zu fühlen und zugleich voll unerfüllter Sehnsucht auf das Ende zu bleiben.

Wer hatte nur dieses bemerkenswerte unvollendete Werk verfasst? Und wie sollte sie ihn finden? Zu gerne hätte sie den Autor kennengelernt. Allzu gerne hätte sie erfahren, wie die Geschichte ausgeht. Und ganz unbedingt wollte sie es sein, die diesem Manuskript dazu verhalf, ein Buch zu werden. Sie musste es dringend Mr. Thornton vorstellen. Er würde wissen, was zu tun ist.

»Komm, lass uns endlich schlafen«, murrte Violet Thornton, die Frau des Verlegers, die trotz Schlafmaske keine Ruhe fand. John hatte nun einmal eine Art zu lesen, die es unmöglich machte, nicht Anteil zu nehmen. Amüsierte er sich, kicherte er leise vor sich hin – äußerst ansteckend, wie Violet Thornton fand, wenn sie nicht gerade schlafen wollte. War der Text spannend, schnaufte er vernehmlich. Missbilligte er, was er las, so schnaubte er dagegen. Alles leise, sehr im Rahmen, denn John Thornton war niemand, der sich anderen aufdrängte oder großes Aufheben um die eigene Person und Befindlichkeit machte, ganz und gar nicht. Doch er war nun einmal ein leidenschaftlicher Leser, wofür ihn seine Frau auch liebte – wenn sie nicht gerade schlafen wollte.

»Es ist jetzt ...«, wieder lupfte sie die Maske, »es ist kurz vor zwei.«

»Gleich, mein Schatz, gleich. Nur noch ein paar Seiten.«

»Hat das nicht bis morgen Zeit?«

Mr. Thornton klappte die Mappe zu. »Natürlich«, sagte er. »Hat es. Entschuldige.« Er beugte sich zu ihr und küsste sie, dann beugte er sich zur anderen Seite und löschte das Licht, dann legte er sich auf den Rücken und ... wartete. Er wartete auf den Schlaf, ja, allerdings nicht auf seinen. Er wusste, dass er nicht schlafen konnte. Nicht, solange er die Geschichte nicht zu Ende gelesen hatte. Alte Berufskrankheit. Also wartete er auf den Schlaf seiner Frau. Wenn er sie erst einmal leise und gleichmäßig atmen hörte, wusste er, dass er sie mit seiner Lektüre nicht stören würde.

Draußen fegte ein unangenehmer Wind durch die Straße, die Laterne schaukelte und ließ das fahle Licht im Zimmer tanzen. Seufzend stand Mr. Thornton noch einmal auf, um zu erledigen, was nun einmal zu erledigen war. Als er wieder ins Schlafzimmer zurückkehrte, saß seine Frau aufrecht im Bett, die Maske auf die Stirn geschoben, das Manuskript auf dem Schoß, die hübsche Nasenspitze, die er so liebte, leicht gerötet, wie sie es immer war, wenn Violet Thornton sich für etwas begeisterte.

»Wer hat es geschrieben?«, fragte sie ihn, als hätte er ihr etwas verheimlicht.

»Ich kann es dir nicht sagen, Violet.«

»Was heißt, du kannst es mir nicht sagen?« Sie drückte ihren Rücken durch, was ihr nicht nur eine leicht herrische, sondern vor allem eine ausgesprochen elegante Statur verlieh. Offenbar verheimlichte er ihr tatsächlich etwas!

»Ich kann es dir nicht sagen, weil ich es nicht weiß.«

»Aber es muss doch irgendwoher stammen.«

»Sicher. Miss Puccini hat es mitgebracht.«

»Nun, sie wird wissen, wer es geschrieben hat.«

Seufzend ließ sich John Thornton auf seiner Seite des Bettes nieder, legte die Pantoffeln zurecht und streckte sich wieder aus. »Eben nicht«, erklärte er. »Sie hat es gefunden.«

»Gefunden?« Die leichte Röte war von der Nasenspitze unters Kinn gezogen, ein Zeichen dafür, dass sich das Entzücken in eine angehende Empörung umzuwandeln begonnen hatte. »Wo bitte *findet* man denn ein Manuskript?«

Mr. Thornton konnte ein leichtes Schmunzeln nur schwer unterdrücken. Sie war ganz und gar hinreißend, wenn sie empört war – solange sie es nicht seinetwegen war. »Ja, wirklich«, feuerte er sie deshalb durchaus ein bisschen mutwillig an. »Ein Manuskript ist schließlich kein Strandgut oder ein herrenloser Regenschirm.«

Sie blickte auf ihn und ihre Augen wurden ein klein wenig schmaler. »Machst du dich über mich lustig?«

Gefährlich, gefährlich, dachte Mr. Thornton und beschloss, sich aus der Gefahrenzone zu begeben. »Ich kann Miss Puccini anrufen, wenn du willst ...« Schon hatte er wieder ein Bein über die Bettkannte geschwungen.

»Um diese Zeit? Also wirklich, John, manchmal denke ich, du stammst von einem anderen Planeten.« Sie hob das Manuskript etwas an und nickte lächelnd, während ihre Augen über den Text glitten. »Ein bisschen erinnert er mich direkt an dich.«

»Wer?«

»Mr. Swift!« Und sie las:

Wie an jedem Tag, so herrschte auch an diesem ein unübertreffliches Gedränge auf dem Piccadilly Circus. Tausende von Menschen, unzählige Automobile, die riesigen zweistöckigen Busse, Einheimische, Touristen und kleine Gauner. Sie alle hatten nichts Wichtigeres zu tun, als diesen außergewöhnlichen Platz dicht zu bevölkern, der doch außer seiner selbst kaum etwas Weltbewegendes zu bieten hatte. Und wie jedes Mal, wenn er mit dem Bus über den Circus fuhr, betrachtete Mr. Swift diese geballte Ansammlung von Leben und Hektik mit verwunderter Neugier.

Er hatte kurz überlegt, auszusteigen und für seine Verlobte Blumen zu kaufen. Es gab ja genügend Stände ringsum, wenn auch von Wucherern betrieben. Doch dann hatte er den Gedanken verworfen: Sophie hasste Schnittblumen. So schön sie auch sein mochten, sie hatte eine ganz klare Haltung: »Leichen gehören nicht auf meinen Wohnzimmertisch.« Er musste lächeln, wenn er an Sophie dachte. Sie war kompliziert. Sehr sogar. Und er liebte sie dafür.

Nun, wenn er ehrlich war, liebte er sie vor allem dafür, dass sie ihn liebte. Ausgerechnet ihn, den schusseligen Träumer, der weder schön noch reich, noch sportlich war und auch sonst über wenige Qualitäten verfügte, die man gemeinhin als für Frauen attraktiv betrachten mochte. Nein, Paul Trevor Swift war alles andere als ein Womanizer. Er war eher eine Art Mauerblümchen. Eine Frau wie Sophie konnte sich eigentlich nur aus Versehen in ihn verliebt haben. So jedenfalls betrachtete er es. Und es hätte ihn weder gewundert noch getroffen, wenn auch Sophie das so gesehen hätte. Wirklich verblüfft war er, dass sie seinen Antrag angenommen hatte. Paul Swift lehnte sich zurück und schloss für einen Moment die Augen, als er daran zurückdachte. Wie er sie zwischen zwei Regengüssen auf dem See des Hyde Parks in einem gefährlich schaukelnden Ruderboot gefragt hatte. Und wie sie geantwortet hatte: »Warum nicht?« Nicht wie eine rhetorische Frage. Nein, als würde sie sich das ganz ernsthaft fragen. Ja, auch er hatte kurz innegehalten und auf diese Frage gelauscht. *Warum nicht?*

Es war nicht auszuschließen, dass Sophie diese Frage auch heute noch umtrieb. Denn bei aller Begeisterung und Fassungslosigkeit, dass sie seinen Antrag angenommen hatte, hing doch inzwischen ein kleines Fragezeichen über ihrer beider Verbindung. Immerhin war seither ein ganzes Jahr vergangen und von einem Hochzeitstermin war immer noch keine Rede. Paul zögerte, sie zu bedrängen. Sie hätte es als Nötigung auffassen können. Es gab ja auch keinen Grund, schließlich hatte sie seinen Antrag angenommen. Warum nicht? Das war doch eine Zustimmung, das war doch ein Ja. Oder etwa nicht? Hing in Wahrheit womöglich kein kleines, sondern ein großes Fragezeichen über ihrer Verbindung? Paul schlug die Augen auf und stellte fest, dass er seine Haltestelle verpasst hatte.

Nun, vielleicht war es gut so. Er wusste, dass Sophie heute eine Freundin da hatte, vielleicht sogar mehrere. Auch wenn er sich das nie bewusst gemacht hatte, war ihm doch klar, dass seinem Unbehagen das seiner Verlobten in nichts nachstand: Sie fanden einfach beide, dass er in einer solchen Runde deplatziert war. Zumal sich offenbar alle Freundinnen Sophies verschworen hatten, ihn zu Lesungen aus unfertigen Werken zu nötigen. Was er hasste. Die Texte waren weder lektoriert, noch waren sie überhaupt fertig komponiert (denn für Paul Swift war jede Erzählung wie eine Symphonie: Sie hatte ihre Motive, ihre Tonart, ihren Rhythmus, vor allem aber ihre wohlgefügte Form). Und so beschloss er, sich noch ein wenig durch die Straßen Londons befördern zu lassen und Eindrücke für seine jüngste Geschichte zu sammeln.

London bildet, wie jeder weiß, der einmal dort war, die Welt im Kleinen ab. Nirgendwo sonst gibt es mehr Kulturen und Ethnien, ein reicheres Repertoire an Gerüchen und Geräuschen, vielfältigere Bauwerke und Bausünden oder mehr Glücksritter und Unglückswürmer als in der Hauptstadt des Vereinigten Königreichs. Pomp und Proletariat lebten hier seit jeher zum jeweiligen Nutzen und Verdruss. Und immer wieder stieg eine Laune der Menschheit aus den unzähligen Häuserreihen und Straßenzügen auf und segelte über den ganzen Globus, um Völker aller Hemisphären zu infizieren, sei es modisch, musikalisch oder politisch. Nun gut, nur kulinarisch ist es dieser unvergleichlich stolzen Stadt noch nicht gelungen, den Planeten zu zivilisieren. Worüber neben sieben Milliarden anderen Menschen auch Paul Trevor Swift nicht wirklich traurig war. Er bevorzugte das *Satyam*, ein kleines indisches Restaurant am Camden Market, oder *Harriet's Bar* in Bloomsbury, zwei unspektakuläre, sehr familiäre Rückzugsorte, in denen sich Menschliches und allzu Menschliches wunderbar studieren ließ und ein traditionelles Gericht noch bezahlbar war. Denn natürlich war jede Entscheidung für einen Poeten in einer Stadt der Banker, Oligarchen und Diebe (was letztlich gleichbedeutend ist) auch eine wirtschaftliche. Unabhängig davon, dass Paul Trevor Swift hauptberuflich auch noch bei einem Kreditinstitut arbeitete, um seinen Lebensunterhalt zu bestreiten. Und vielleicht auch ein wenig, um Sophie zu zeigen, dass er es wirklich ernst meinte mit der von ihm beschworenen gemeinsamen Zukunft. Immerhin sah er sich auf diese Weise in der Tradition des von ihm hochverehrten Kafka, der seine Zeit an eine Versicherung verschleudert und so der Welt vermutlich einige der größten Romane und Erzählungen vorenthalten hatte. *»Only the good die young«*, murmelte er.

»Wie bitte?«, erwiderte eine alte Dame, die sich zwischenzeitlich neben ihn gesetzt hatte, ohne dass es ihm aufgefallen wäre.

»Oh.« Er schenkte ihr ein Lächeln, das nicht überdecken konnte, wie peinlich ihm die Situation war. »Nichts. Ich habe nur an eine dumme Redensart gedacht.«

Mr. Thornton tat ein bisschen pikiert und nutzte die Gelegenheit, seiner allzu perfekten Frau einen Vorwurf machen zu können: »So siehst du mich? Ich finde nicht, dass ich ein Kandidat für Fettnäpfchen bin.«

»Wirklich? Und was war das neulich mit Mrs. Foster im Aufzug?«

»Entschuldige bitte, aber sie sah wirklich schwanger aus. Dieser Bauch ... Und dann hatte sie auch noch einen ganzen Korb voll Babynahrung ...«

»Sie sieht seit jeher so aus. Und die Obstgläschen hatte sie vermutlich gekauft, weil sie sich gesünder ernähren will. Und weil sie abnehmen will.« Mrs. Thornton blickte vielsagend auf die Körpermitte ihres Mannes.

»Also gut, da lag ich *einmal* daneben ...«, erwiderte

dieser und stopfte demonstrativ die Bettdecke in die Ritze zwischen den Matratzen.

»Und dein Kommentar zum Kuchen meiner Mutter?«

»Ich dachte, du hättest ihn gebacken.«

»Hatte ich nicht. Und außerdem wäre das auch nicht charmanter gewesen.«

»Aber er *hat* nach Zwiebeln geschmeckt.«

»Hat er nicht!«

Oh-oh, dachte Mr. Thornton. *Das* war jetzt ein Fettnäpfchen gewesen. »Komm, lass uns schlafen, mein Schatz. Es ist spät. Morgen früh habe ich einen Termin bei der Bank.«

»Er hat *nicht* nach Zwiebeln geschmeckt.« Mrs. Thornton sah absolut nicht aus, als hätte sie vor zu schlafen. Ihr Gatte seufzte vielsagend und stellte fest: »Nein. Natürlich hat er das nicht. Ich wollte nur deine Mutter ein bisschen ärgern. Sie ist immer so pingelig. Außerdem mag ich es nicht, dass sie immer an dir herummäkelt. Deine Kuchen sind perfekt. Immer. Und der war es auch.« Er richtete sich noch einmal auf, schenkte ihr einen langen, zärtlichen Blick, wunderte sich einmal mehr, wie ihm das gütige Schicksal nur ein so vollkommenes Wesen hatte bescheren können, murmelte »Vollkommen!« und küsste sie sanft auf die Nasenspitze (die sich prompt wieder etwas rötete).

Violet musterte ihn, halb skeptisch, halb auf Frieden sinnend, zumindest auf Waffenruhe, überlegte kurz, ob sie noch etwas erwidern sollte, drehte sich dann aber zur Seite, legte das Manuskript neben sich auf den Boden, knipste das Licht aus und streckte sich mit einem kleinen Schnurren aus. Auch wenn sie ihn nicht sah, wusste sie, dass ihr Gatte leise lächelte. Und auch wenn er schon beinahe eingeschlafen war, hörte er noch, wie sie murmelte: »Höchstens, dass er ein ganz kleines bisschen nach Zwiebeln *geduftet* hat ...«

VIER

Die Tage, an denen sie einen Termin bei *Millefeuille* hatte, waren für Marietta Piccini stets eine Herausforderung. Wie so viele, die sich für die Welt der Bücher entschieden haben, war auch sie keine sehr extrovertierte Person. Vielmehr konnte man die junge Italienerin als ein wenig schüchtern bezeichnen, was womöglich auch damit zusammenhing, dass sie sich – obwohl sie sie perfekt sprach – in der Sprache ihrer neuen Heimat immer noch unsicher fühlte. Englisch hatte sie natürlich schon in der Schule gelernt, und sie hatte es an der Uni in Mailand studiert. Doch erst als sie für ein Gastsemester nach London gekommen war, war ihr klar geworden, dass Englisch nicht gleich Englisch ist. Neben dem internationalen Schulenglisch, das offenbar überall auf der Welt gelehrt wird, gab es auch noch eine Art offizielles Englisch, das sich durchaus ein wenig davon unterschied (wir klammern an dieser Stelle die Amerikaner großzügig aus, denn nicht nur die Engländer wären ja jederzeit zum Schwur bereit, dass es sich bei den Sprachen, die diese praktizieren, um alles, nur nicht um Englisch handelt). Und dann gab es das, was die Menschen auf den Straßen sprachen. Ja, es erinnerte mitunter an die Sprache, die Marietta gelernt hatte, und es hatte meist Ähnlichkeit mit dem, was an der Universität zum Einsatz kam. Aber manchmal war es ihr auch, als wäre sie auf einem fremden Planeten gelandet, vor allem, wenn sie es mit einem Handwerker zu tun hatte, im Supermarkt einkaufte oder wenn sie ihrem Nachbarn Dylan aus dem dritten Stock begegnete, der in einem Wettbüro arbeitete und sie bei jedem zufälligen Zusammentreffen zu einem Plausch nötigte (der allerdings einseitig oder zumindest von ihrer Seite her äußerst einsilbig blieb, weil Marietta kaum ein Wort verstand). So viel immerhin hatte sie in dem Jahr, das sie in Lisson Grove wohnte, mittlerweile erfahren, dass er aus Cardiff stammte. Und das lag bekanntlich in Wales. Was manches erklärte.

Trotz der sprachlichen Ungereimtheiten aber fühlte sie sich in London so wohl wie nirgendwo sonst bisher (wobei sie außer ihrem Heimatdorf bei Perugia und Mailand noch nicht viel von der Welt gesehen hatte). Die Stadt war lebhaft und international, sie war selbstbewusst und hatte eine wundervolle, vielseitige Kultur, woran nicht zuletzt unzählige kleine Instanzen wie etwa der *Millefeuille* Verlag ihren Anteil hatten. So schüchtern sie also einerseits war, so dankbar war sie, am steten Summen dieser Stadt mitwirken zu dürfen, und sie bereitete sich auf ihre Besuche im Verlag akribisch vor. Diesmal allerdings war es etwas anders, denn Mr. Thornton hatte sie gebeten, ganz außerhalb der üblichen Routine noch einmal in den Verlag zu kommen, nachdem er das ungewöhnliche Manuskript buchstäblich über Nacht gelesen hatte. Er wolle sich über »das weitere Vorgehen« unterhalten. Dies nun machte die junge Lektorin noch nervöser, als sie es sonst schon war. Welches Vorgehen mochte er meinen? Es gab ein Werk, von dem man nicht wusste, wer es verfasst hatte. Und, ja, es war ein besonderes Werk. Aber wie sollte man nun »vorgehen«?

Entsprechend verunsichert hatte sie sich auf den Weg zum Verlag begeben und stand nun einmal mehr in Mr. Thorntons altmodischem Büro, gedankenversunken den Blick auf eine schon leicht verblichene Abbildung der drei Grazien geheftet, die aus rätselhaften Augen zurückblickten und deren Lächeln ihr mit einem Mal seltsam spöttisch erschien. »Nehmen Sie doch Platz, Miss Piccini«, sagte der Verleger – und auch der Umstand, dass er zum allerersten Mal ihren Namen richtig ausgesprochen hatte, schien Marietta verdächtig.

Nachdem er seine Unterlagen sortiert und die obligatorischen Pfeifenutensilien zurechtgelegt hatte, setzte er sich ebenfalls, faltete die Hände über dem

Bauch und lächelte, als wäre er die vierte Grazie. Doch dann wurde er wieder ernst. »Tee?«

»Nein, danke.«

Mr. Thornton nickte. »Nun, ein bemerkenswertes Manuskript, das Sie da entdeckt haben, Miss Puccini.«

»Entdeckt würde ich es nicht nennen ...«

»Es hat nur einen Fehler.« Er hob die Hände. »Es ist nicht fertig.« Und ließ die Hände wieder sinken, um sich ein wenig vorzubeugen und ihr bedeutungsvoll in die Augen zu sehen. »Aber ich werde es bringen.«

»Bringen?«

»Veröffentlichen.«

»Oh.« Einen Moment schwieg die junge Frau. »Aber wir wissen nicht, von wem es stammt«, sagte sie schließlich leise.

»In der Tat«, bestätigte der Verleger. »Und das ist durchaus ein Problem. Andererseits kann man ein solches Werk nicht unveröffentlicht lassen. Die Leserinnen werden es lieben!« Was er nicht sagte, war, dass er auch meinte: Die Leserinnen werden den Protagonisten lieben.

»Außerdem ist es nicht fertig.« Marietta räusperte sich. »Wie Sie selbst schon gesagt haben.«

Violet Thornton, die mit einer großen Tasse kräftigen Tees plötzlich in der Tür stand, nickte. »Darüber haben wir natürlich auch nachgedacht«, sagte sie, und es war Marietta, als husche zuletzt auch über ihr Gesicht ein listiges Lächeln. »Und so kann das unmöglich bleiben.«

»Aha?«

»Ja«, stellte der Verleger fest. »Es gibt jetzt zwei Wege, wie wir das Problem aus der Welt bringen. Entweder, es gelingt Ihnen, den Autor ausfindig zu machen ...«

Eine Pause entstand. Eine Pause, die für Marietta Piccinis Nerven mehr als eindeutig zu lang war. Und zu ihrer Verblüffung entdeckte sie, dass Mr. Thornton in das leise Lächeln seiner Frau eingefallen war. Sie beide blickten sie an wie ein besonders schönes, dickes Huhn, auf das man sich schon seit längerem freut, und das man nun endlich zum Abendessen genießen würde, fein gewürzt und zart gebraten. Sie holte Luft, blickte vom einen zum andern und blieb doch so verständnislos wie zuvor. »Oder?«, fragte sie schließlich und sah, wie das Lächeln des Verlegers noch ein wenig breiter wurde.

»Oder ... aber das werden Sie sich schon gedacht haben ... Sie schreiben es zu Ende.«

»*Ich* schreibe es ...?« Unwillkürlich war Marietta aufgesprungen und stand zwischen dem Verlegerehepaar wie einst als Schülerin zwischen ihrer Lehrerin Signora Tedeschi und dem Publikum bei der alljährlichen Schulaufführung: ratlos, hilflos, kopflos. Nun gut, damals hatte sie eine Aubergine darstellen sollen. Schwer, sich vorzustellen, was einer Zehnjährigen noch peinlicher sein könnte. Aber jetzt ... Sie selbst, Marietta Piccini aus Ponte Felcino bei Perugia, vor kurzem noch Studentin der Anglistik, jetzt nicht einmal mehr das, sondern nur eine leidenschaftlich für die Literatur entflammte Lektorin, als Autorin?

»Ich fürchte, das kann ich nicht«, flüsterte sie und sah von ihm zu ihr und zurück. »Wie soll das gehen? Ich weiß ja nicht einmal, wie die Geschichte endet.« Doch dann wurde ihr plötzlich klar, dass sie es ja mit zwei Engländern zu tun hatte – und die Engländer waren schließlich für eine Sache bekannt! Auf einmal musste sie lachen. Laut und italienisch, mit all der Fröhlichkeit, zu der mediterrane Menschen fähig sind, und sie lachte so, dass sie Mr. und Mrs. Thornton ansteckte. So lachten sie alle drei in dem kleinen Verlagsbüro, zwischen all den edlen Holzregalen, voll von mehr oder weniger delikaten Büchern und hinaus durchs Fenster in den nahenden Londoner Mittag, als stünden sie auf der Piazza Matteotti und der alte Maurizio Pozzo hätte einen seiner trefflichsten Witze erzählt. Doch nach einigen Augenblicken drängte sich eine seltsame Ahnung in Mariettas Bewusstsein. Eine Ahnung, dass sie hier nicht in Perugia war und dass das hier nicht der alte Fischhändler war, der seine Kunden stets mit frechen Scherzen foppte, sondern dass sie in einem Land war, in dem der Witz ein leiserer, hinterhältigerer war, einer, der gerne auf Kosten des anderen ging. Vor allem die Ahnung, dass dieser andere niemand sonst war als sie selbst!

Violet Thornton, die sehr gute Antennen für die Befindlichkeiten ihrer Mitmenschen hatte, trat zu ihr, legte ihr den Arm um die Schultern und schlug vor: »Nehmen Sie nicht doch einen Tee, meine Liebe?«

Marietta Piccini trank Tee. Sie merkte es aber gar nicht. Genau genommen merkte sie so gut wie gar nichts in der nächsten Stunde, in der die überaus phantasiebegabte Verlegerin ihr Wege und Möglichkeiten ausmalte, wie dieses entzückende Manuskript wohl zu Ende gehen könnte. Zunächst einmal ging es natürlich um die Frage, ob es ein tragisches oder ein glückliches Ende haben sollte, denn je nachdem müsste der Weg dorthin ja ein anderer sein. Doch im Ernst, wer wolle schon ein tragisches Ende lesen, gewiss, man konnte da wunderbar in Tränen zerfließen, was viele gerne täten, weil es doch eine sehr befreiende Wirkung habe, und doch, bei Lichte betrachtet, war ein trauriger Schluss keine wirkliche Option, zumal das Manuskript ja bis hierhin schon nicht sentimental angelegt sei. Nein, da müsse man auch ein wenig konsequent denken, außerdem sei es doch arg schwer, ein *unhappy ending* mit der nötigen Eleganz zu verfassen, da sei das *happy end* die klar dankbarere Alternative, gerade vor dem Hintergrund, dass doch alles in dieser zauberhaften kleinen Geschichte bereits auf Erlösung angelegt sei und der Held einfach so unbedingt schlussendlich auch einmal Glück haben müsse, dieser Unglückswurm, der natürlich trotzdem ein ganz wunderbarer, ja einzigartiger Held sei, wie man ihn so nicht sehr häufig gelesen habe.

»Deshalb, meine Liebe, sollten Sie sich nicht scheuen, ein Ende zu finden, das die Leserin gerne liest.«

»Und der Leser?«

»Der auch, sicher.«

Welch eine Aufgabe, der sich Marietta Piccini gegenübersah. Nicht nötig zu betonen, dass Lösung A die eindeutig von ihr bevorzugte war: Sie musste verdammt noch mal den Verfasser des Werkes ausfindig machen, koste es, was es wolle. Erstens war das die einzig anständige Lösung (schließlich konnte sie sich ja nicht gut mit seinen Lorbeeren schmücken), zweitens hätte sie nicht gewusst, ob und wie sie eine solche Geschichte zu Ende bringen konnte (schließlich hatte sie außer ihrer Abschlussarbeit noch keinen einzigen längeren Text verfasst, und schon gar keinen frei erfundenen), und drittens hatte sie das unbestimmte, aber sehr deutliche Gefühl, dass alles andere am Ende Ärger geben würde (und sie hatte gelernt, solchen Gefühlen dringend zu folgen, weil alles, was man sich sonst so zurechtlegte, meist nur schön gedacht war, aber nicht funktionierte).

Immerhin hatte Mr. Thornton, dessen praktische Begabung legendär war, eine sehr gute Anregung parat gehabt: »Schalten Sie doch eine Anzeige in der Zeitung. Wer Romane schreibt, liest Zeitung.« Und er war aufgesprungen und hatte in seiner exakten, unprätentiösen Schrift ein paar Worte notiert. »Hier. Das genügt völlig. Klar und eindeutig. Wenn er sich meldet, laden wir ihn in den Verlag ein. Wir servieren ihm Tee und Gebäck ...«

»Vielleicht ein Stück Zwiebelkuchen ...«, hatte Mrs. Thornton zu Mariettas Befremden eingeworfen.

»... und am Ende einen Verlagsvertrag.«

Wenn er sich meldet, dachte Marietta, während draußen London unter ihr vorbeischwebte. Sie saß im oberen Deck eines Busses, ihre Tasche mit beiden Händen umklammernd, und versuchte, nicht an die vier Tassen Tee zu denken, die sie getrunken hatte. Mr. Thornton hatte ihr noch ein Exemplar des *Guardian* mitgegeben, der bei ihm auf dem Schreibtisch gelegen hatte. »Da können Sie die Nummer der Anzeigenabteilung gleich raussuchen.«

Das hatte sie auch getan, sich dann aber doch entschlossen, direkt hinzufahren und die Anzeige selbst aufzugeben. Mr. Thornton mochte ja altmodisch sein, aber gegen Marietta Piccini konnte er ohne Weiteres als Zukunftsforscher gelten.

Und so kam es, dass wenig später eine junge Frau aus Italien durch das Foyer einer der größten Zeitungen des Landes hastete, um zu erfahren, dass es eine »Anzeigenabteilung«, bei der man persönlich sein Inserat aufgeben konnte wie ein Telegramm auf dem Postamt, längst nicht mehr gab. Sie würde es telefonisch oder – noch viel besser – online aufgeben müssen.

Was sie dann auch tat, nachdem sie einmal mehr erfolglos in der London Library nachgefragt und den restlichen Tag mit ihrem Schicksal und dem englischen Essen gehadert hatte.

The Guardian, 17. August

Manuskript gefunden

Falls Sie kürzlich bei der London Library ein Romanmanuskript verloren haben, melden Sie sich bei Ms. M. Piccini, c/o Millefeuille Verlag ...

FÜNF

Anders als erwartet, war weder Sophie noch eine ihrer Freundinnen da. Die Wohnung war leer und still, sogar der Kanarienvogel schwieg. Das war genau genommen das Erste, was Paul auffiel, als er seinen vom plötzlichen Regen ziemlich durchnässten Mantel an die Garderobe hängte. Dann fand er, er sei zu durchnässt, um den Flur vollzutropfen. Weshalb er ihn samt Bügel nahm und ins Badezimmer trug, um ihn an der Duschstange zum Trocknen aufzuhängen. Eine Parfümwolke, die noch in der Luft hing, zeigte an, dass Sophie ausgegangen sein musste. Denn sie hüllte sich immer in einen mehr oder weniger betörenden Duft, wenn sie das Haus verließ.

Während aber ihre Aura geradezu aufdringlich präsent war (was Paul durchaus mochte, ja es ließ sein Herz sogar etwas schneller schlagen), bemerkte er verwundert, dass all die anderen Zeichen von Sophie verschwunden waren: Die Flakons standen nicht an ihrem Platz neben den Zahnbürsten. Die allerdings auch nicht da standen. Überhaupt, all die

Make-up-Utensilien fehlten. Ebenso das Brillenetui und die Tageslinsen. Er beugte sich zu dem kleinen Regal unter dem Waschbecken hinab und starrte in relative Leere. Ein paar Rasierklingen, seine Zahnpastareserve, eine vertrocknete Seife ganz hinten. Von Sophie nichts als eine fast leere Packung Tampons. Als er sich wieder aufrichtete, entdeckte er auch ihren Bademantel hinter der Tür nicht.

Ahnungsvoll ging er vom Badezimmer ins Wohnzimmer, von dort in die Küche und schließlich – dazu musste er erst ein wenig Mut fassen – ins Schlafzimmer. Doch es lag nicht Sophies aktueller Schmöker auf dem Sofa, es stand nicht ihre geliebte Orchidee auf der Fensterbank, es gab keinen Jasmintee in der Küche und keine zerknüllten Bettsocken auf dem Vorleger. Und unter ihrer Decke lag kein Pyjama. So wenig wie ihr Handy auf dem Nachttischchen lag. Wie in einem Experiment schob Paul die Türen des Schlafzimmerschranks auf, nicht die eine auf seiner Seite, sondern die anderen drei: nichts. Das hieß: fast nichts. Ausgerechnet das Twinset hing noch da, das er Sophie einmal an einem Frühlingsabend mitgebracht hatte, als er es zufällig in einem Schaufenster in der Oxford Street entdeckt und so entzückend gefunden hatte. Anders als Sophie, die es kurz als Trennungsgrund erwogen hatte, um es dann aber gnädig – und unprobiert – ganz hinten in den Schrank zu hängen.

Und die rote Unterwäsche, die er ihr einmal in einem Anflug von Frivolität zu Silvester mitgebracht hatte. Die fand sich in einer der Schubladen.

Nach und nach formte sich in Paul das Bild der ihre Sachen packenden Sophie, wie sie Tasche um Tasche und Koffer um Koffer nach unten trug (ein kurzer Blick genügte: auch die Koffer waren weg), wo sie ... ja, was? Alles in ein Taxi verfrachtete? Wo jemand auf sie wartete, um das Gepäck in Empfang zu nehmen und an einen anderen Ort zu bringen? Und wohin? Hatte Sophie in aller Heimlichkeit eine neue Wohnung gemietet? Hatte sie gar jemanden kennengelernt, zu dem sie zu ziehen gedachte? Paul war immer geneigt, Frauen für rätselhaft zu halten, worin er sich ja kaum von der überwältigenden Mehrheit der übrigen männlichen Menschheit unterschied. Doch bis zu diesem Tag hatte diese Rätselhaftigkeit für ihn immer etwas Reizvolles gehabt. Sie war aufregend für ihn gewesen, hatte Sophie auch zu etwas ganz Besonderem gemacht. Zu jemandem, der von weitaus komplexerer Persönlichkeit war als zum Beispiel er selbst. Doch nun wollte sich diese attraktive Rätselhaftigkeit einer Frau in tiefe Ratlosigkeit eines Mannes verwandeln. Und Paul erkannte mit einer gewissen Bestürzung, dass er der Mann in dieser Geschichte war.

Sie hat mich wirklich verlassen?, dachte er. *Ohne ein Wort, ja ohne eine Andeutung? Habe ich etwas getan, was sie so verletzt hat?* Oder hatte es Zeichen gegeben und er war so blind gewesen, sie nicht zu erkennen? Paul hörte das Blut in seinen Ohren rauschen. Während er in den Flur zurücklief, wischte er sich die Nässe aus dem Gesicht. Unter dem Herzen spürte er einen schmerzhaften Druck, und eine völlig neue Form von Schwerkraft schien ihn mit bisher ungekannter Energie hinabziehen zu wollen. Er suchte das Telefon und fand es schließlich auf der Fensterbank in der Küche. Mit zitternden Fingern tippte er Sophies Nummer und wartete.

»Hier ist die Mailbox von Sophie Hunter. Bitte hinterlassen Sie mir eine Nachricht.«

»Sophie ...«, begann Paul und stockte. »Ich ... Du ...« Er atmete schwer, während er vor dem Fenster zwei Amseln im Baum mit den Augen verfolgte. »Warum hast du mir nichts gesagt?«

Einen Moment überlegte er noch, doch dann beendete er den Anruf. Was sollte er schon sagen. Der Mailbox.

Ohne so recht zu wissen, warum, begann er, alles, was von Sophies Sachen übriggeblieben war, hinüber ins Wohnzimmer zu tragen. Er legte die Dinge nebeneinander auf das Sofa. Wo sie seltsam profan wirkten, und selbst der Zauber ihres Duftes auf einmal wie die Zeitschriftenbeilage einer Parfümprobe roch: angenehm, aber fremd. Ja, fremd lagen sie beieinander, die rote Unterwäsche, das Twinset, die Tampons, die paar Zeitschriften (hatte Sophie eigentlich ein Abo gehabt oder hatte sie die immer am Kiosk gekauft?), die Schlafmaske (sie hatte sie unter dem Kopfkissen vergessen – mit Sicherheit nicht absichtlich), die Gummistiefel (zweifellos absichtlich vergessen), die fast leere Tube französischer Sandelholzhandcreme. Tja, und das Bündel Briefe, die in einer Schuhschachtel zurückgeblieben waren. Briefe von ihm. Briefe der Liebe und des Begehrens. Auch ein paar Entschuldigungsbriefe. Zwei Postkarten von Valentinstagen. Sie hatte sie nicht mitgenommen.

Alles das – wenig genug – lag nun also im Wohnzimmer. Während der Rest der Wohnung akribisch von ihren Dingen befreit war. Eine Weile schritt Paul von Zimmer zu Zimmer, streifte durch Flur und Badezimmer und zurück. Die Wohnung, die sie beide (nun, vor allem Sophie) immer als viel zu klein empfunden hatten, schien plötzlich von schlossartigen Ausmaßen. Die leeren Schränke gähnten Paul an. Überall war plötzlich Platz, wo vorher räumliche Bedrängnis geherrscht hatte.

Zum ersten Mal fiel ihm auf, wie wenig doch eigentlich sein Eigen gewesen war. Ein Blick in den Küchenschrank machte es ihm überdeutlich: Von dem Geschirr waren nur ein paar bunte Tassen übrig geblieben, von denen er sich nicht hatte trennen können, als er von seiner Studentenbude hierher und mit Sophie zusammengezogen war. Er nahm eine der Tassen zur Hand und begann sich einen Tee zu machen. Immerhin, einen Teil des Kochgeschirrs hatte Sophie zurückgelassen, einige der älteren Stücke. Paul würde zurechtkommen.

Schließlich setzte er sich mit seinem Tee, einem kräftigen *Prince of Wales*, dem letzten Rest, den er noch gefunden hatte, ans Fenster und blickte auf die Straße hinunter. Die Vorhänge waren weg, fiel ihm auf. Das machte die Zimmer mit einem Mal hell und freundlich, obwohl es draußen wieder angefangen hatte zu stürmen. *I wish you shelter from the storm,* summte er, *a cosy fire that keeps you warm.* Und er dachte an Sophies zauberhaftes Lächeln. Er war ihr nicht böse. Vielleicht war es wirklich besser so. Vielleicht hätte er sie nie glücklich gemacht. Vielleicht würde sie all ihre Träume und Pläne, die großen Reisen nach Fernost, die Empfänge zum Gartenfest der Queen, die Modenschauen in Paris, das Haus in Notting Hill, vielleicht würde sie all das ohne ihn leichter erreichen. Außerdem war die quälende Frage nach dem Hochzeitstermin geklärt: nie. Paul nahm einen Schluck Tee, sog tief den Duft des köstlichen Getränks ein, spürte, wie der Druck hinter seiner Brust sich langsam löste, und schloss die Augen. *But most of all when snowflakes fall, I wish you love.*

Marietta Piccini hätte gerne gewusst, warum die Frau keinen Abschiedsbrief hinterlassen hatte. Sie hatte auch schon Trennungen erlebt, eine zumindest. Aber das war eine andere Art von Trennung gewesen, eine, bei der man sich ausgesprochen hatte – das hieß: bei der sich ihr Freund ausgesprochen hatte. Wenige Worte zwar, aber die hatten getroffen. Sie wollte lieber nicht mehr daran denken (was ihr schwerfiel, wenn ihr die Szene erst einmal wieder vor Augen stand). Aber diese Geschichte von Paul und Sophie erschien ihr unverständlich. War das britisch? Trennte man sich hier einfach so? Ohne Vorankündigung und ohne ein erklärendes Wort? Nun, es war Fiktion, es war eine Geschichte, die in einem Roman erzählt wurde. Sie musste deshalb nicht notwendig nach den typischen Regeln des Lebens gestaltet sein. Und doch: Paul tat ihr leid. Sie fand, dass nichts in der Geschichte darauf hinwies, dass er ein solches Ende der Beziehung verdient hatte. Vielmehr schien es doch so zu sein, als hätte er sich ein Leben mit Sophie bis ans Ende aller Tage sehr gut vorstellen können. Beinahe hätte er ihr sogar Blumen mitgebracht! Eine absurde Vorstellung: Ein Mann kommt nach Hause, einen Blumenstrauß in der Hand, und findet die gemeinsame Wohnung verlassen vor. Nein, das hatte Paul nicht verdient.

Es war Abend geworden über der neuerlichen

Lektüre des Manuskripts. Der Hunger hatte sich heimlich angeschlichen, um nun umso drängender Mariettas Aufmerksamkeit auf sich zu ziehen. Sie legte das Manuskript beiseite und konsultierte den Kühlschrank, in dem leider Ebbe herrschte. Zum Glück gab es um die Ecke einen kleinen arabischen Gemüseladen. Rasch griff sie sich die Geldbörse, warf sich ihren Mantel über und lief die paar Treppen hinunter, um vor dem Haus beinahe mit Dylan aus dem dritten Stock zusammenzustoßen, der eben von der Arbeit nach Hause kam. »Hi, Mary«, grüßte er sie, um sogleich ein paar Bemerkungen hinterherzuschieben, aus denen sich für Marietta lediglich die Worte »I« und »you« halbwegs zuverlässig herausfiltern ließen. Sie schenkte ihm ein Lächeln und bedeutete ihm, dass sie es eilig hatte. Er verbeugte sich so galant, wie es einem Mitarbeiter eines Wettbüros nur möglich war, dann trat er beiseite und ließ sie durch.

Das *Deli Deli* war kaum mehr als ein etwas in die Länge gezogener Raum mit trostloser Neonbeleuchtung (die nur noch durch die Trostlosigkeit einer immerfort blinkenden, sommerlich-absurden Weihnachtsbeleuchtung im Schaufenster überboten wurde). Doch das störte Marietta nicht. Denn mochte auch die Gestaltung des Ladens nicht sehr geschmackvoll sein, die Waren waren es: Obst und Gemüse von dieser Qualität fand man in keinem

Supermarkt und auch nicht in irgendeinem einheimischen Gemüseladen.

Farukjan Botsworth hatte den Laden von seiner Mutter übernommen und offenbar das Geschick für erlesene Früchte bereits mit der Muttermilch in sich aufgesogen. Wann immer Marietta sich eine Orange griff oder nach einer Melone langte, die nicht perfekt war, hörte sie ein kleines Geräusch, das er mit der Zunge machte – und sogleich kam er herbei, wog das Stück in seiner Hand, drehte es leicht, klopfte auf die Melone, lauschte auf den Klang, tauschte sie aus, tauschte sie mitunter auch nochmals aus, um ihr schließlich das beste Exemplar zu geben, das sich unter seinem Dach befand. Marietta hatte das öfter erlebt, weshalb sie manchmal, wenn sie nach einem langen Tag müde nach Hause kam, auch einfach nur sagte: »Mr. Botsworth, seien Sie bitte so lieb und packen mir ein Pfund Tomaten ein und eine Handvoll Kastanien.« Dann lächelte er sein breites Lächeln, wackelte leicht mit dem Kopf und schob ihr ein Glas Tee über die Theke, ehe er in aller Ruhe eine Tüte vollkommener Lebensmittel für sie packte. »Isch habe Ihnen noch einen kleinen Radicchio eingepackt und etwas Fenschel, sodass Sie sisch noch einen Salat dazu machen können.«

»Danke, Farukjan«, erwiderte Marietta dann, unwillkürlich zum Vornamen wechselnd.

»Gerne.«

»Grüßen Sie Ihre entzückende Frau.«

»Danke. Einen wunderschönen Abend, Ma'am.«

»Das wünsche ich Ihnen auch. Danke.«

Er würde ihn auch mit Sicherheit haben. Denn Mr. Botsworth war seit kurzem mit einer bezaubernden Frau verheiratet, auch sie ein Import, vermutlich aus Indien. Marietta hatte den Eindruck, dass es mehr Kunden gab, seit sie gelegentlich im Laden stand. Vor allem mehr männliche Kunden. Das etwas fragwürdige Englisch, das die junge Frau sprach, schien dabei eher nützlich als hinderlich zu sein. Es stimmte ja auch: Ein gewisser Zauber ging von der neuen Gemüsehändlerin aus, von ihrer glockenhellen Stimme und von den farbenfrohen Saris, die sie um ihren grazilen Leib gewunden hatte.

Dylan schien noch etwas im Treppenhaus zu tun gehabt zu haben. Jedenfalls stand er immer noch da, als Marietta wieder zurückkam. Und wieder verbeugte er sich mit albernem Überschwang, als wollte er, dass der jungen Italienerin die Fülle seines Haupthaares auffiele. »May I?«, fragte er in fabelhaft verständlichem Englisch und nahm ihr die Tüte aus der Hand, ohne eine Antwort abzuwarten. Dann lief er vor ihr her die Treppe hinauf zu ihrer Wohnung und wartete, bis sie ihn eingeholt hatte. Marietta rang mit sich, ob sie seine Freundlichkeit zumindest durch einige warme Worte erwidern sollte oder ob ihn das womöglich zu weiterer Konversation ermuntern könnte – die unweigerlich in peinlichem Schweigen enden musste, da sie ja nicht den blassesten Schimmer hatte, was er ihr zu sagen bedeutete.

Doch er reichte ihr nur das Päckchen, lachte ihr fröhlich ins Gesicht und trollte sich, sodass sich die Frage gar nicht stellte. Ja, doch, er war nett, das ließ sich nicht bestreiten. Und er konnte singen – Marietta hörte seine Stimme gelegentlich durch die Lüftungsanlage im Badezimmer.

Das Abendessen war schnell bereitet, ein kleines Sugo aus Tomaten und einigen Gewürzen (etwas Thymian und ein paar Salbeiblätter, eine Knoblauchzehe nur mitgeschmort und dann wieder weggenommen), darüber zwei gehackte und in der Pfanne geröstete Kastanien, dazu Pasta aus Italien und ein Glas Wein (nun, im Grunde zwei: eines hatte sie sich beim Kochen schon eingeschenkt). Dazu den Fenchel mit etwas Zitrone und Olivenöl, Salz und Pfeffer – *va bene*, ein perfektes Dinner, mit dem kleinen Makel nur, dass es ein *Dinner for one* war. Aber darüber machte sich Marietta nach Möglichkeit keine Gedanken. Sie hatte gemerkt, dass es ihr nicht guttat, sich selbst zu bedauern, weil sie ihr Leben zurzeit mit niemandem teilte. Das hieß: mit niemandem als einem auf nachgerade magische Weise immerzu nachwachsenden Stapel an Manuskripten, die sie auf Papier oder per

E-Mail von *Millefeuille* zugesandt bekam oder die Mr. Thornton ihr mitgab, wenn sie dort war.

Und so fand sie sich denn auch wenig später nicht nur mit Teller, Glas und Besteck ausgestattet an ihrem kleinen Küchentisch wieder, sondern auch mit einem Stapel Papier: drei Einsendungen, die sie zumindest eines ersten Blickes würdigen wollte.

Sehr geehrte Damen und Herren,
erlauben Sie mir, Ihnen anbei meinen neuen Roman Der Zauber der tausend Tage *zuzusenden. Es handelt sich um eine Geschichte aus der Zeit der Rosenkriege. Die junge Magd Helen muss ihr Dienstverhältnis verlassen, nachdem sie ungewollt schwanger wurde und …*

Vielleicht ja eine großartige, opulente und sogar erfolgversprechende Geschichte – doch keine, die bei *Millefeuille* würde erscheinen können. Historische Romane hatten dort keinen Platz. Marietta machte einen entsprechenden Vermerk, legte das Manuskript beiseite und nahm das nächste zur Hand.

Liebes Verlagsteam!
Ich schicke Ihnen heute ein Werk, das das Zeug zum Bestseller hat! Sie werden schnell feststellen, dass mein Ansatz revolutionär ist! Es gibt kein anderes Buch weltweit, in dem Sie mehr über Erfolg erfahren als in meinem …

Auch dieses Manuskript legte Marietta rasch beiseite. Erfolgsratgeber waren ebenso wenig ein Thema in dem kleinen Verlag wie Historisches – oder Autoren, die jeden Satz mit einem Ausrufezeichen beendeten. Nein, damit würde der Verfasser sicher keinen Erfolg haben.

Das dritte Manuskript begann zumindest mit einem vielversprechenden Brief:

Sehr geehrte Lektorin, sehr geehrter Lektor,
in der Hoffnung auf wohlwollende Prüfung sende ich Ihnen hiermit meine Erzählung Der Gesang des Winters. *Ich erwarte nicht, dass ich dafür den Nobelpreis bekomme. Aber nachdem ich solche Freude daran hatte, diese Geschichte niederzuschreiben, die mich seit Jahren bewegt, hoffe ich, dass es vielleicht auch einigen Menschen Freude macht, sie zu lesen. Dazu muss sie natürlich zuerst Ihnen gefallen. Vielleicht finden Sie ja die Zeit, einen Blick hineinzuwerfen. Auf Ihre ehrliche Antwort wartet*
mit freundlichen Grüßen
Annetta Robington

Marietta schob ihren Teller von sich, griff zu ihrem Weinglas und lehnte sich zurück. In angenehm übersichtlicher Schrift begann sich vor ihrem Geist eine Geschichte auszubreiten, die ihr zumindest als erwägenswert erschien:

Kummer ist wie eine traurige Kindheitserfahrung. Wir tragen sie stets in uns, und manchmal tritt sie an die Oberfläche. Dann steht sie unvermittelt vor uns, ohne sich um all das Überdeutliche zu kümmern, dessen wir uns doch bewusst sein sollten: die Schönheit des Lebens, die Magie aller Wesen, die Freude in allen Dingen. Denn das ist es, was unser Leben in Wahrheit ausmacht – eine Fülle an wundervollen Erlebnissen, Erkenntnissen und Begebenheiten. Es kann die Dankbarkeit der Mutter sein für eine kleine Aufmerksamkeit, die ihr durch uns widerfahren ist. Der Stolz auf die ersten Schritte der eigenen Kinder. Oder es kann, wie im Falle eines sehr unbedeutenden Mannes aus Coventry, der Augenblick sein, in dem er erkannte, dass über ihm das Glück wohnte …

Marietta musste lächeln. Erst nach einer kleinen Weile fiel ihr auf, dass sie feuchte Augen hatte. Aus irgendeinem Grunde hatten diese Worte sie ins Herz getroffen. Nein, nicht aus irgendeinem Grunde, sondern weil sie genau wusste, dass sie sich ertappt fühlte. Es war wie bei ihr: Sie selbst litt immer wieder unter Anfällen von, nun ja, vielleicht war es mit dem Wort »Kummer« ganz gut getroffen. Selbst hätte sie es vielleicht Weltschmerz genannt, weil es ein so unbestimmtes Gefühl war, jedenfalls eine Befindlichkeit, die sich an nichts Bestimmtem festmachte, sondern sich einfach über sie senkte und ihr Herz belastete, um für einige Stunden und manchmal auch Tage darauf zu sitzen und es nicht aus seiner ebenso dunklen wie sanften Umarmung zu lassen. Ob die Tränen einen solchen Stimmungsumschwung markierten? Sie konnte es noch nicht sagen, manchmal verflog eine emotionale Tiefe auch so schnell, wie sie gekommen war, und wirkte eher wie ein reinigendes Intermezzo auf ihre Stimmung.

Sie legte auch dieses Manuskript zur Seite, nein, das wollte sie jetzt nicht weiterlesen. Auch wenn ihr der Anfang gefiel, wollte sie nicht Gefahr laufen, sich in eine Melancholie manövrieren zu lassen. Stattdessen klappte sie ihren Laptop auf und versuchte es mit etwas ganz anderem: einer Suche via Internet. Mit hastigen Fingern gab sie die Begriffe »Manuskript verloren« ein und hielt den Atem an. Eigentlich das Naheliegendste. Warum war sie darauf noch nicht gekommen?

So simpel, wie sie es erwartet hatte, war das Ergebnis ihrer Suche nicht: Es schien seitenweise keine Suchanfrage und keinen Bericht aus der allerjüngsten Zeit zu geben. Und doch eröffneten sich Marietta Piccini Einblicke in die Literatur, die sie nie erwartet hatte. Denn – zumindest vom Ergebnis her betrachtet – die Geschichte der verloren gegangenen Manuskripte war für sich genommen von unglaublichen Ausmaßen. Der erste Treffer schon war eine

Liste verschollener Romane. Und darauf fanden sich Namen, die mit ihrem Œuvre ohne Weiteres eine ganze Bibliothek hätten füllen können. René Descartes führte den Reigen der glücklosen Literaten an. 1675 ging sein Manuskript *Olympica* verloren. 1796 verlor E.T.A. Hoffmann die Urschrift zu seinem Roman *Der Geheimnisvolle.* Was für eine Ironie der Literaturgeschichte! Nicht besser erging es Heinrich von Kleist, der 1803 das Manuskript zu einem Trauerspiel verlor. Vieles wurde vernichtet, erstaunlich vieles mutwillig verbrannt. Der Marquis de Sade musste den Flammen zusehen, wie sein letztes Werk, ein Manuskript von sechstausend Seiten, auf dem Hof des Irrenhauses von Charenton in Rauch aufging. Es war nicht das einzige Werk dieses Großmeisters der Perversionen. Geradezu lächerlich mutete dagegen der Verlust von T. E. Lawrences *Die sieben Säulen der Weisheit* an: Der Autor hatte das Manuskript schlicht in der Bahn liegen gelassen. Er war in einen anderen Zug umgestiegen – sein Stück Weltliteratur hatte das Weite gesucht, und Lawrence hatte alles noch einmal schreiben müssen. Immerhin konnte der Engländer sich selbst Vorwürfe machen. Anders als ein ebenso berühmter Amerikaner: Henry Miller. Der hatte das Manuskript zu seinem Roman *Clipped Wings* seinem befreundeten Buchhändler anvertraut. Und der hatte nichts Besseres zu tun gehabt, als es prompt zu verlieren. Na ja, vielleicht hatte er das vermutlich erotische Vergnügen der Lektüre auch nur nicht mit anderen teilen wollen, dachte Marietta, die manchmal, wenn auch ganz selten, einen gewissen Stolz verspürte, wenn sie dachte, dass sie vielleicht die Einzige war, die einen großen Text (vom Autor abgesehen) in seiner Gänze zu lesen bekam und ihn zu würdigen wusste. Zu gerne hätte Marietta gewusst, ob die Freundschaft zwischen Autor und Buchhändler diese Katastrophe überstanden hatte. Konnte es für die Sicherheit von Literatur einen zuverlässigeren Gewährsmann geben als einen Buchhändler?

Wie fahrlässig dagegen war Truman Capote gewesen, der 1950 beim Umzug in eine andere Wohnung das Manuskript zu seinem fast fertigen Roman *Summer Crossing* in einem Umzugskarton dem Hausmeister überließ. Das Ergebnis war natürlich, dass das Werk verschollen ging. Allerdings tauchte es – lange nach Capotes Tod – wieder auf und wurde für ein kleines Vermögen bei Sotheby's versteigert, um nach der Jahrtausendwende doch noch verlegt zu werden.

Diese und viele andere Geschichten entdeckte Marietta Piccini bei ihrer Suche. Und es waren nur die Schicksale von Werken bekannter Autoren. Die unbekannten blieben in den Tiefen der Literaturgeschichte ebenso unerkannt wie ihre verlorenen Werke. Wären manche davon ans Licht der Öffentlichkeit gelangt? Wäre der eine oder andere Schriftsteller auf diese Weise doch bekannt geworden? Vermutlich. So wie ja auch sonst mancher Literat, wäre er denn verlegt worden, berühmt geworden wäre und sich im Ruhme seines Schaffens hätte sonnen dürfen. Doch die Welt war nun einmal nicht gerecht, und vielleicht war es auch einfach ein Teil des Zaubers von Literatur, dass sie stellvertretend für all das stand, was an Geschichten erzählt wurde, ob im Unerkannten oder vor aller Welt. Letztlich schrieben all die Unveröffentlichten mit ihrem Œuvre am riesigen Kosmos der Literatur mit, auch wenn davon niemand je erfuhr.

Als sich Marietta durch die wichtigsten Verluste der Weltliteratur gelesen hatte, war es längst Abend geworden. Ein paar andere Hits hatten sie auch interessiert: In Japan war das Manuskript eines Mangas verloren gegangen, Zeichnungen hauptsächlich, und offensichtlich von einem riesigen Fankreis betrauert. Der Artikel war knapp und mit einigen Illustrationen des Autors aus seinen anderen Werken bebildert, doch die Kommentare gingen in die Hunderte. Darunter obskure User wie *Pastafari69*, der die Community wissen ließ: »*May the force bewitch you!*« oder *Ooohla-Oooohla*, die sich klar dafür aussprach: »Wer immer es findet und nicht abliefert, sollte gevierteilt werden. Und zwar mehrfach.«

Endlich klappte die junge Lektorin den Computer

wieder zu, schob ihn unters Bett, was sie immer tat, wenn sie ahnte, dass sie schlaflos sein würde, und ließ sich auf ihr Kissen sinken. Was wohl der Autor ihres Manuskripts gerade machte?

Das Bett fühlte sich seltsam fremd an, so allein. Wie Paul festgestellt hatte, hatte Sophie auch ihre Lieblingsbettdecke mitgenommen: seine. Während sie selbst als Verfechterin von Hohlfasern stets darauf bedacht war, atmungsaktiv und antiallergen zu schlafen, zog Paul eine leichte, gesteppte Baumwolldecke mit Federfüllung vor. Die am Morgen stets bei Sophie gelegen hatte, das hieß: auf ihr. Während er unter ihren Kunstfasern erwachte. Nun also beschloss er den Tag, indem er etwas über seinen müden Körper zog, wovon er nicht wirklich wusste, was es eigentlich genau war. Und das sich auch auf seltsame Weise unbestimmt anfühlte, leicht und irgendwie abweisend.

Abweisend. Er hatte noch ein paarmal versucht, Sophie zu erreichen. Doch es war offensichtlich, dass sie nicht erreicht werden wollte, jedenfalls nicht von ihm. Denn es war immer die Mailbox angesprungen, und in ihrem Büro war sie nicht gewesen. Natürlich nicht. Schließlich hatte sie einen Umzug zu bewerkstelligen gehabt. Einen Umzug, bei dem auch Pauls Bettdecke mit umgezogen war. Immerhin hatte Sophie sein Daunenkissen zurückgelassen. Und nun, da der Rest des kalten und spröden Bettes sich so fremd anfühlte, merkte er erst, wie wunderbar dieses Kissen seinen Kopf bettete. Und er dankte im Stillen den armen Gänsen, die ihre feinsten Federn dafür gelassen hatten, und versuchte den Gedanken zu verdrängen, wie sehr sie für sein Wohlergehen gequält worden waren.

Was nichts nützte. Er fand dennoch keine Ruhe. Erstaunt stellte er fest, dass Sophie nie präsenter gewesen war in dieser Wohnung, in seinen Gedanken und in diesem Bett als jetzt, da sie gegangen war. Was immer er dachte, er dachte an sie. Wohin immer er blickte, er erblickte sie. Selbst das Schweigen der Wände war wie das Echo ihrer Stimme.

Also wälzte er sich sinnlos einige Stunden, bis er endlich aufstand, um Ruhe zu finden. Zum Glück hatte er vor einiger Zeit einen Ausgleich für sich gefunden, etwas, das ihn aus der Sinnlosigkeit seines Daseins als Bankangestellten rettete: Er schrieb. Was abendliches Ausgehen, Fitnessstudio und der *Camden Club* (in den ihn sein Kollege Bernard aus- oder vielmehr eingeführt hatte) nicht vermocht hatten, vermochte die Literatur: Sie ermöglichte es ihm, den

Kopf freizubekommen, sich an andere Orte und Zeiten zu denken, sich in einer Leichtigkeit zu verlieren, die im Alltag oft chancenlos war.

Hätte er nicht auf einem Flohmarkt diese alte Schreibmaschine entdeckt, vermutlich wäre alles anders gekommen. Aber plötzlich war er vor ihr gestanden und ihm war, als sähe er seinen Großvater vor sich, der eine solche Schreibmaschine gehabt hatte. Schwarz. Glänzend. Geheimnisse in sich tragend. Was war wohl alles schon auf ihr geschrieben worden? Wessen Fingerspitzen hatten diese Tasten berührt? »Sie können einen ganzen Karton Farbbänder dazu haben«, hatte der Händler angeboten. Und so war Paul Swift an einem leuchtenden Tag im Mai mit einer viel zu schweren Schreibmaschine unter dem einen und einem Karton Farbbändern unter dem anderen Arm durch die Straßen von London marschiert, um eine der wichtigsten Anschaffungen seines Lebens nach Hause zu tragen – was er zu dem Zeitpunkt freilich noch nicht ahnte.

Nun also tappte Paul Trevor Swift morgens um halb zwei Uhr hinüber an seinen Schreibtisch, öffnete das Fenster weit, um frische Luft hereinzulassen, und knipste die Lampe an. Er hatte schon zu der Schreibmaschine gegriffen, um sie ein wenig näher an den Rand des Tisches zu ziehen, da fiel ihm ein, dass das laute Geklapper so manche Nachtruhe stören könnte. Also entschloss er sich, doch mit der Hand zu schreiben. Bedachtsam spitzte er einen Bleistift, nahm einen kleinen Stapel Papier und formulierte mit der Linken, während er mit der Rechten den Takt und den Fluss der Sprache dirigierte, den Anfang eines modernen Märchens.

Der Bus hatte wie jeden Tag Verspätung. Auf dem Oberdeck waren noch einige wenige Plätze frei. Selbst wenn jetzt alles glatt lief, würde er zu spät zur Arbeit kommen. Immerhin würde er die Zeit nutzen, um noch einen Blick in die Unterlagen zu werfen, über denen er letzte Nacht eingeschlafen war. Es ging um eine feindliche Übernahme, die der Kunde abgesichert bekommen wollte. Falls der eigene Kurs wider Erwarten deutlich fiel oder der Kurs des Zielobjekts plötzlich dramatisch anstieg, falls es Währungsschwankungen gab oder einzelne Großaktionäre das Geschäft ihres Lebens witterten, dann brauchten sie eine Lösung. Eine Lösung, die dazu führte, dass der Kunde immer gewann. Zauberei, das war es, was die Kunden erwarteten. Betrug, das war es, was sie bekamen. Jeden Tag aufs Neue. Hatte er Mitleid mit diesen Kunden? Nein, das hatte er nicht. Denn es waren mit allen Wassern gewaschene Geschäftsleute, die nur davon lebten, zu einem bestimmten Zeitpunkt in einer speziellen Sache schlauer gewesen zu sein als die anderen. Oder dreister. Meistens gingen die Absicherungsgeschäfte, die seine Firma anbot, gut. Manchmal gingen sie aber auch schief. Sehr schief. Dann rissen sie nicht nur die Kurse der beteiligten Unternehmen in die Tiefe, sondern auch ganze Märkte.

Er blickte aus dem Fenster in den regnerischen Londoner Morgen. Was, so dachte er, was, wenn durch eine kleine Ungenauigkeit in den Unterlagen alles ganz anders liefe. Was, wenn der Kunde mit seiner Aktion nicht sich selbst, sondern den Gegner bereicherte? Oder noch besser: den Rest der Menschheit! Gab es nicht Mittel und Wege, die cleveren Börsentrickser über ihre eigenen Füße stolpern zu lassen?

Plötzlich stand ihm eine ganz neue Art von geschäftlicher Verantwortung vor Augen. Statt unersättlichen Börsenhaien den Weg zu immer größeren Vermögen zu eröffnen, ließen sich die raffinierten, heimtückischen Schachzüge durch einige kleinere Änderungen im Gefüge in völlig neue Bahnen lenken! Aus einer Firma, die keine Skrupel kannte und für die Moral nur eine dekorative Floskel in den Geschäftsberichten und Unternehmensbroschüren war, würde eine Truppe von Weltrettern werden, die Milliardenbeträge dorthin lotsten, wo sie am dringendsten gebraucht wurden. Unsichtbar, effektiv, clever.

Paul musste lächeln, als er diese Vision seiner eigenen Firma vor seinem geistigen Auge Gestalt annehmen sah. Wenn die Unmoralischen mit unsauberen Mitteln kämpften, um ihre egoistischen Ziele zu erreichen, warum sollten dann nicht auch die Moralischen sich dieser Mittel bedienen, um die Welt zu verbessern? Er hätte sogar ein paar Ideen gehabt, wie.

Mit fliegendem Stift skizzierte Paul seine Tricks, wob sie ein in eine Geschichte, von der er nicht wusste, wohin sie ihn tragen würde. Gab dieser Geschichte Namen, Orte, Zeiten. Ließ sich selbst auftreten, weihte seine Kollegen nach und nach ein, zog sie auf seine Seite. Erzählte Sophie davon. Stolz. Aufgeregt. Sophie …

Paul hielt inne. Spürte, wie all seine Kraft versiegte. Sophie. Wo mochte sie jetzt sein? Lag sie in den Armen eines anderen Mannes? Geborgen unter seiner, Pauls, Bettdecke? Hier in London, womöglich nur ein paar Straßen entfernt? Er rieb sich das Gesicht und versuchte, ein Schluchzen zu unterdrücken. Es war nicht so, dass er es nicht irgendwie hätte verstehen können. Dennoch schmerzte es. Am meisten schmerzte ihn, dass sie nichts gesagt hatte. Dass sie nicht erreichbar war. Nicht für ihn. Als hätten ihr die Jahre mit ihm nichts bedeutet. In welche unbekannten Gefilde mochte sie verschwunden sein?

Ja, das fragte er sich. Ohne nachzudenken, hatte er die Worte notiert: *In welche unbekannten Gefilde mochte sie verschwunden sein?* Sie hätte hinter jedem der erleuchteten Fenster verborgen sein können, die sich wie ein Sternenhimmel die Straße hinabzogen. Oder hinter den dunklen, geheimnisvollen. Überall hätte Sophie leben können. Überall waren unbekannte Geschichten zu Hause. Menschen mit ihren Schicksalen und Gedanken. Manchmal stellte er sich vor, was wohl gerade hinter einem dieser Fenster passierte. Dann setzte er sich hin und formulierte den Anfang einer Geschichte.

Paul Swift lehnte sich zurück. Nichts bereitete ihm mehr Vergnügen, als die Anfänge von Geschichten zu schreiben. Sie waren das schönste Abenteuer, das man als Schriftsteller erleben konnte. Noch war alles neu, noch kannte man nicht einmal alle Figuren. Die würden erst nach und nach auftauchen, ja oft traten sie in eine Geschichte ein wie durch eine Tür, und man ahnte gar nicht, wie wichtig sie fortan sein würden. Manchmal nicht nur für die Erzählung selbst, sondern sogar für den Erzähler, für den Dichter, für sein ganzes Leben. Denn große Figuren der Literatur (oder der Künste überhaupt) sind und bleiben ja unsere Begleiter für die ganze Dauer unseres Daseins. Scheherazade ist eine solche Figur und Harry Potter. Die Königin der Nacht, La Traviata und Michelangelos David. Mona Lisa und Pippi Langstrumpf. Sie alle treten irgendwann in eines jeden Menschen Leben. Und werden ihn eines Tages wieder verlassen, um selbst weiterzuleben, während der Mensch stirbt und vergeht.

Er löschte das Licht und ging wieder hinüber ins Schlafzimmer, wo er in einen leichten, wenig erholsamen, aber traumumwehten Schlaf sank, während sich auf seinem Schreibtisch, vom aufkommenden Wind gebläht, Blatt um Blatt von seinem Stapel hob und durch das immer noch geöffnete Fenster hinausflog und sich in alle Welt verabschiedete.

SECHS

Der Himmel hatte sich zugezogen. Violet Thornton stand am Fenster ihrer Küche und blickte durch das kleinere der beiden Fenster hinaus in den Hinterhof, wo sich ein paar späte Rosen den Backstein emporrankten und die Regenrinne schmückten. In der Hand hielt sie den Wasserkessel, der Tee – Yorkshire Tea – lag bereits in der Kanne und wartete nur darauf, aufgebrüht zu werden. Violet liebte den Duft frisch gebrühten Tees, er ließ ihr Herz schneller schlagen und regte die Lebensgeister an, ohne dass man noch den ersten Tropfen gekostet hatte. Und auch wenn ihr Gatte sich darüber amüsierte, dass sie Teebeutel benutzte, sie ließ sich dieses sinnliche Vergnügen nicht verleiden. Mit Yorkshire Tea war sie aufgewachsen, mit Yorkshire Tea würde sie sterben. Man durfte ihn gerne auf ihrer Beerdigung reichen (was sie John so niemals sagen würde, denn er war abergläubisch und hielt solche Reden für frevlerisch).

Die Nacht war kurz gewesen, nachdem Violet noch in dem geheimnisvollen Manuskript gelesen hatte. Zu gerne hätte sie gewusst, welcher Autor dahintersteckte. Ein paar Formulierungen gab es in dem Werk, die den Verdacht in ihr nährten, es könnte ein Schriftsteller sein, der sich im letzten oder vorletzten Jahr mit einer Manuskripteinsendung bei *Millefeuille* gemeldet hatte. Doch die Unterlagen waren nicht mehr aufzufinden, und aus unerfindlichen Gründen hatte Violet auch die Absage, die sie damals geschickt hatte, nicht mehr entdecken können. Alles sehr mysteriös und letztlich unbefriedigend. Seufzend goss sie den Tee auf und holte ein paar Brioches aus dem Kühlschrank, um sie rasch im Herd aufzubacken. Das war nicht gesund und nicht gut für die Linie, aber das galt im Prinzip ja für alles, was ein Frühstück erfreulich machte.

Der Verleger war bereits früh zu einem geschäftlichen Termin nach Edinburgh aufgebrochen, sodass das Haus verwaist war. Violet kippte das Fenster in der Hoffnung, ein wenig Vogelgezwitscher zu hören, was aber zu dieser Jahreszeit leider nicht mehr sehr häufig vorkam – und es auch jetzt nicht tat. Sie fragte sich, was der Verfasser des ominösen Manuskripts wohl gerade machte. Stand auch er in seiner Küche und brühte sich Tee oder Kaffee? Saß er bereits am Schreibtisch und tippte auf seiner alten Schreibmaschine? Überhaupt: Wie alt mochte der Mann sein, wenn er tatsächlich noch mit so vorsintflutlicher Ausstattung arbeitete! Vom Text her hatte Violet ihn sich als eher jungen Mann vorgestellt, in den späten Zwanzigern vielleicht oder in den Dreißigern. Aber wenn sie es jetzt so bedachte, hätte er wohl eher in den Siebziger- oder Achtzigerjahren seines irdischen Daseins angelangt sein müssen. Einerseits. Andererseits wusste die Verlegerin sehr gut, dass gerade Literaten eine schrullige Spezies waren und man sich nicht wundern brauchte, wenn sie ihre Unterkünfte mit mechanischen Schreibmaschinen, Wählscheibentelefonen, Petroleumlampen oder Schallplatten besiedelten. Nun gut, Schallplatten lagen ja seit einiger Zeit wieder im Trend (und wenn Violet ganz ehrlich war, hatte sie jüngst des Öfteren mit dem Gedanken gespielt, ihre Sammlung aus dem Keller zu holen, und nur deshalb darauf verzichtet, weil sich ihr Musikgeschmack doch sehr von dem ihres Mannes unterschied und sie ihn schlicht nicht darum bitten wollte, die zwei Umzugskartons mit Motown-Klassikern und Disco-Scheiben für sie zu schleppen). Und was die Schreibmaschine betraf, so musste sie eingestehen, dass auch John so ein antikes Monstrum besaß, das er allerdings nur selten seines kofferartigen Überzugs enthob, um darauf eines seiner berüchtigten Gedichte zu tippen. Erotische Gedichte ... Violet Thornton hatte den Mann ihres Herzens nie darüber aufgeklärt, dass das Erröten, das er beim Vortrag seiner Werke auf ihren Wangen entdeckte, keineswegs dem

Sexappeal seiner Lyrik geschuldet war, sondern der leisen Scham angesichts seiner Dichtkunst. Dabei war er sonst so wortgewandt und durchaus zu poetischen Texten imstande – nur eben nicht zu Liebesversen.

Mit einem Lächeln fischte die Verlegerin den Teebeutel aus der Kanne und warf ihn in den Mülleimer. Seufzend betrachtete sie ihr sich in der Fensterscheibe spiegelndes Ebenbild, weil es in den letzten Jahren etwas uneben geworden war. Wenn man John glaubte, mochte er das. Wenn man einem Artikel in der *Times* vom letzten Wochenende glaubte, mochten das praktisch alle Männer. Dennoch konnte sich Violet Thornton mit ihren Kurven nicht anfreunden. Und da sie es bis jetzt nicht geschafft hatte, würde sie es zweifellos niemals schaffen.

Sie zog den Morgenmantel (ein Geschenk ihres Mannes, der sie gerne mit gefälligen Accessoires »für das Boudoir« ausstattete) etwas enger um besagte Kurven, nahm sich eine Tasse, die Kanne und schwebte mit ihrem leichten, leisen Schritt hinüber in ihr Arbeitszimmer, wo sie das Manuskript abgelegt hatte. Tja, was er wohl machte, der unbekannte Dichter? Verzweifelte er über dem Verlust seines Werkes? Hatte er ihn noch gar nicht bemerkt? Las er in diesem Moment die Anzeige und würde in wenigen Augenblicken drüben im Verlagsbüro anrufen? Oder warf er die Zeitung womöglich gerade ins Altpapier, ohne zu wissen, dass darin in wenigen Zeilen sein Schicksal geschrieben stand? Denn natürlich war es sein Schicksal, ob er durch diesen Roman reich und berühmt wurde oder ob er vielleicht für immer unerkannt und unbekannt blieb und die eine große Chance seines Lebens mit einem beherzten Wurf auf den Müll beförderte.

Man wusste es nicht. Niemand wusste es. Und vielleicht würde es niemand jemals erfahren. Doch irgendetwas an diesem Gedanken bewegte Violet, und sie hoffte, dass diese unsichtbare Bewegung auf ebenso unsichtbaren Pfaden eine Brücke schlug, eine Brücke durch Zeit und Raum, um den jungen Mann – ja, sie war sich sicher, dass es ein junger Mann war, der das unvollendete Buch geschrieben hatte –, um diesen jungen Mann zu erreichen, zu berühren und dazu zu bringen, sich irgendwie zu erkennen zu geben.

Das Fenster war zu. Aber es war nicht verschlossen. Und Paul Swift konnte sich auch nicht erinnern, es geschlossen zu haben. Im Gegenteil. Im Moment, da er das Zimmer betrat und sein Blick auf den Schreibtisch, den Stuhl, die Lampe, das Fenster und alles fiel, war er absolut sicher, dass er es offen stehen gelassen hatte. Ein Luftzug musste es zugestoßen haben. Allerdings hatte der Wind vorher noch ganze Arbeit geleistet. Denn Paul hatte seine Geschichte auf dem Tisch liegen gelassen. Den ganzen Stapel Papier, es waren ja nur ein paar wenige Seiten gewesen. Statt dieses Stapels jedoch lag nur noch ein einziges Blatt auf dem Tisch. Das letzte Blatt des Stapels. Sehr ordentlich lag es da. Gerade so, als hätte er es mit Hilfe eines Winkellots in Position gebracht. Ein einzelnes Stück Papier. Darauf kaum eineinhalb Zeilen. Die letzten seines Textes von letzter Nacht.

In welche unbekannten Gefilde mochte sie verschwunden sein?

Eine Weile stand Paul sprachlos davor. Kopfschüttelnd. Auf der Suche nach der richtigen Haltung. Konnte es wirklich sein, dass der ganze Text durch eine Laune der Natur und der Naturgesetze verloren war? Und dieser letzte Satz, war er nicht geradezu prophetisch? Eine Botschaft, die nur noch ihn erreichte? Immer noch ungläubig staunend, ließ Paul sich auf dem Schreibtischstuhl nieder und griff nach diesem einsamen Blatt Papier, das ihm geblieben war. »Unglaublich«, murmelte er, ehe er in Lachen ausbrach. »Unglaublich!« Er lachte so, dass er sich kaum auf dem Stuhl halten konnte. Selten zuvor hatte er so gelacht. Nein, er sah es und konnte es doch nicht glauben. Er wusste es und staunte doch wie ein kleines Kind, wenn es eine große Entdeckung macht.

Es dauerte eine ganze Weile, bis er sich beruhigt hatte. Schließlich wischte er sich die Tränen aus den Augen. Legte das Papier auf den Tisch, klappte es vorsichtig zusammen, faltete es diagonal und noch einmal diagonal, drückte es an den Seiten ein, klappte die Seiten nach vorne und die entstandene Spitze nach innen, faltete es noch zweimal längs – und öffnete dann das Fenster weit, um den so entstandenen Papierflieger in einer fließenden, schwungvollen Bewegung nach draußen zu befördern. Den anderen Seiten der Geschichte hinterher. »In welche unbekannten Gefilde mochte sie verschwunden sein?«, sagte er leise, blickte dem Blatt noch einige Zeit hinterher, wie es sich vom Wind weit nach oben tragen und fortwehen ließ, kurz im Geäst eines Ahornbaums hängen blieb, dann von einer Böe wieder weggeweht wurde und schließlich im lichten Grau des Himmels entschwand.

Wenn er es recht betrachtete, war es vielleicht sogar eine ganz hübsche Fügung, dass die Geschichte auf diese Weise in die Welt hinaustransportiert worden war. Paul Swift stellte sich vor, wie die Blätter – einzeln vermutlich, denn sie würden ja wohl buchstäblich in alle Himmelsrichtungen zerstreut worden sein – gefunden wurden. Vielleicht sogar von einem Banker, der auf einmal die Chance seines Lebens sieht, endlich alles zu verändern, ja: die Welt zu verändern! Er erkennt die Möglichkeiten. Findet eigene Methoden, raffiniertere noch als der Verfasser dieses subversiven Papiers. Schmuggelt die Anleitung zur Sabotage ins Büro und beginnt sie dort, Schritt für Schritt umzusetzen, sie zu variieren, weiterzuentwickeln ... War das nicht das Großartigste, was einer Geschichte widerfahren konnte? Sich zu verselbständigen und in den Köpfen der Menschen ihr Eigenleben zu entfalten? Sich vom Dichter zu befreien?

Paul Swift konnte damit gut leben. Er hätte nur vielleicht ganz gerne gewusst, ob tatsächlich jemand jemals die Geschichte finden würde. Oder ob sie von den trägen Fluten der Themse fortgetragen und ins Meer gespült wurde, ohne dass auch nur ein Mensch darin gelesen hatte. Das aber würde er wohl niemals erfahren.

Ein letztes Mal hielt er Ausschau nach dem Papierflieger mit dem letzten Satz seiner unvollendeten kleinen Erzählung, ohne ihn aber nochmals zu entdecken. Dann schloss er das Fenster und dieses Kapitel seines Werkes und ging in die Küche, um sich einen Tee zu machen.

John Robert Thornton liebte es, mit der Bahn in eine andere Stadt einzufahren. Besonders liebte er es in York, wo es weniger hässliche Vororte gab als in den meisten englischen Städten, dafür aber eine in jeder Hinsicht reizvolle Altstadt, von der selbst aus dem Zug einiges sichtbar war. Vor allem die Kathedrale natürlich, deren Turmspitzen er immer schon auflauerte, wenn die Stadt noch in einiger Entfernung lag. Dann, irgendwann, stachen die höchsten Ausläufer in den Himmel, ragten hinter Baumwipfeln oder zwischen sich abwechselnden Hausdächern empor, um sich schließlich zu den mächtigen und zugleich würdevoll-eleganten Bauwerken zu verdichten, zu denen man vor Jahrhunderten diese Kirchtürme in einem Akt von Maßlosigkeit und Hingabe geformt hatte und gegen die sich etwa die Türme von Westminster geradezu plump ausnahmen. Wie alte Freunde begrüßte John sie im Stillen und ließ seinen Blick wohlwollend auf ihnen ruhen, bis sie sich diesem wieder entzogen und er stattdessen zum Studium der Häuser und der Bürger von York überging – oder sich wieder in der Betrachtung seiner Mitreisenden erging.

Er hatte zunächst vorgehabt, sich ein kleines zweites Frühstück zu genehmigen. Doch dann war der Steward gekommen und hatte die ganze Pracht seiner lukullischen Freuden vor ihm ausgebreitet. Nun gut, sehr groß war die Pracht trotz der erstaunlichen Auswahl insofern nicht, als der fliegende Kellner mit seinem Sortiment zweifellos ein anderes Publikum als ausgerechnet einen altmodischen Londoner Verleger vor Augen gehabt hatte. Doch gegen ein paar Scones war nichts zu einzuwenden. Und zu Johns enormem Erstaunen entpuppte sich sogar der Tee (von dem der Steward nicht zu sagen vermochte, ob es nun ein Darjeeling oder ein Assam sei) als sehr genießbar (es war dann doch ein Ceylon; alles andere hätte den Verleger auch überrascht).

Während er den dampfenden Tee unter seine Nase hielt und die Augen halb geschlossen hatte, glitt sein Blick über die Reisenden, die auf dem Bahnsteig standen und – ähnlich dem Publikum eines Tennismatchs – ihre Köpfe immerfort an einem Punkt des Zugs festmachten, diesen mit den Augen verfolgten (und also die besagten Köpfe in Fahrtrichtung drehten), den nächsten Punkt (gegen die Fahrtrichtung) suchten und das Spiel nochmal und nochmal wiederholten, bis der Zug zum Stehen kam (und mit ihm die Köpfe). Manche Wartende vollzogen die Bewegung auch nur mit den Augen. Doch alle verfuhren nach dem gleichen Prinzip. John musste lächeln, nippte an seinem Tee und nahm dann einen kleinen Bissen von seinem Scone.

Er würde in Edinburgh einige Kollegen treffen, die sich dort alljährlich zu einer Tagung unabhängiger Verleger verabredeten, auf der auch Fachleute unterschiedlicher Disziplinen Vorträge hielten. In diesem Rahmen hatte John ein Gespräch mit Sir Geoffrey Darling vereinbart, einem der beschlagensten Juristen der Verlagswelt. Er gedachte, ihn zu dem ominösen Manuskript zu befragen. Oder vielmehr: zu seiner Idee, es einfach zu veröffentlichen, falls sich der Urheber nicht finden sollte.

Genau genommen war John hin und her gerissen. Einerseits erhoffte er sich natürlich guten Rat von Sir Geoffrey. Andererseits fürchtete er durchaus, dass es womöglich nicht der Rat sein würde, den er gerne hörte. Was sollte der Nobeladvokat auch sagen? Hielt er sich nicht an die Gesetze, war er nicht nobel. Hielt er sich daran, war er kein Advokat. John hatte da einigermaßen eindeutige Ansichten, von denen er sich in seinen Absichten nicht gerne beeinflussen ließ.

In seiner alten Aktenmappe, die er nur selten mit sich herumschleppte, hatte er eine Kopie des Manuskripts dabei. Seine Frau hatte es ihm gestern noch anfertigen lassen, um es ihm mitzugeben. Er stellte seinen Tee beiseite, platzierte den Scone vorsichtig auf einer Serviette und nahm das Bündel heraus (es war im wahrsten Sinne des Wortes ein Bündel: Violet hatte es in eine geblümte Pappschachtel gelegt und mit einem pastellfarbenen Band verschnürt) und begann zu blättern. Der Protagonist war ja immer wieder im

Bus oder mit der Underground unterwegs. Und seine Beobachtungen deckten sich auf entzückende Weise mit denen des Verlegers. Hier etwa, auf Seite 67:

Gegenüber saßen zwei Kinder. Womöglich Zwillinge, wenn auch keine eineiigen, denn sie hätten kaum unterschiedlicher aussehen können. Ihre dünnen Beine baumelten knapp über dem Boden, während die Füße ihrer Mutter wie festgeschraubt danebenstanden, Schuh an Schuh, und die Spitzen direkt auf Paul zeigten. Die Frau nagte ständig an ihrem linken Mundwinkel, was sie irgendwie unsympathisch aussehen ließ. Paul fragte sich, ob die beiden Mädchen eines Tages ebenfalls solche Eigenheiten entwickeln würden. Aber tat das nicht letztlich jeder? Der Mann mit dem Schlips, der neben den dreien stand und sich an der oberen Stange des U-Bahn-Waggons festhielt, schabte unablässig mit dem Zeigefinger am Daumennagel. Bestimmt wäre die Haut an der Stelle, würde man sie sich genau ansehen können, ganz eingerissen. Sein Nachbar schien ein ganzes Picknick zwischen den Zähnen zu haben, so ausgiebig pulte er mit der Zunge in seinem Gebiss herum und schmatzte von Zeit zu Zeit. Die junge Frau am Ende des Wagens warf dauernd ihren Kopf zur Seite, um ihren Pony aus dem Gesicht zu befördern ... Jeder hatte Macken. Er vermutlich auch. Und so landete Paul Swifts Blick in der Scheibe des gegenüberliegenden Fensters, in der er sich selbst sehen konnte, und er betrachtete sich lange und studierte aufmerksam jede seiner eigenen Regungen. Aber vielleicht war es ja mit der Beobachtung seltsamer Eigenheiten ähnlich wie mit dem Kitzeln: Es funktionierte nur bei anderen, man selbst war immun.

John Thornton lächelte. Er kannte seine Macken ganz gut, was freilich vor allem das Verdienst seiner Frau war, die ihn an jede einzelne permanent erinnerte. Seine Eigenheit, sich ohne Grund am Bart zu kratzen, einen Fuß auf den anderen zu stellen oder – zu Violet Thorntons immerwährendem Amüsement – Däumchen zu drehen! (»Ich kenne keinen Menschen außer dir, der im Ernst Däumchen dreht. Bis ich dich kennengelernt habe, dachte ich, das sei nur eine Redensart.«)

Mit dem Protagonisten des Manuskripts hatte er immerhin endlich einen Bruder im Geiste gefunden. Denn auch der sympathische Mr. Swift drehte Däumchen. John Thornton blätterte, um die Stelle wiederzufinden, und er musste weit zurückblättern, bis er sie entdeckte:

Seine Schallplatten war noch da, natürlich. Sophie hatte sie nicht brauchen können. Sie hatte sie stets als

Marotte ihres hoffnungslos altmodischen Lebensgefährten betrachtet. Leider konnte er das Album von Simon & Garfunkel nicht entdecken, gerade wäre ihm nach *Bridge over troubled Water* gewesen. Nun, eine sehr gefällige Version von *Misty Morning* würde seine Stimmung auch treffen. Also griff er nach Dave Brubeck und ließ behutsam die schwarze Scheibe aus ihrer Hülle gleiten, fasste sie nur mit den Handflächen an den Rändern an. Setzte sie beinahe zärtlich auf den Plattenteller. Es knisterte ein wenig, als er die Nadel auf die Rille senkte. Paul hielt den Atem an, ganz kurz nur, lauschte. Schloss die Augen und nickte. Ja, ein wirklich guter Song. Und er traf seine Gefühlslage aufs Genaueste. Vor allem in dieser Aufnahme, in der das Piano im Vordergrund stand. Mit einem Seufzen lehnte er sich zurück, witterte nach der frischen Abendluft, die durch das geöffnete Fenster hereinströmte, und verschränkte seine Hände. Langsam begannen seine Daumen umeinander zu kreisen. Ein paarmal vorwärts, dann ein-, zweimal zurück und immer so fort, während sich der Abend über London senkte, die Musik in seinen Geist plätscherte und ihn eine friedliche Stimmung erfasste. Bis die Nadel zurücksprang und die letzten Takte wiederholte. Und wieder. Und noch einmal.

Die Platte hatte einen Kratzer! Erschrocken richtete sich Paul auf und beeilte sich, die Nadel wegzuheben. Als würde sich dadurch der Schaden ungeschehen machen lassen! Ein Kratzer war ein Kratzer war ein Kratzer. Für einen Augenblick betrachtete Paul die sich unschuldig auf dem Plattenteller drehende Scheibe. Er hatte diesen Kratzer nicht gekannt. Vorsichtig nahm er die Platte hoch und hielt sie schräg gegen das sanfte Abendlicht, das durchs Fenster fiel. Tatsächlich: Ein ziemlich hässlicher Riss durchmaß beinahe die ganze Scheibe. Kopfschüttelnd steckte er das Album weg und nahm wahllos ein anderes zur Hand. Mozart. Klavierkonzerte. Das Gleiche: Auch hier überzog eine tiefe Schramme nahezu die ganze Platte. Ebenso beim nächsten. Und beim übernächsten. Und überhaupt bei jedem Album, das er hervorzog.

Hatte er sie durch irgendetwas so verärgert? Hatte er gar nicht gemerkt, wie böse sie auf ihn war? Denn es war ganz klar, dass es nur Sophie gewesen sein konnte, die seine Plattensammlung zerstört hatte. Sorgsam hatte sie jede Scheibe herausgenommen, mit einem Kratzer versehen und ebenso sorgsam wieder hineingesteckt. Als wollte sie Paul dazu zwingen, sich wirklich jede einzelne davon anzusehen und ihr nachzutrauern.

Natürlich würde er jedes dieser Alben nachkaufen können. Doch vieles davon gab es zweifellos längst nicht mehr auf Schallplatte. Und für digitale Tonträger hatte er nicht die gleiche Leidenschaft. Er mochte vielmehr das Knistern und Knacken, das eine vielgehörte Platte im Laufe der Jahre annahm. Es war wie bei einer Stradivari: Die Benutzung bereicherte ihre Tonalität. Vielleicht nicht im Sinne von Klangreinheit. Aber ganz sicher im Sinne von Charakter.

Insofern empfand Paul Swift doch deutlich den Schmerz, den ihm Sophie offensichtlich hatte zufügen wollen. Sie hatte ganze Arbeit geleistet, und nun hatte er Trauerarbeit zu leisten. Das hieß: Hatte sie wirklich ganze Arbeit geleistet? Noch einmal nahm er Brubeck zur Hand und holte die Platte hervor. Ein klarer, selbstbewusster Kratzer, der sich beinahe über die ganze Oberfläche zog.

Auf der einen Seite.

Doch auf der anderen?

Ein kleiner Hoffnungsschimmer glimmte in Pauls Brust, als er die Platte umdrehte. Und siehe da, Sophie hatte tatsächlich die B-Seite der Schallplatte nicht zerstört. Vielleicht hatte sie einfach nicht daran gedacht. Vielleicht war es ihr der Mühe nicht wert gewesen. Vielleicht hatte sie sich auch schlicht nicht bewusst gemacht, dass man Platten von beiden Seiten abspielte, anders als CDs. Jedenfalls war Brubecks B-Seite unbeschadet. Und auch die von Mozart, Chopin, Miles Davis, Lena Horne, Puccini, Strawinski, Pink Floyd oder *Ella & Louis together.*

Ein Lächeln umspielte Pauls Gesicht im Halbdunkel seines Zimmers, als die wundervolle Fitzgerald sang: *No, no, they can't take that away from me. No, they can't take that away from me.*

Was leider nicht ganz stimmte. Denn gerade als er erkannt hatte, dass er durch diese Fügung des Schicksals (oder durch die Laune Sophies) endlich einmal all die wundervollen zweiten Seiten seiner Platten aufmerksamer hören und so viele längst vergessene Stücke wiederentdecken würde, ging im Haus gegenüber das Licht aus – und in seiner Wohnung der Plattenspieler. Offensichtlich hatte der liebe Gott beschlossen, dass die Straße an jenem Abend genügend Strom verbraucht hatte. Und überhaupt wohl besser schlafen gehen sollte. Also packte Paul die Schallplatte ganz vorsichtig wieder weg, klappte den Deckel des Plattenspielers zu. Er würde dem Wink Folge leisten und sich zur Nachtruhe begeben. Morgen war auch noch ein Tag. Und auf den freute er sich. Nicht zuletzt, weil er neugierig geworden war, welche ungehobenen Schätze seine Plattensammlung, die ihm mit einem Mal ganz neu und geheimnisvoll erschien, für ihn bereithielt.

Edinburgh, die Schöne, begrüßte John Thornton mit schneidendem Wind und der Ankündigung einer vielverheißenden Ausstellung in der National Gallery of Scotland über *Lesen in der Malerei.* Der Verleger empfand Letzteres als sehr freundschaftlichen Akt, weshalb er der Stadt Ersteres gerne nachsah. Noch auf dem Bahnsteig leistete er sich seine erste literarische Erwerbung in der schottischen Kapitale: ein Gedicht von einem Straßendichter, der sich entbot: »Ein Satz, mein Herr. Oder nur drei Worte! Und ich mache Ihnen ein Gedicht daraus.«

Natürlich zögerte John kurz. Was mochte aus einem solchen Projekt schon an Wertvollem entstehen? Andererseits: Was riskierte er, wenn er einem Alltagskünstler und – dies vermutlich noch weitaus mehr – Lebenskünstler ein Pfund Sterling gegen einen Geistesblitz, vielleicht auch nur ein kleines Geistesfunkeln, jedenfalls eine Laune des Augenblicks tauschte? »Tja«, sagte also der Verleger. »Dichten Sie mir etwas auf *Die Kunst des Lesens*.«

»Mit Vergnügen, mein Herr!« Der Straßendichter beugte sich über seine Schreibmaschine und tippte, während John sich auf dem Bahnhof umsah. Zu seiner großen Genugtuung veränderte sich auf diesen alten Traditionsstationen nicht so viel. Selbst in London sahen die meisten Bahnhöfe nur unwesentlich anders aus, als etwa Oscar Wilde sie erlebt hatte. Sogar ein Schuhputzer hatte seinen Stand ein paar Schritte weiter aufgeschlagen. Kurz überlegte John, ob es ihm nicht gut anstünde, mit frisch poliertem Schuhwerk zu der Tagung zu gehen. Aber da er ohnehin zuerst ins Hotel musste und bis zum Treffen am späten Nachmittag vom frisch gewonnenen Glanz nicht mehr viel übrig sein würde, beschloss er, sich diesen Luxus zu sparen und das Geld lieber für ein Ticket in die National Gallery auszugeben.

»Bitte sehr, der Herr!«, rief der Dichter und riss das Blatt aus der Maschine.

»Gehört der Vortrag nicht zum Service?«

»Doch, sicher, Sir«, erwiderte der Mann und setzte sich so würdevoll wie möglich hin, was gleichbedeutend war mit: so aufrecht, wie nur Schotten sitzen können, um voller Pathos zu deklamieren:

Die Kunst des Lesens
Gleicht dem Herz der Pampelmusen.
Du siehst es nicht, doch gräbst danach,
Du schneidest sie entzwei mit scharfer Klinge.
Dann steigt ihr Duft dir
Süß und sinnlich in den Busen.
Gar herb und süß und köstlich, hach!
O Buch, ich lieb es, wenn ich mit dir ringe.

Einen Moment lang schwiegen beide. Dann klatschte John Thornton und verbeugte sich leicht vor dem Dichter. »Mein Kompliment. Das war handwerklich erstklassig und außerdem sehr amüsant!«

»Genau das, was ich bezweckte, Sir«, erwiderte der Straßenkünstler und griff nach einem neuen Blatt Papier, um es in seine Maschine zu spannen. »Empfehlen Sie mich weiter.«

»Das werde ich gerne tun.«

John nahm das Gedicht von der kleinen Holzbank, legte stattdessen eine Pfundnote hin, faltete das Papier, steckte es in seine Aktenmappe (zu dem ominösen Manuskript), tippte sich an den Hut (hatten wir das schon erwähnt? Er trug gerne Hut und war übrigens bei dem eisigen Wind sehr dankbar über diese Marotte), dann nahm er schnellen Schritts den Bahnsteig, passierte den Schuhputzer, den Kiosk mit den überteuerten Erfrischungsgetränken und den überzuckerten oder wahlweise versalzenen Snacks und eilte dann hinauf Richtung St. Giles, wo sein Hotel ganz in der Nähe lag.

SIEBEN

Die Schreibmaschine schwieg. Sie schwieg mit einer Beharrlichkeit, die Paul Swift nicht von ihr kannte. Seinem Ritual folgend, hatte er sich – noch bevor er den Tag begann – an den Schreibtisch gesetzt, um einige Zeilen zu schreiben, günstigstenfalls einige Seiten. Das tat er unter der Woche sehr früh, ehe er sich auf den Weg ins Büro machte. Am Wochenende durfte es etwas später sein. Doch er hatte ohnehin kaum schlafen können. Das Schreiben hatte ihm eine Art Ausgleich für den ebenso vorhersehbaren wie fordernden Alltag gebracht. Die Firma erwartete stets etwas von ihm. Sophie hatte stets etwas von ihm erwartet (ohne dass er zu jeder Zeit hätte sagen können, was genau es war). Die Schreibmaschine *er*wartete nichts. Sie wartete. Auf ihn. Und dann war es, als erzählten sie sich gegenseitig eine Geschichte. Normalerweise zierte sie sich allenfalls ein bisschen. Doch nach einigen wenigen ungeschickten Anläufen begann sie in der Regel, all ihre Register zu ziehen und in lebhaften Austausch mit ihm zu treten. So jedenfalls empfand er es, wenn er sich hinsetzte und anfing zu tippen. Zunächst zögerlich, dann zunehmend flüssig, und wenn die Gedanken aus seinen Fingern in die Tasten strömten und der Text, den er auf das Papier gebannt hatte, ihn wiederum zu neuen Gedanken inspirierte, sodass im Laufe einer Stunde gerne zwei, drei, vier Seiten zustande kommen konnten. Doch an jenem Tage kam: nichts. Ratlos schwebten seine Finger über den Tasten, hilflos schwebte sein Geist über dem leeren Papier.

Schreibhemmung. So nannte man das unter Literaten. Oder »Schreibblockade«. Das überraschte Paul. Denn er mochte zwar im Alltag dem einen oder anderen durchaus ein klein wenig gehemmt erscheinen, sobald er aber Papier vor sich hatte, kannte er diese Hemmungen nicht. Dann verströmte er seinen Geist und hielt Zwiesprache mit seinem Schreibgerät, woraus sich am Ende Geschichten und Figuren formten. Szenen und Dialoge entstanden, mit Glück sogar solche, die er nicht am nächsten Tag wieder wegwarf, weil er sie völlig missraten fand.

Alles das mochte sich an jenem Samstag nicht einstellen. Vielleicht war es eine Nachwirkung des Schocks, als er hatte feststellen müssen, dass sein nächtliches Elaborat von alleine den Weg in die Welt hinaus angetreten und ihn auf Nimmerwiedersehen verlassen hatte. Vielleicht war es letztlich doch auch die Einsamkeit der Wohnung, die Seelenlosigkeit der

Schränke, die Kläglichkeit des Verbliebenen. Natürlich hatte es auch sonst gelegentlich Tage gegeben, an denen die Muse den Dichter schlicht zu küssen sich weigerte. Vielleicht lag es aber auch einfach daran, dass er eben doch nicht wirklich ein Literat war, sondern nur ein Mitarbeiter einer Bank, wo er in der Versicherungsabteilung ständig gegen die Interessen der Kunden und zum Vorteil seines Arbeitgebers entscheiden sollte.

Wenn wirklich einmal nichts ging, griff Paul Swift zu seinem Cello und spielte ein wenig Mendelssohn oder Rostropovich – oder improvisierte einfach nur, um der Phantasie wieder auf die Sprünge zu helfen. Und so tat er es auch an diesem Tag, das Fenster einen Spalt breit geöffnet, um frische Luft hereinzulassen – bis ihm die erste Saite riss. A. Gefolgt von D. Im Abstand eines Augenblicks. Einer halben Note. Eine A-Saite hätte er ersatzweise gehabt. Aber für die D-Saite hatte er keine andere aufzuziehen. Also packte er das Instrument behutsam wieder in seinen Kasten und stellte ihn in die Ecke. Er würde sich einen Tee machen.

Immerhin verweigerte das Radiogerät in der Küche seinen Dienst nicht, sondern präsentierte das Neueste vom Tage:

Kabul. Bei einem Selbstmordanschlag in der afghanischen

Hauptstadt sind sieben Menschen ums Leben gekommen, darunter drei britische Soldaten, die ein verdächtiges Fahrzeug bei einer Straßenkontrolle gestoppt hatten. Das Foreign Office sprach von einem feigen, hinterhältigen Terrorakt, der nicht unbeantwortet bleiben würde.

Rom. Mit einem Trauergottesdienst gedachten Tausende Gläubige des vor einem Jahr verstorbenen …

Paul musste feststellen, dass auch der letzte Tee inzwischen aufgebraucht war. Er würde in dem kleinen pakistanischen Laden um die Ecke neuen kaufen.

New York. Mit einem Kurssturz um fast dreitausend Punkte reagierte die Börse auf die jüngsten Entwicklungen am Kapitalmarkt. Nachdem gestern der japanische Nikkei-Index um mehr als zehn Prozent nachgegeben hatte, waren bereits die Börsen in Hongkong, Frankfurt und London eingebrochen. Hintergrund der massiven Verluste sind die Korruptionsskandale an den chinesischen Börsen und die schlechten Quartalszahlen US-amerikanischer Konzerne. Die amerikanische Notenbank FED erwägt eine Zinssenkung auf Null, um die Wirtschaft zu stützen, die Europäische Zentralbank und die Bank of England haben weitere Stützungskäufe für Staatsanleihen angekündigt, um ein Übergreifen der Krise auf die Staatsfinanzen zu verhindern. Kursstürze in der gegenwärtigen Dimension gab es zuletzt am sogenannten Schwarzen Freitag des Jahres 1929. Damals stürzte die Welt in eine nie zuvor erlebte Wirtschaftskrise.

Südengland. Bei einem schweren Unwetter über der Grafschaft Sussex sind am gestrigen Abend mindestens vier Personen zum Teil schwer verletzt worden. In der Nähe der Ortschaft Billingshurst ist ein Fluss über die Ufer getreten und hat zahlreiche Fahrzeuge mit sich gerissen. Auch Telefonzellen und Gartenzäume wurden weggeschwemmt und Bäume niedergewälzt. Es wird erwartet, dass in den nächsten Tagen weitere heftige Gewitter mit teilweise sturmartigen Niederschlägen, Hagel und heftigen Windböen über den Süden Englands ziehen werden.

Er hatte die Hand schon am Radiogerät, da hielt er inne und lauschte auch der letzten Meldung der Nachrichten:

London. Wie die BBC in eigener Sache mitteilt, musste die Samstagslotterie der vergangenen Woche für ungültig erklärt werden. Wegen eines technischen Defekts kann die Ziehung nicht gewertet werden. Die BBC bittet alle Gewinner um Entschuldigung …

Das Glück, dachte Mr. Swift, es ist eine flüchtige Sache, wenn man es nicht in sich trägt. Er schaltete das Gerät aus und beschloss, es doch noch einmal zu versuchen. Also ging er wieder in sein Arbeitszimmer, wo ihn die Schreibmaschine mit einem blütenweißen Blatt Papier in der Walze begrüßte. Gibt es etwas Inspirierenderes als ein leeres Blatt Papier?, fragte sich Paul Swift und gab sich selbst die Antwort: Nein. Die Einladung, es zu beschreiben, beflügelt die Seele und lässt die Gedanken in die Welt rieseln – manchmal sicher die dümmsten, mitunter die geheimsten, gelegentlich aber auch die schönsten und klügsten. Und doch: Es blieb dabei, dass ihm an diesem Tage im Angesicht der Maschine nichts einfallen wollte, um es niederzuschreiben. Jedenfalls saß er neuerlich so lange sinnlos davor, dass er schließlich entschied, lieber das Haus zu verlassen und andernorts Inspiration zu suchen.

So nahm er den Bus Richtung Oxford Circus, um dort um- und schließlich in Westminster auszusteigen und sich zu wundern, dass es nicht regnete. Eine sehr vorübergehende Freude, wie sich wenig später erweisen sollte. Er hatte sein Notizbuch eingepackt und strebte nun an Churchills Denkmal und der alten Abbey vorbei zu dem kleinen Park hin, der hinter den Houses of Parliament gelegen war, wo er sich gerne in den Schatten der Bäume setzte und den Schiffen auf der Themse zusah oder Menschen studierte, die sich eine freie Zeit auf einem der klapprigen Holzstühle in der Wiese oder auf einer der wenigen Sitzbänke an den Wegen gönnten.

Die Dächer von Ausflugsdampfern zogen hinter der niedrigen Steinmauer zum Fluss hin vorbei. Am anderen Ufer wurde gebaut und das Hämmern und Stampfen schweren Gerätes drang übers Wasser und störte die friedliche Atmosphäre des Parks. Paul fand schnell ein Plätzchen mit dem Rücken zur Sonne, von dem aus er Rodins monumentale *Bürger von Calais* betrachten konnte. Eine Weile saß er nur da und lauschte dem Potpourri von Geräuschen, das die Großstadtluft mit sich trug. Er genoss die Wärme und die Unbeschwertheit des Tages. Ein Bettler kam des Weges und bedrängte ihn, ihm ein paar Pennys zu geben. Als Paul Swift seine Geldbörse hervornahm, entwickelte der Mann, der eben noch wie ein Versehrter ausgesehen hatte, erstaunliches Geschick und noch erstaunlichere Geschwindigkeit. Paul hätte versuchen können, ihm zu folgen und seine Geldbörse zurückzuholen. Er sprang auf. Griff nach seinem Notizbuch und dem Stift. Und musste doch im nächsten Moment feststellen, dass der Bettler bereits mit dem diffusen Bild aus Menschen, Skulpturen, Stühlen, Hunden, Bäumen, Mauern, aus Licht und Schatten und tausenderlei Farben verschmolzen war. Unmöglich, ihn noch auszumachen. Eine heiße Welle von Ärger und Enttäuschung wollte ihn überrollen, als er bemerkte, dass der Dieb etwas verloren hatte. Einen Absatz seines Schuhs. Schief und schmutzig lag er vor der Parkbank. Paul setzte sich wieder hin und betrachtete ihn. Zwei Nägel ragten hervor. In dem Moment wurde ihm klar, dass der Mann, wenn er zu solchen Maßnahmen griff, das Geld vermutlich viel dringender brauchte als er selbst. Gewiss, es war anstrengend, wenn einem das Portemonnaie gestohlen wurde. Nun würde er entweder zu Fuß nach Hause gehen müssen. Eine Strecke, die in einer Stadt wie London geradezu astronomische Ausmaße anzunehmen pflegte. Oder er würde schwarzfahren müssen – und da traute Paul seiner Fortune nicht ganz über den Weg; zumindest nicht über die ganze Strecke; jedenfalls nicht an jenem Tag. Immerhin fügte es sich glücklich, dass er – da er nun einmal ein zutiefst altmodischer Mensch war – noch so etwas wie eine Brieftasche besaß. Weshalb in der Geldbörse tatsächlich nur sein Geld, die Bank- und die Kreditkarte waren. Gut, die Karten würde er rasch sperren lassen müssen. Doch der Führerschein, die Versicherungskarte, die Bibliotheksausweise, alles das war sicher in der Brieftasche geborgen und deshalb von dem Diebstahl nicht betroffen. Leider hatte er die Brieftasche nicht dabei. Andererseits: So konnte ihm die nicht auch noch abhandenkommen. Was war schon der Verlust einer Geldbörse gegen den Verlust der

Lebenspartnerin? Lächerlich. Sich darüber zu ärgern lohnte gar nicht. Nein, es war schon alles in bester Ordnung so. Nur die Karten musste er sperren, und das konnte er tun, wenn er sich auf den Weg machte, zu Fuß nach Hause zu gehen. Das hieß, nein, so einfach war es dann doch nicht: Es war ja Samstag, da hatten die Banken geschlossen.

Paul Swift hob den Absatz auf und stellte ihn auf den Rand der Bank. Wenn es stimmte, dass Täter oft an den Ort ihrer Tat zurückkehrten, würde ihn der Dieb ja vielleicht wieder finden und mit etwas Glück wieder anbringen können. Ein wenig ratlos betrachtete Paul die Menschen im Park, die von dem Vorfall offenbar nicht das Geringste mitbekommen hatten. Wie sollten sie auch. Für den Planeten war die Begebenheit von geradezu sensationeller Belanglosigkeit. Er fragte sich, was *er* wohl gerade nicht mitbekam, da er von seinem eigenen kleinen Schicksal völlig unverhältnismäßig absorbiert war. Die Frau dort: Hatte sie vor kurzem von einer unheilbaren Krankheit erfahren und versuchte nun, die kurze, ihr noch bleibende Zeit so schön zu nutzen wie möglich? Die beiden Jungs, die auf dem Rasen Fußball spielten (obwohl es natürlich verboten war): Würden sie am Abend von ihrem alkoholkranken Vater geschlagen? Der alte Mann mit dem Sonnenhut: Kam er gerade vom Friedhof, wo er seine Frau besucht hatte? Das

Mädchen, das sich mit seinem Vater die *Bürger* ansah: Litt sie unter der Trennung ihrer Eltern? Würde sie später wieder zu ihrer Mutter zurückkehren und nachts weinen, weil sie gerne beide Eltern gemeinsam gehabt hätte?

Das Mädchen! Er kannte es. Es war die Kleine, die er gelegentlich im Bus beobachtete, oder, wenn er ehrlich war: von der er das Gefühl hatte, dass sie ihn gelegentlich im Bus beobachtete. Neugierig streifte sie um das Denkmal herum, diese großen, hageren Gestalten, die sich in Ketten ihrem Schicksal entgegenschleppten, schwarz und schweigend, während ihr Vater kaum den Blick hob, sondern sehr mit seinem Smartphone beschäftigt war. Eigentlich erstaunlich. Ob der Mann ahnte, wie klug seine Tochter wirkte? Wie klug sie zweifellos auch war? Allein die Neugier, die aus jedem ihrer Blicke sprach, die Behutsamkeit, mit der sie die Skulptur betrachtete, bisweilen stehen bleibend, musternd, wägend, dann weiterziehend, um wieder an einem Detail hängen zu bleiben ... Paul Swift musste lächeln. Das Mädchen war so inspiriert, dass er spürte, wie es ihn inspirierte. Ihre Neugier wirkte ansteckend. Der Kontrast, den ihre feengleiche Erscheinung im leichten Sommerkleid mit den Unterworfenen bildete. Beflügelt nahm er seinen Stift aus der einen Jackentasche und gleichzeitig den Notizblock aus der anderen. Und dann notierte er, während er immer wieder zu ihr hinsah, wie ein Musiker zum Dirigenten, was ihm plötzlich ganz augenfällig erschien:

Wie an jedem Samstag seit vier Jahren fuhr Lilly mit dem Bus zu ihrem Vater. Seit zwei Jahren durfte sie die Strecke sogar alleine fahren. Vielleicht war es ihrer Mutter gar nicht so unangenehm gewesen, dass Lilly sich das gewünscht hatte. Irgendwie hatte sie erleichtert gewirkt. Die Fahrt war für Mama nicht schön gewesen, Lilly hatte das immer deutlich gespürt. Ihre Mutter war dann nervös gewesen, hatte wegen der kleinsten Kleinigkeiten geschimpft und einmal sogar vergessen, eine Fahrkarte zu lösen. Der Fahrer hatte es nicht bemerkt, aber hinterher hatte Mama ihr große Vorwürfe gemacht und Lilly hatte sich lieber entschuldigt. Das besänftigte ihre Mutter immer – vor allem, wenn Lilly gar nicht schuld war.

Das Mädchen wählte stets einen Platz am Fenster, am liebsten saß es dabei hinten, weil es dann nicht nur nach draußen schauen, sondern auch die anderen Fahrgäste beobachten konnte ...

Ja, da saß sie meist, wenn Paul sie im Bus entdeckte. Sie hatte dann eine Stofftasche dabei, auf die eine Art indianisches Muster gestickt war, mit bunten Perlen und Fransen. Manchmal lugte aus dieser Tasche das

Bein eines Stofftiers hervor, gelegentlich hielt sie es auch im Arm oder setzte es neben sich, ohne dass Paul hätte sagen können, um welche Gattung es sich handelte – außer dass es von verwaschenem Braun war.

Das Mädchen im Bus. Paul dachte nach, wer sonst noch mitfuhr. Die alte Dame mit der Schaufel. Die noch viel ältere Dame mit dem aristokratischen Auftreten. Der Busfahrer natürlich. Es gab zwar mehrere, aber an einen konnte Paul sich gut erinnern, weil er besonders häufig auf dieser Strecke im Einsatz war und im Übrigen aussah, als fahre er die Penny Lane in Liverpool ab. Nun ja, vielleicht noch einige andere Fahrgäste, die zu den regelmäßigen gehörten. Ein paar Pendler sollte er wohl erwähnen. Das brachte ihn auf die Idee, dass er sich selbst in das Buch schreiben könnte, sich einen Cameo-Auftritt erdichten. Der Gedanke amüsierte ihn. Aber warum nicht? *Der Mann, der vom Pech verfolgt wurde.*

Paul Swift musste grinsen. Ja, das wäre ein Spaß nach seinem Geschmack. Schon senkte er den Stift wieder auf das Notizheft, da schob sich ein Schatten vor die Sonne. Als er aufsah, stand ein junges Paar neben seiner Bank und umarmte sich innig. Pauls Grinsen verwandelte sich in ein etwas melancholisches Lächeln. So leidenschaftlich war Sophie in der Öffentlichkeit nie mit ihm gewesen. Andererseits waren das die wenigsten Paare, zumal in England. Warum auch immer und wann auch immer: Den Engländern war der Sinn für demonstrative Emotionen abhandengekommen, und ein wenig bedauerte Paul, dass es so war, bewiesen doch solche Szenen wie die, die sich vor seinen Augen abspielte, dass sich selbst eine Megacity mit all ihren Ablenkungen, Verlockungen und Widernissen vergessen ließ, wenn man nur tief genug in einen liebevollen Kuss versank.

Die junge Frau löste sich von ihrem Geliebten, bemerkte, dass der Mann auf der Parkbank sie ansah, lächelte etwas verlegen und strich sich eine Strähne ihres hübschen, halblangen dunklen Haares hinters Ohr und zog den Geliebten dann an der Hand mit sich in die Richtung, in der das Mädchen mit seinem Vater war. Das hieß: nicht mehr war. Denn vor den *Bürgern von Calais* hatte sich nun nur noch eine chinesische Reisegruppe um einen grellpinken Regenschirm versammelt.

Beglückt von der Schönheit des Augenblicks klappte Paul sein Notizbuch zu, steckte den Stift wieder weg und beschloss, den Nachhauseweg anzutreten – just in dem Moment, in dem der Regen einsetzte.

»Sehr geehrte Dame, sehr geehrter Herr!
Sie haben ein Manuskript gefunden. Möglicherweise ist es das, welches ich vor einigen Jahren bei einem Urlaub in Brighton verloren habe. Ich war damals mit meinem zweiten Ehemann …«

Marietta Piccini blätterte auf Seite zwei des Schreibens, denn offenbar folgten nun Auslassungen zur familiären Situation der Absenderin, die einigen Raum in Anspruch nahmen. Dann, schon weit im fortgeschrittenen Bereich der Folgeseite, kam die Autorin endlich wieder auf das verlorene Schriftstück zu sprechen:

»Bei meinem Manuskript handelt es sich um eine einzigartige Geschichte, in deren Mittelpunkt eine Figur steht, die dem Leben meines Großonkels väterlicherseits nachempfunden ist …«

Es folgten Ausführungen über die weiteren Verwandtschaftsverhältnisse und Lebensumstände des besagten Großonkels, die Marietta Piccini dazu ermutigten, eine weitere Seite vorzublättern. Und tatsächlich:

»In meinem Roman erzähle ich von der beschwerlichen Reise dieses Mannes durch Zeit und Raum. Beginnend in

einem Kohlenkeller in Belfast im Jahr 1902, über die Berufung als Cornell im Siebten Regiment der Ostindischen …«

Die Briefeschreiberin hatte offenbar nicht nur das Talent, Manuskripte zu verlieren, sondern auch sich selbst, und zwar in endlosen Abschweifungen. Marietta Piccini schüttelte den Kopf. Wie gerne hätte sie jetzt eine Tasse Kaffee getrunken. Aber sie hatte nur noch die obskure, um nicht zu sagen perfide Mischung aus dem Supermarkt im Haus. Dann lieber keinen Kaffee.

»Das gesamte Werk ist in ungereimten Blankversen verfasst«, erklärte die Absenderin im nächsten Satz und Marietta Piccini hätte am liebsten laut gelacht. In Blankversen, na dann. In dem Manuskript, das sie gefunden hatte, gab es vermutlich keinen einzigen solchen Vers, sie musste also den Sermon nicht weiterlesen, den die Frau geschrieben hatte, die mit immerhin beinahe fünf eng beschriebenen Seiten auf Mariettas Anzeige in der Zeitung geantwortet hatte.

Aber es gab noch ein zweites Schreiben. Den Brief eines gewissen J. P. Jensson aus Manchester, der in wenigen Worten darlegte:

»Sehr geehrte Ms. Piccini,
Sie haben ein Manuskript gefunden, ich habe eines verloren.

Ob es dasselbe ist, werden wir herausfinden, wenn Sie sich bitte bei mir melden. Ich habe versucht, Sie anzurufen, aber unter der angegebenen Nummer waren Sie nicht erreichbar. Bitte melden Sie sich doch bei mir unter …«

Es folgten eine Telefonnummer und eine banale Grußfloskel. *Nicht erreichbar*, dachte Marietta Piccini leicht verwundert. Hatte sie nicht seit Aufgabe der Anzeige ihr Mobiltelefon durchgehend in Betrieb gehabt? Selbst nachts war es an gewesen – und hatte neben ihrem Bett gelegen. Sie war mithin rund um die Uhr erreichbar gewesen und – zumindest soweit sie sich erinnerte – auch in kein Funkloch geraten. Allenfalls, wenn sie die U-Bahn genommen hatte. Aber dann wäre doch ohnehin die Mailbox angesprungen und der Anrufer hätte die Möglichkeit gehabt und sicher auch genutzt, ihr eine Nachricht zu hinterlassen, damit sie ihn zurückrufen konnte. Doch solche Nachrichten hatte es nicht gegeben. Wie auch: Sie war schließlich durchgehend erreichbar gewesen (und bekam im Übrigen ohnehin kaum Anrufe auf ihrem Mobile: In London kannte sie allzu wenige Menschen, immer noch, den italienischen Verwandten und Freunden war diese Art der Kommunikation zu teuer – abgesehen davon, dass sie das Gefühl hatte, bei ihnen immer mehr in Vergessenheit zu geraten).

Zur Sicherheit beschloss sie, sich selbst anzurufen,

was nicht allzu große Umstände bereitete, da schräg gegenüber von ihrem Wohnhaus eine dieser liebenswerten roten Telefonzellen stand. Also schlüpfte sie in ihre leichten Schuhe, nahm ihre Geldbörse und das Mobile und lief rasch hinunter und über die Straße. Erst als sie schon in der Zelle stand, die nach einer seltsamen Mischung aus Fahrradschlauch, Petroleum und Bakelit roch, bemerkte sie, dass sie ihre eigene Nummer gar nicht auswendig wusste.

Wenig später stand sie erneut in der Telefonzelle und wählte ihre Nummer, die sie von der Anzeige abtippte. Das heißt: Sie wähnte sich im Begriff, ihre eigene Nummer zu wählen. Doch das war nicht der Fall. Wie sich nämlich noch ein klein wenig später herausstellte, gab es die Nummer nicht, die sie in den Apparat getippt hatte. Konnte es sein, dass sie eine falsche Nummer angegeben hatte? Dass, wer immer sich telefonisch auf die Anzeige hätte melden wollen, sie gar nicht erreichen *konnte*? Hektisch nestelte sie ihre Visitenkarte aus dem Portemonnaie. Und tatsächlich: Wo in der Anzeige »89« stand, war auf ihrer Karte »98« vermerkt. Sie hatte einen Buchstabendreher in die Zeitung gesetzt, beziehungsweise einen Nummerndreher. Sie hängte den Hörer auf, lehnte sich gegen die Wand aus Stahlglas und schloss die Augen.

Verhext, dachte sie. *Die ganze Geschichte ist verhext.*

Es sei denn, der Verfasser des Briefes war tatsächlich der von ihr gesuchte Autor. Nun, da sie ohnehin in einer Telefonzelle stand und noch etwas Guthaben hatte, rief sie die in dem Schreiben angegebene Nummer an und lauschte. Nach dem vierten Läuten meldete sich ein Anrufbeantworter mit martialischer Stimme: *Dies ist die Jensson Corp. Geisterbahnen und Dungeons. Bitte hinterlassen Sie Ihre Nachricht. Jensson. Wir schaffen Grauen.*

Voll Befremden hängte Marietta den Hörer auf und schlurfte frustriert und mit hängendem Kopf wieder zurück zu ihrem Haus, wo sie müde, kraftlos und zunehmend mutlos die Treppen hinaufstieg. Sie fand nicht einmal die Energie, schnell vorbeizuhuschen, als ihr walisischer Nachbar ihr im ersten Stock entgegenkam. Und auch als er ihr ein paar offensichtlich aufmunternd gemeinte, aber nicht wirklich identifizierbare Nettigkeiten entgegnete, fand sie keine Worte, sondern lächelte nur müde, worauf er sie kurzentschlossen unterhakte und in der entgegengesetzten Richtung – das heißt: die Treppen hinab – mit sich zog.

»Pardon?«, protestierte sie verwirrt.

»Kein Problem!«, rief Dylan. »Kein Problem, wirklich!«

Keine drei Minuten später fand Marietta Piccini, die etwas schüchterne und gerne ein wenig distanzierte junge Frau aus dem Dorf Ponte Felcino in der Lombardei, sich zwischen Dylan und ein paar anderen, nicht minder heiteren Walisern in einem Pub wieder, der auf den schönen Namen *Rhiwceiliog Pencoed Inn* hörte. Sie bestellte aus purer Verlegenheit ein Glas Rotwein und gab sich aus noch purerer Verlegenheit mit dem Bier zufrieden, das einen Atemzug später vor ihr auf die Theke geknallt wurde, und zwar von einem Barmann, der entweder verrückt oder auf einem LSD-Trip war. Oder Waliser. Vermutlich war er Letzteres, denn auch ihn verstand die junge Lektorin nicht ansatzweise.

Gleichwohl schien sich die fröhliche Runde sehr über ihre Anwesenheit zu freuen, denn es war auch für Marietta Piccini nicht zu übersehen, dass sie geradezu brachial mit ihr flirteten und jedes schüchterne Lächeln für einen koketten Augenaufschlag hielten. So unversehens stand die Italienerin im Mittelpunkt, dass sie einige Zeit brauchte, um mit ihrem Status als plötzliche Attraktion in Einklang zu kommen. Doch dann entsann sie sich ihrer Mutter, die – als Marietta noch sehr klein gewesen war – immer mit ihr zum Markt gegangen war. Mittwochs. Die Bauern aus dem Umland und sogar die Fischer von der Küste waren gekommen und hatten ihre Waren auf dem Hauptplatz feilgeboten. Ricciarda Piccini war bei den Händlern beliebt – bei den Händlerinnen weniger. Das wusste sie, und sie genoss es.

Wenn sie mit Marietta an der Hand die Straße zum Markt entlanglief, sagte sie ihr regelmäßig: »Hör nicht auf die Händler, Marietta, sie schmeicheln dir, damit du ihre Waren kaufst. Sie meinen es nicht so, hörst du? Und sprich nicht mit deinem Vater darüber.«

An dieser Stelle hatte Ricciarda Piccini ihrer kleinen Tochter immer zugezwinkert. Doch hinter diesem Zwinkern, das wusste das Mädchen genau, steckte mehr als nur ein Scherz. Sie sollte es Papa wirklich nicht erzählen. Und sie tat es auch nicht. Selbst dann nicht, als sich Papa immer wieder wunderte, dass es seiner Frau gelang, wirklich die allerbeste Ware nach Hause zu bringen und dabei stets Preise zu erzielen, wie sie sonst nur für übriggebliebenes Obst und Gemüse oder für zähes Fleisch und zweitklassigen Fisch zu zahlen waren.

Dieses Lächeln, das Ricciarda Piccini den Händlern seinerzeit geschenkt und das Marietta durch eine glückliche Fügung geerbt hatte, schenkte sie nun der Runde junger Männer, in deren Mitte Dylan ein klein wenig gewachsen schien. Der Stolz war ihm anzusehen. Schließlich war er es, der die junge Frau mitgebracht hatte, dieses entzückende Wesen aus dem fernen Süden, wo alle Früchte süßer und saftiger waren. Alle. Offensichtlich.

Nach dem dritten Bier hatte Marietta sogar das

Gefühl, die Waliser besser zu verstehen. Jedenfalls war ihr rasch klar, wie der Tanz ging, den ihr Dylan zu den Klängen einer verwirrend wirbelnden Musik vorführte, und was sie tun musste, um das ihre dazu beizutragen, was durchaus auch daran gelegen haben mochte, dass die Melodie nicht zuletzt an eine Tarantella erinnerte, wie man sie in der Heimat von Mariettas Mutter kannte (die aus Neapel stammte, was man Papa in dem norditalienischen Dorf lange verübelt hatte, denn ein Ponte Felciner der zehnten Generation heiratete nun einmal keine Neapolitanerin, wo käme man denn da hin). Wenig später jedenfalls tanzte der ganze Pub, und es wurde aus dem überaus vergnüglichen Nachmittag ein noch vergnüglicherer Abend, der erst – dann aber leider etwas abrupt – endete, als das siebte oder achte Bier Marietta irgendwie nicht bekam und sie praktisch im Stehen davon gefällt wurde.

Natürlich blieb es nicht beim Regen. Der vom Pech verfolgte Paul Swift war kaum über Westminster hinausgekommen, da begann es zu hageln. Hagelkörner – groß wie Taubeneier, hart wie Golfbälle – nahmen ihn unter Trommelfeuer, ausgerechnet als er mitten auf der Verkehrsinsel einer großen Kreuzung stand und nicht nur von roten Ampeln, sondern vor allem von unzähligen Fahrzeugen umzingelt war. Eine Rotphase kann sich kurz anfühlen oder lang. Oder sie kann sich anfühlen wie ein Jahr im Kerker. Jeder andere hätte sie zweifellos wie Letzteres empfunden. Doch Paul Swift neigte nicht zu Selbstmitleid. Stattdessen neigte er zu einer ausgeprägten Neugier. Und tatsächlich konnte er sich nicht erinnern, jemals Hagel – zumal einen so starken, ja geradezu epochalen Hagelsturm – im Freien erlebt zu haben. Wann immer die ersten Hagelkörner aus dem Himmel prasselten, flüchteten sich alle Menschen unter Dächer, suchten Schutz, egal wo und wie, Hauptsache, sie wurden nicht getroffen. Auch er hatte es so gehalten. Bisher. Doch nun spürte er zum ersten Mal, wie die Eisbälle ihn auf Kopf und Schultern trafen, hart und unvorhersehbar, fühlte die kalte Feuchtigkeit seinen Nacken hinabkriechen und in seiner Kleidung verschwinden, betrachtete, wie der Niederschlag auf seinen Händen, auf seinen Schuhen und auf dem Boden zu seinen Füßen zerplatzte, wie rote Flecken auf seiner Haut erschienen. Ob er wohl blaue Flecken davontragen würde? Er hatte sich das nicht wirklich bewusst gemacht, aber nun, da er es erlebte, wurde ihm klar, dass es immerhin Geschosse waren, die hier aus eisigen Höhen herabsausten wie Meteoriten, ein

Bombardement aus der Atmosphäre. Faszinierend, gewaltig – und schmerzhaft.

Natürlich auch kurz. Denn Hagelschauer hatten nun einmal die Eigenart, nicht allzu lange zu dauern, sodass das Unwetter bereits nachließ, als die Ampel dem einsamen Fußgänger endlich den Weg öffnete und er – ohne große Hast – hinüberschritt auf die andere Straßenseite und kurz unter den Bäumen innehielt, um sich zu orientieren und das restliche Spektakel dann doch von geschützterer Warte aus zu beobachten.

Seine Kleider waren endgültig durchtränkt. Vielleicht würde es ja aufhören zu regnen, dann wären sie vermutlich wieder halbwegs getrocknet, wenn er zu Hause ankam – ein Vorteil der weiten Strecke. Hörte es nicht auf, so konnte er zumindest nicht noch nasser werden, er hatte also nichts zu fürchten. Mit einem Lächeln auf den Lippen schritt er aus und merkte erst zu spät, dass er mitten in einen Hundehaufen trat. Paul Swift zögerte, stehen zu bleiben. Doch wozu? Die Schuhe waren bereits durch und durch nass. Auf seinem Weg würden noch Hunderte Pfützen auf ihn warten. Nun konnte er getrost in jede steigen und sogar dankbar sein, da sie den Schmutz von seinen Sohlen waschen würden, so wie der Regen den verbliebenen Hundehaufen binnen Minuten auflösen und fortspülen würde. London war eine wunderbare

Stadt und Regen war eine wunderbare Sache, so viel war klar.

Dylan Llandough merkte, wie sich seine Nachbarin regte. »Gut geschlafen?«, fragte er in reinstem Englisch.

Marietta Piccini antwortete mit einem Schrei, der nichts Bestimmtes besagte, außer dass sie schockiert war. Schockiert über ... Ja, worüber? Dass ihr Nachbar – übrigens vollständig bekleidet und sogar eher gut gekleidet – auf ihrem Lesesessel saß, die Beine gemütlich übereinandergeschlagen, einen Stapel Papier in der Hand? Oder darüber, dass sie selbst ihm gegenüber auf dem Sofa lag, übrigens ebenfalls vollständig bekleidet, allerdings eher weniger gut arrangiert? Dass dies geschah, ohne dass sie wusste, wie ihr geschah, das hieß: ohne dass sie auch nur ansatzweise wusste, wieso sie *beide* in der Wohnung waren, wann sie hierhergekommen waren – und wie? Oder einfach nur, weil sie sich fragte, weshalb sie trotz der geradezu drastischen Unverfänglichkeit der Situation aus jedem Winkel ihres Gehirns mit verfänglichen Fragen bombardiert wurde?

Der Waliser lächelte freundlich und stand auf. Unwillkürlich zuckte Marietta zusammen, doch

Dylan kam nicht zu ihr herüber, sondern ging zum Fenster und öffnete es ein wenig. »Frische Luft bringt den Kreislauf wieder in Schwung«, erklärte er, aber es musste wohl ein Traum sein, denn Dylan sprach ja nicht so, dass ihn jemand wie Marietta Piccini hätte verstehen können. Vorsichtig blickte sie sich im Raum um. Es sah alles aus wie in ihrer Wohnung. Sogar das Weinglas, das sie gestern Mittag aus purer Faulheit nicht weggeräumt hatte, stand noch auf dem Beistelltisch. Gestern? Sicher? Oder war es vorgestern gewesen?

»Montagmorgen!«, sagte Dylan, als hätte er ihre Gedanken gelesen, und setzte sich wieder auf den Sessel. »Ich bin auch gleich weg. Ich wollte Sie nur nicht alleine lassen, solange ich nicht sicher war, dass es Ihnen gutgeht.«

»Warum sollte es mir nicht gutgehen?«, murmelte Marietta und richtete sich auf, nur um sogleich wieder zurückzusinken. »Was ist passiert?«, ächzte sie.

»Das *Rhiwceiliog Pencoed Inn*.«

»Das was?« War das ihr Kopf? Oder hatte man ihr einen anderen aufgesetzt? Einen sehr viel größeren, schwereren?

»Unser Pub in der übernächsten Straße. Wir hatten einen schönen Abend.« Er räusperte sich. »Einen sehr schönen. Es war wohl bloß ein bisschen zu viel für Sie.«

»Ich habe Bier getrunken«, stellte Marietta fest. Zu viel Bier.

»Iain hat es gut mit Ihnen gemeint. Er wollte mich auch nicht die Rechnung für Sie bezahlen lassen.«

»Ich bezahle meine Rechnungen selber!«, protestierte Marietta und schaffte es in eine vertikale Position. Als ihr Magen nicht mehr rebellierte, holte sie ein paarmal tief Luft. »Und Sie haben mich nach Hause gebracht?«

Dylan nickte und zuckte die Schultern.

»Das ... das war sehr nett von Ihnen. Danke.«

»Keine Ursache.«

»Aber Sie haben ... Sie sind ...« Sie blickte sich um, als könnte es auch irgendeine Alternative geben, doch es wollte ihr keine einfallen. »Sie sind die Nacht über bei mir geblieben?«

»Aber natürlich. Ich konnte Sie unmöglich alleine lassen. Es war schließlich meine Schuld. Hätte ich Sie nicht überredet, mitzukommen, dann ...«

Überredet, dachte Marietta. Von überredet konnte man hier sicher nicht sprechen, da sie ja von Dylans oft weitschweifigen Reden kaum ein Wort verstand. Sie stutzte. »Wie kommt es ... ich meine ... Sie, Sie sprechen anders heute, nicht wahr?«

»Oh, Sie meinen mein Englisch? Entschuldigen Sie. Ich habe vermutlich nach dem Lesen einfach nicht wieder zurückgeschaltet in meine Alltagssprache.«

»Nach dem Lesen? Was haben Sie denn gelesen?« Aber da erkannte sie es schon.

Es war das geheimnisvolle Manuskript!

»Nett«, stellte Dylan fest. »Ziemlicher Pechvogel, der Autor.«

»Der Autor? Ach so. Nein, sicher nicht der Autor. Man muss das Werk und seinen Verfasser sehr sorgfältig trennen«, erklärte sie.

Dylan nickte. »Sie meinen, der Autor ist nicht immer der Mörder.«

Marietta musste lachen. »Ja, so kann man es vielleicht sagen.«

»Verstehe. Ich bin nicht besonders gut in Literatur. Nicht so wichtig, wenn man in einem Wettbüro arbeitet.« Er lachte. »Aber jetzt muss ich mich selbst ein wenig hinlegen.«

»Äh, ja ... natürlich«, stotterte Marietta und fragte sich, wie er das wohl meinte, da stand der junge Mann bereits vor ihr und streckte ihr die Hand hin. »Einen schönen Tag wünsche ich Ihnen, Signorina. Ich hoffe, wir können das mal wiederholen.« Er zwinkerte ihr zu. »Eventuell mit zwei oder drei Bieren weniger.«

»Das ganz bestimmt«, erwiderte Marietta, reichte ihm ihre Hand, bemerkte beschämt, dass er sich verbeugte und ihr einen Kuss darauf hauchte. Sie blickte ihm dann hinterher, wie er aus ihrer Wohnung eilte und die Tür behutsam hinter sich zuzog, nur um sie im letzten Moment doch noch einmal zu öffnen und – fast schon wieder in seinem unverständlichen walisischen Akzent – zu bemerken: »Ich glaube, ich habe mal eine Anzeige in der Zeitung gesehen.«

Marietta nickte. »Ja. Die war von mir. *Manuskript gefunden* usw.«

Doch Dylan schüttelte den Kopf. »Nein. Anders herum. Jemand hatte inseriert, dass er ein Manuskript verloren hat.«

Auf dem Platz vor der National Gallery of Scotland versammelten sich zu jeder Tages-, Nacht- und Jahreszeit pittoreske Gestalten. Die einen, weil sie etwas darboten und auf wohlfeilen Lohn hofften, die anderen, um sich selbst darzustellen. Entsprechend bevölkert war der Platz, ein lebendes Kunstwerk, eine immerwährende Performance. John Thornton pflegte stets den Weg über diesen Platz zu suchen, wenn er sich in Edinburgh aufhielt. Er spazierte dann am Scott-Memorial vorbei und holte sich am Kiosk eine Waffel mit etwas Sahne, die er in Betrachtung der Stelzentänzer, der Gaukler, Illusionisten und Wanderprediger, der Harfenistinnen, Liedermacher und Straßenmaler genüsslich verspeiste. Und wenn ihn eine Ausstellung lockte, dann suchte er natürlich das Museum auf. So wie an jenem Tage, an dem *Lesen in der Malerei* angekündigt war.

Wie so oft in Edinburgh, hatten sich die Kuratoren der Ausstellung ein glückliches Konzept überlegt, das mit den Besuchern spielte. Denn gelesen wurde auf den Bildern und über die Bilder, aber auch – und zwar mittels einer raffinierten Projektion in der Eingangshalle und im großen zentralen Saal – auf den Besuchern! Kaum hatte er das tempelartige Gebäude betreten, entdeckte John schon einen seiner Lieblingsverse aus der Literatur auf dem Ärmel seines hellen Blousons:

There are some days the happy ocean
Lies like an unfingered harp, below the land …

Stephen Spender. Der Große, in dessen Sprache man am liebsten eintauchen wollte. Gehobenen Herzens schritt also der Verleger durch die Räume und betrachtete die Lesenden. Oft waren es Frauenporträts, überraschend oft Akte oder Halbakte, die den Gegenstand der Darstellung Lügen straften (denn hatte nicht das Lesen in diesen Fällen fast stets nur die Absicht, die so Dargestellte in einer besonders anmutigen Pose zu zeigen, vor allem: in einer intimen). Denn intim waren in der Tat die meisten Szenen. Das Lesen als

Austausch eines Menschen mit einem Stück Papier, an dem kein Dritter teilhatte, und der deshalb fast immer eine private Situation darstellte. Gewiss, es gab auch Bilder, auf denen Mütter ihren Kindern vorlasen. Es gab Motive, die mehrere Menschen zeigten, die sich um einen Brief drängten. Doch meist war es eine Person, ein Buch oder Brief – und ein voyeuristisches Arrangement, auf dessen anderer Seite der Betrachter als Eindringling stand. Die Exponate faszinierten John Thornton und zeigten ihm Perspektiven auf, die er so noch nicht kannte oder nicht bedacht hatte. Am meisten aber faszinierte ihn ein Bildschirm, auf dem – während sie auf einer der Bänke saßen und den begleitenden Katalog studierten – Besucher des Museums gezeigt wurden. Zeitgleich. Ganz bei sich. Die Kuratoren hatten die Idee des Bildes vom lesenden Menschen weitergedacht (oder von einem Künstler weiterdenken lassen) und so auch die Gäste der Ausstellung zu Exponaten gemacht.

Der Verleger suchte sich einen Platz etwas im Hintergrund, wo ihn selbst keine Kamera erfassen konnte, und beobachtete die Lesenden, die mit ihm den Raum teilten. Verließ eine Besucherin den Platz mit dem Katalog (der tückischerweise mit einer Kette an besagtem Platz festgebunden war), so folgte jemand anderer nach. Drei, vier, fünf Museumsbesucher ließ John auf diese Weise in seiner Betrachtung passieren, bis sich eine junge Frau den Katalog nahm, die ihn auf so frappierende Weise an seine Frau erinnerte (wenn auch in etwas jüngeren Jahren), dass sein Herz wie wild zu schlagen begann. »Violet«, murmelte er und starrte ungläubig auf den Bildschirm. Doch während er gefesselt war, erhob sich die Frau aus dem Nebenraum schon wieder und verschwand aus dem Bild. Nach einer Schrecksekunde löste sich der Verleger von seinem Platz und eilte hinüber. Wozu sollte er noch länger auf den Monitor starren. Er wollte sie sehen! Ohne ein technisches Medium. Ihr direkt gegenüberstehen. Ob sie klang wie seine Frau? Ob sie duftete wie sie?«

Halb amüsiert, halb alarmiert legte John Thornton die drei Blätter beiseite, die ihm seine Frau ausgehändigt hatte. »Spender ist *dein* Lieblingsdichter, nicht meiner.«

»Ist das alles, was dir dazu einfällt?« Pikiert rückte Violet Thornton ein Stück von ihrem Mann ab, neben den sie sich auf seinem geliebten Sofa gesetzt hatte.

»Den Ton hast du wunderbar getroffen, Liebling«, erklärte der Verleger. »Was mir nicht ganz klar ist: Was willst du mit dem Text?«

»Ich schreibe unser geheimnisvolles Manuskript zu Ende.«

»Du meinst das nicht im Ernst, oder?«

»Hatten wir das nicht sogar Miss Piccini vorgeschlagen? Und du kennst sie, John. Sie ist dafür viel zu schüchtern. Abgesehen davon, dass wir gar nicht wissen, ob sie schreiben kann.«

»Aber das war doch nie im Leben ernst gemeint!« John Thornton erhob sich und suchte auf dem Schreibtisch nach seiner Pfeife. »Außerdem wüsste ich nicht, was ein Text, in dem plötzlich ein Verleger auftaucht, von dem bisher in dem Buch keine Rede war, in der Geschichte zu suchen haben soll.«

»Das liegt doch auf er Hand.« Violet Thornton schien nun beinahe ein wenig aufgebracht. »Oder bist du tatsächlich so phantasielos?«

»Gehen wir mal davon aus, dass ich es bin«, entgegnete ihr Mann müde.

»Er findet das Manuskript! Er veröffentlicht es...«

»Und es wird ein Bestseller, richtig?«

»Natürlich. Wer will denn etwas über einen Flop lesen?«

Der Verleger sah seine Frau mit einer Mischung aus Zuneigung, Nachsicht und Spott an. »Im Ernst, wie wahrscheinlich ist es, dass ausgerechnet ein Verleger das Manuskript findet? Von dem in dem Manuskript übrigens auch noch keine Rede war.«

»Wie wahrscheinlich ist es, dass es eine Lektorin findet?« Und als wäre es ein Beweis für irgendetwas fügte sie hinzu: »Ich habe neulich von einem Autounfall zwischen zwei Frauen gelesen, die an dem Tag beide Geburtstag hatten.« Sie hob den Finger. »Und dann kam eine Polizistin, um den Unfall aufzunehmen, und nun rate mal, was die an dem Tag hatte.«

»Geburtstag«, sagte John Thornton und hob in einer hilflosen Geste die Hände.

»Du sagst es.«

»Und trotzdem ist von dem Manuskript in dem Manuskript noch nicht mal die Rede.«

»Das kommt noch ... Ich habe es jedenfalls absolut ernst gemeint«, erklärte die Verlegerin. Ihr Mann aber schüttelte mit einer Vehemenz den Kopf, die sie so gar nicht von ihm kannte. Eigentlich war er ganz friedliebend und sehr auf Harmonie bedacht.

»Nein, Violet, das hast du nicht.«

»Aber ...«

»Meine Liebe, denk doch nur, was das bedeutet! Wir können unmöglich ein Manuskript, dessen Urheber wir nicht kennen, selber zu Ende schreiben. Oder schreiben lassen. Es mag noch angehen, wenn der Autor verstorben ist und die Erben einverstanden sind. Aber hier gehen wir mal davon aus, dass er noch lebt. Und selbst wenn er es nicht täte, wüssten wir nicht, wer seine Erben sind. Und selbst wenn wir sie kennen würden, hieße das nicht, dass wir ihr Einverständnis bekämen. Und auch dann noch stünde nicht fest, dass wir uns wegen des Honorars mit ihnen einigen könnten. Nein, meine Liebe, es geht einfach nicht. Darüber lasse ich nicht mit mir diskutieren.«

Das wollte Violet Thornton auch gar nicht mehr. Die Worte ihres Mannes hatten sie verletzt. So unversöhnlich, so wenig kompromissbereit hätte er das nicht formulieren müssen. Ohne noch etwas zu sagen, stand sie auf, nahm ihre Tasse mit sich und verschwand in ihrem eigenen Büro auf der anderen Seite des Flurs. John Thornton aber wusste, dass er sich hatte hinreißen lassen zu einer ebenso schlichten wie simplen Wahrheit, während hier doch etwas so Wertvolles wie die hohe Kunst der ehelichen Diplomatie vonnöten gewesen wäre. Das war der Fluch einer Partnerschaft, die sich auch auf das Berufliche erstreckte: Man nahm all den Ärger, Stress und Kummer, den man am Schreibtisch erlebte, nächtens mit ins Bett, wo er die Harmonie untergrub und manche zärtliche Stunde vereitelte.

Es war die *Times* gewesen! Der Autor – wenn es denn »ihr« Autor gewesen war – hatte seine Anzeige in die *Times* gesetzt, während sie die ihre im *Guardian* hatte abdrucken lassen. Warum um alles in der Welt hatte sie nur den *Guardian* gewählt? Weil er bei den Intellektuellen die beliebteste Zeitung war, erklärte ihr eine innere Stimme. Eine zusätzliche Anzeige in der *Times,* wenigstens das, aber am besten auch noch im *Daily Telegraph*, im *Observer* und auf der Website des *Independent,* das wäre doch kein unvernünftiger Aufwand gewesen. Es hätte die Chancen um ein Vielfaches erhöht, dass er die Anzeige auch sah und sich bei ihr meldete. Aber nun gut: Zumindest wusste sie jetzt, dass es die Annonce in der *Times* gegeben hatte – und sie konnte sich nun ihrerseits bei dem Inserenten melden und herausfinden, ob sie beide ein und dasselbe Manuskript meinten.

Zunächst war freilich zu klären, wie sie an diese Anzeige in der *Times* kam. Sie kannte weder den Wortlaut, noch wusste sie, wann die Bekanntmachung erschienen war. Nur das Thema kannte sie. Aber ob das ausreichte?

Rasch suchte sie im Internet die Telefonnummer der Anzeigenabteilung der ehrwürdigen *Times,* einer der ältesten noch existierenden Zeitungen der Welt, heraus und griff zum Telefon. Die Dame in der Serviceabteilung war sehr freundlich, konnte aber nicht weiterhelfen, sondern verwies Marietta ins Archiv, wo man – nachdem sie zwanzig Minuten in der Warteschleife festgehangen hatte – völlig verständnislos reagierte, aber die Sache zumindest äußerst amüsant fand: Anzeigen wanderten nicht gesondert ins Archiv. Zurück in der Anzeigenredaktion geriet die junge Lektorin an einen Mitarbeiter, der offensichtlich noch nicht völlig verhornt war, sondern ein gewisses Feingefühl an den Tag legte.

»Und Sie können gar nicht eingrenzen, wann diese Anzeige erschienen sein könnte?«

Zeitlich eingrenzen ließ sich die Anzeige sehr wohl – nur leider ziemlich weit. Denn wenn es in der Anzeige um »ihr« Manuskript ging, dann musste sie erschienen sein, nachdem es Marietta in die Hände gefallen war. Frühestens an diesem Tag konnte der Autor die Annonce aufgegeben haben, frühestens am Folgetag also konnte sie erschienen sein. Und Dylan hatte geklungen, als sei es schon ein paar Tage her, dass er sie gelesen hatte. Marietta Piccini überschlug den Zeitraum und stellte dann fest: »Könnten Sie den Zeitraum von vor vier Wochen bis letzte Woche abfragen?«

»Abfragen kann ich leider nichts«, stellte der junge Mann am anderen Ende der Leitung fest. »Sonst könnten wir gleich ein paar Jahrgänge durchkämmen und schauen, welche Treffer mir der Computer anzeigt. Aber ich kann die vermischten Anzeigen durchsehen.« Er seufzte. »Drei Wochen. Das wird allerdings etwas dauern, das kann ich nicht heute Abend noch rasch machen.«

»Und wenn ich selber vorbeikäme? Sie haben die Zeitungen doch sicher alle da«, schlug die Lektorin vor.

»Hm. Tja, wenn Sie sich das antun wollen, dann kommen Sie gerne vorbei.«

»Wo müsste ich hinkommen?«

Der Mitarbeiter der Anzeigenabteilung nannte ihr die Adresse.

»Wunderbar!«, rief Marietta Piccini. »Bis gleich!«

»Bis gleich? Moment, Signorina!«, protestierte der junge Mann. Offenbar hatte er erkannt, dass die Anruferin mit einem leichten italienischen Akzent sprach, dabei aber völlig das stürmische Temperament der Südländer unterschätzt. »Sie können nicht einfach *jetzt* kommen.«

»Oh.«

»Verstehen Sie, man braucht schon einen Termin, wenn man zu uns ins Haus kommt.«

»Verstehe. Natürlich.« Betretenes Schweigen auf beiden Seiten der Leitung, wenn auch nur ganz kurz. Dem jungen Mann schien seine brüske Abwehr leidzutun. »Ginge es morgen?«

»Morgen? Ja, sicher. Wann könnte ich denn kommen?«

»Nun, ich bin ab acht Uhr in der Redaktion. Wenn Sie also schon ganz früh ...«

»Ich werde um acht Uhr da sein!«, rief Marietta.

»Vielen Dank.« Und legte auf, ohne sich nach dem Namen des Redakteurs erkundigt zu haben (wie ihr allerdings erst am nächsten Morgen auffallen würde).

Violet Thornton gab sich schlafend. Sie hatte demonstrativ alle Lichter auf dem Flur und im Schlafzimmer gelöscht und lag so steif und reglos unter ihrer Decke, als läge sie Modell für die Nachbildung Lenins im Mausoleum für Madame Tussaud's Wachsfigurenkabinett. Nun gut, für Kleopatra auf dem Totenbett. Denn bezaubernd war sie auch so. John Thornton konnte ein Schmunzeln nicht unterdrücken, als er sie im Dämmerlicht, das die Straßenlaternen hereinschickten, solchermaßen stoisch sah. »Du weißt, dass ich keine Waffeln mag«, sagte er mit aller Sanftmut, den er aufzubringen vermochte.

»Aber *ich* mag Waffeln.«

»Allerdings«, stellte der Verleger mit einem leisen Kichern fest, während er sich auf seine Seite des Bettes setzte. »Waffeln und Spender.«

»Und Straßenmaler.«

»Sicher. Illusionisten auch?«

Sie drehte sich zu ihm hin. »Ich mag dich. Du bist auch ein Illusionist.«

»Das war mir nicht bewusst. Du siehst Talente in mir, die ich selbst bisher nicht erkannt habe.«

»Weshalb? Du bist Verleger. Du verlegst Romane und Erzählungen, manchmal auch Gedichte. Erfundene Geschichten, die mit der Phantasie der Leser spielen. Du verkaufst Illusionen. Also bist du ein Illusionist.«

John Thornton nickte bedächtig. »Wenn man es so betrachtet …« Er beugte sich zu seiner Frau und küsste sie sanft auf die Stirn. »Verstehst du, dass es nicht geht?«

»Hm?«

»Dein Text. Wir können ihn nicht einfach als Fortsetzung des Manuskripts nehmen. Und dann schreiben wir noch eine kleine Liebesgeschichte hinein und ein Abenteuer mit einem verpassten Zug und einer verlorenen Taschenuhr …«

»Siehst du, dass du ein Illusionist bist?«

Ächzend rollte sich der Verleger auf seine Seite des Bettes. Der Rücken. Ach, könnte man sich nur selbst immer wieder neu erfinden, es wäre manches leichter. »Gut«, sagte er. »Ich gebe es zu.«

»Na also.« Sie schob ihre Hand unter seine Decke.

»Außerdem hätte die Perspektive gar nicht funktioniert.«

»Wie bitte?«

»Die Perspektive, Liebes. Die ganze Geschichte

ist aus der Perspektive des Protagonisten geschrieben ...«

»Und des Mädchens.«

»Und des Mädchens, richtig. Nur diese zwei Perspektiven und davon fast ausschließlich die des Pechvogels. Da können wir nicht kurz vor Schluss noch eben die Perspektive einer ganz neuen Figur einführen.« Er räusperte sich. »So reizvoll es erscheint, als Verleger in dem Buch am Ende auch noch eine Rolle zu spielen.«

»Ich hätte dir eine tragende Rolle gegeben, John«, flüsterte Violet.

»Ich gebe zu, dass ich mich geschmeichelt fühle.«

»Und ich gebe zu, dass ich übers Ziel hinausgeschossen bin. Wir lassen das mit meinem Text.«

»Gut.« John schob sich etwas näher an ihre Hand heran und streckte die seine aus. »Obwohl es mich schon interessiert hätte.«

»Was hätte dich interessiert, Liebling?«

»Ob du mir am Ende auch noch eine Affäre angedichtet hättest.«

»Eine Affäre?« Die Hand zuckte zurück.

»Na, mit der jungen Frau, die meiner eigenen zum Verwechseln ähnlich sah.«

Die Hand wanderte wieder zu ihm. »Tja«, sagte Violet ganz leise. »Das werden wir nun nie erfahren.«

ACHT

Als der zweite Hagelschauer über die Stadt hinwegzog, hatte Paul Swift Knightsbridge erreicht und sich gerade mit dem Gedanken vertraut gemacht, dass er gegen die Erkältung nicht mehr anzukämpfen brauchte, weil sie sich endgültig durchgesetzt hatte. Vermutlich stieg bereits ein leichtes Fieber in ihm auf, das Schniefen jedenfalls war längst nicht mehr nur dem Regen geschuldet, der ihm übers Gesicht rann. Einmal mehr befand er sich inmitten einer Straßenkreuzung und sein Blick fiel auf die Schrift, die zu seinen Füßen auf den Asphalt gemalt war: *Look left*. Links kamen Autos näher, eines am anderen, ein unablässiger Strom von Fahrzeugen, die sich durch den Regen kämpften, um ihn – wie die Gischt heranrollender Wellen – in unregelmäßiger Frequenz in eine Wand von Wasser zu stellen. Paul ging hinter einem Lieferwagen der Royal Mail in Deckung, der auf dem Gehweg parkte. Gerade als er sich danebengestellt hatte, öffnete sich unvermittelt die Beifahrertür und jemand rief ihm zu: »Steigen Sie ein, Mann!«

Es war ein Gebot der Höflichkeit, unter den gegebenen Umständen nicht zu diskutieren, sondern die zwei Stufen zur Fahrerkabine hinaufzusteigen und die Tür rasch wieder hinter sich zuzuiehen.

»Warum warten Sie nicht ab, bis der Regen nachlässt?«, fragte der Fahrer, der gerade dabei war, sich ein etwas armseliges Sandwich auszupacken. »Möchten Sie was abhaben?«

Paul schüttelte den Kopf. »Danke, sehr nett. Aber ich möchte Ihnen nicht ihr Mittagessen wegessen.«

Der Fahrer schüttelte grinsend den Kopf. »Also hätten Sie gerne was. Bitte.« Er riss ein Stück von dem Sandwich ab und reichte es Paul, der es mit einer Mischung aus Widerwillen und Heißhunger nahm.

»Danke.«

»Gerne. Wenn ich gewusst hätte, dass Sie so patschnass sind, hätte ich Sie nicht reingelassen«, stellte der Fahrer mit Blick auf Pauls Kleider fest.

»Oh. Ich kann natürlich ...« Pauls Hand war schon am Türgriff, als der Fahrer rief: »Halt! War nur ein Scherz, Mann! Es wird sicher bald besser. Lang kann das nicht mehr dauern.«

Paul zuckte die Schultern und war überrascht, wie köstlich das scheinbar kümmerliche Sandwich schmeckte. »Was ist da drauf?«, wollte er wissen.

»Das müssen Sie meine Frau fragen«, erklärte der Fahrer, dessen strahlend weißes Grinsen durch seine dunkle Haut noch betont wurde. »Ist ein Südstaatenrezept von ihrer Mom.« Erst jetzt fiel Paul auf, dass der Mann einen leichten amerikanischen Akzent hatte.

»Sie stammen aus den Staaten?«

»Lebe schon lange hier. Und Sie?«

»Oh, ich bin leider nie von hier weggekommen.«

»Das erklärt, warum Sie durch den Regen laufen. Durch *diesen* Regen. Wenn es bei uns regnet, dann ist das wie eine warme Dusche. Aber hier …«

»Man gewöhnt sich daran.«

»Ich werde mich nie daran gewöhnen.«

Tatsächlich ließ der Regen langsam nach. »Jedenfalls hatte es etwas Gutes«, stellte Paul fest.

»Wirklich? Nämlich was?«

»Ich durfte ein Südstaatensandwich von Ihrer Frau kosten.«

»Ja, Mann. Da hatten Sie Glück.«

»Hatte ich. Grüßen Sie sie von mir.« Paul öffnete die Tür und nickte dem Fahrer noch einmal zu.

»Mache ich. Alles Gute.«

»Ihnen auch.«

Der Regen war bis auf wenige Tropfen versiegt. Als die Ampel endlich auf Grün umschaltete und der automobile Mahlstrom zum Stillstand kam, hastete Paul hinüber zu der Kirche, die ihr stolzes Portal mit hohen korinthischen Säulen für ihn geöffnet hatte.

St. Peter, wie er von anderer Gelegenheit wusste, auch wenn er das Gotteshaus noch nie betreten hatte. Es stand am Eingang zum Eaton Place in exponierter Lage, und es machte einen freundlichen Eindruck, aufgeräumt und gelehrt. Eigentlich ähnelte es mehr einem Universitätsgebäude als einer Kirche.

Überraschend licht empfing ihn der Bau. Man hatte zu den hohen Seitenfenstern helle Farben und filigrane Säulen gewählt, sodass die Kirche ganz eindeutig den Eindruck erweckte, als würde man die Gläubigen hier gerne begrüßen. Nur dass es keine Gläubigen gab. Das Gotteshaus war menschenleer. Zumindest erschien es Paul so, als er an den Bänken entlang nach vorne ging, vorbei am heiligen Petrus, der ihn gütig anblickte. Paul war ganz allein auf dieser Insel im tosenden Meer der hektischen, regenumwölkten Großstadt. Jedenfalls *fast* allein: Als er seinen Blick hinaufwandte zum Chorgestühl, hörte er ein Scharren, dann ein leises Hüsteln und wurde von den plötzlich einsetzenden, sehr leisen und etwas melancholischen Klängen der Orgel überrascht. *Bach,* dachte er. *Jesus bleibet meine Freude.* Eine Kantate, die er als Jugendlicher einmal im Chor seiner Heimatkirche gesungen hatte. Einen Moment hielt er inne und lauschte, ja er hielt sogar den Atem an, auf so wundervolle Weise fühlte er sich unvermittelt im Herzen berührt. Während aber noch die Töne weiterhin behutsam, als wäre der Organist sich seiner Sache nicht ganz sicher, an sein Ohr drangen, spürte er plötzlich eine Hand an seinem Arm.

»Gelobt sei Jesus Christus, unser Herr. Wie gut, dass du gekommen bist, mein Sohn.«

Es kam nicht sehr häufig vor, dass Paul Swift um Worte verlegen war. Er mochte nicht der eloquenteste Zeitgenosse unter der Sonne sein (oder in diesem Fall: unter den Weiten des englischen Regenwolkenhimmels), doch für gewöhnlich suchte und fand er die passende Erwiderung. An jenem Tage aber war er ganz Verständnislosigkeit und wusste auch dem seltsamen Ansinnen des Reverends nichts entgegenzusetzen, als dieser sich bei ihm unterhakte, um ihn längs des Kirchenschiffs zum Altarraum zu führen. Erst recht fiel ihm nichts Intelligentes ein, als sie vor einem Sarg zu stehen kamen (einem geschlossenen immerhin) und der Geistliche seinem Gast bedeutete, sich in die erste Reihe einiger einsamer Stühle zu setzen, die in Abwesenheit einer Trauergemeinde gewissermaßen selbst die Trauergemeinde darstellten – und dabei in der Tat äußerst traurig aussahen. Der Reverend aber trat neben den Sarg, faltete die Hände, wartete, bis die Musik verklungen war, und atmete einmal tief durch, ehe er verkündete: »So ist nun doch auch für dich jemand gekommen, um Abschied zu nehmen. Wir danken Gott, dass er dich mit seiner Liebe gesegnet hat, die dir in der Liebe deiner Mitmenschen begegnet ist, auch in der Liebe dieses jungen Mannes, der sich heute hier eingefunden hat, um gemeinsam mit ... mit mir, ein letztes Lebewohl zu sagen. Denn leben wirst du, Alan Rigby, und zwar größer und freier, als es dir jemals im Diesseits vergönnt war. Im Jenseits gibt es keine Grenzen. Es sind die Menschen dort ganz von Gott erfüllt. Sein Licht strahlt in ihnen und erhöht sie, sodass sie selbst zu Himmelswesen werden. Das Jenseits ist kein Jammertal, sondern der Gipfel des Glücks ...«

Die Trauerfeier nahm ihren Lauf. Paul war erstaunt, wie bildreich die Sprache des Geistlichen war. Oft fand er Worte, für die der Schriftsteller dankbar gewesen wäre. Offenbar hatte er den Verstorbenen gut gekannt – und offenbar hatte es sich bei diesem um einen Menschen gehandelt, der nicht ganz frei von Fehlern gewesen war. Was auch die Abwesenheit jeglicher Trauergäste erklären mochte. Doch das focht den Geistlichen nicht an. Er schien fest entschlossen, dem Verstorbenen Trost zu spenden und Ruhm nachzurufen, und Paul fragte sich, ob sich solche Reden nicht tatsächlich auf jeden Menschen halten ließen. Ob man sie nicht gelegentlich sogar zu Lebzeiten halten sollte. Denn offensichtlich hatte der zu Betrauernde es auch seinerseits im Leben nicht immer leicht gehabt (aber wer hatte das schon). Insofern nahm es nicht wunder, dass der Reverend sich mit zunehmender Rede in zunehmenden Furor dichtete (denn es war in der Tat ein gänzlich frei gehaltener Vortrag). Die Brust unter dem Talar hob und senkte sich voll Inbrunst, als der Geistliche die Stimme erhob: »Schande über alle, die dich vergessen haben! Über alle, denen du Gutes getan hast und die es vergessen haben! Ihr, die ihr heute nicht anwesend seid …« Und er blickte zu den Stühlen hin, als könnte er so all jene mit seinen Worten erreichen, die diese Stühle nach seiner Auffassung hätten bevölkern sollen. »Ihr werdet noch erfahren, dass Einsamkeit im Alter ein Fluch ist. Die letzte Reise alleine antreten zu müssen, ist eine Schande. Aber es ist keine Schande für den Verstorbenen, sondern für die Hinterbliebenen. Sie sind es, die im Angesicht des Übertritts eines Menschen ins Jenseits sündigen und sein Andenken mit Füßen treten. Ist denn einer unter euch ohne Fehl? Kann denn einer reinen Herzens sagen, er hätte nicht gesündigt? Hat jeder von euch seine Nächsten stets gerecht behandelt?« Der drohende Zeigefinger des Geistlichen schwebte über dem Sarg und der hagere Mann wirkte eher wie ein Abraham a Sancta Clara oder ein Savonarola denn wie ein Vertreter der distinguierten *Church of England*. Paul Swift aber spürte, wie er bei jedem Wort etwas kleiner wurde, obwohl er doch wusste, dass er keinesfalls gemeint war.

Manchmal ist es schwierig, jemand anderen mit der Wahrheit zu konfrontieren, und es stellt sich die Frage, ob eine kleine Lüge im Guten nicht wertvoller ist als völlige Aufrichtigkeit, von der man weiß, dass sie das Gegenüber verletzen oder zumindest enttäuschen würde. In einer solchen Lage sah sich Paul angesichts der Rede des Geistlichen, der seine Anwesenheit in der Kirche eindeutig missverstanden hatte. Also rang er mit sich und war mehrmals versucht, Einspruch zu erheben, als der Reverend, nachdem er sich wieder etwas beruhigt hatte, mit geradezu sanftmütiger Stimme sagte: »Dass dein Sohn nach all den Jahren den Weg auf deine Trauerfeier gefunden hat, ist immerhin ein Lichtblick. Es ist vielleicht der schönste Akt der Vergebung. Wir alle brauchen Vergebung, und vielleicht wird auch er eines Tages auf Vergebung durch seine Mitmenschen und vor allem auf Gottes Vergebung hoffen. Darum hat er recht getan, dass er seinen Groll begraben hat und zu dieser Abschiedsfeier gekommen ist. Und so bete ich auch für ihn ...«

Es folgten längere Ausführungen, was alles Gott der Trauergemeinde vergeben möge (und natürlich auch dem Verstorbenen), zu denen Paul stets im Geiste nicken konnte. Und doch ergänzte er jeden Satz des Reverends um die Worte: »Vergib mir aber vor allem, dass ich hier als Betrüger sitze, denn ich bringe es nicht über mich, dem Reverend die Wahrheit zu sagen.«

Nach einem kurzen und einem längeren Abriss des Lebens von Alan Rigby, nach einigen Klassikern aus dem Kanon der anglikanischen Gebetsbücher, nach einigen persönlichen Worten des Geistlichen (aus denen sich nicht zuletzt ergab, dass der Verstorbene seine Räusche nicht selten in der Kirche auszuschlafen gepflegt hatte, manchmal aber auch im Pfarrhaus), nach einer weiteren Kantate, nach alledem also wirkte der Reverend so angegriffen, dass Paul Swift aufstand und neben ihn trat. Nun war er es, der ihn unterhakte und stützte, während die letzten Akkorde verklangen. So warteten die beiden, bis gänzlich Stille herrschte im Kirchenschiff. Die Sonne war herausgekommen. Schräg leuchtete sie durch die hohen Fenster und ließ Staubkörnchen über dem Sarg tanzen. Paul stellte sich vor, wie darin die Seele des Verstorbenen gen Himmel entschwand. »Eine schöne Rede, Reverend«, sagte er ganz leise. »Wirklich. Vielen Dank.«

Warum auch immer er sich bedankte, es fühlte sich richtig an. Der Pfarrer nickte und legte eine Hand auf seine. Dann wandte er sich ab und blickte zum Chorgestühl hinauf, wo sogleich ein furioses Orgelstück ertönte, so überwältigend wie erhebend. Wie von unsichtbarer Hand öffnete sich hinter dem

Sarg ein Seitenportal und vier Herren in schwarzen Anzügen traten ein. Sie stellten sich beiderseits des Sargs auf, drehten sich um, fassten die Griffe und rollten ihn dann mit sich wieder hinaus. Surreal wirkte diese Szene auf Paul, der das Portal sich wieder schließen sah und einige Augenblicke später erst bemerkte, dass er alleine dastand. Der Geistliche war verschwunden.

Die Musik endete mit einigen Akkorden, die jedem *Dies Irae* zur Ehre gereicht hätten. Falls es nicht ohnehin ein *Dies Irae* war. Und während Paul sich langsam Richtung Ausgang begab, hörte er, wie auf dem Chorgestühl jemand ächzte, etwas klappte, es raschelte und schließlich Schritte auf der Treppe ertönten. Kurzatmige, hektische Schritte. Ein kleiner Mann unbestimmbaren Alters tauchte auf, gerade als Paul unter dem Chorgestühl angelangt war. Das Männlein blickte ihn durch winzige, kreisrunde Brillengläser an und murmelte: »Mein Beileid«, dann huschte es davon.

»Beileid«, murmelten auch zwei alte Damen, die in den Schatten des rückwärtigen Teils der Kirche gestanden hatten und sich nun daraus lösten. Eine von ihnen ergriff die Hand des vermeintlichen Trauergastes, die andere faltete die Hände und nickte mitleidsvoll.

»Danke«, flüsterte Paul, gerührt von der Anteilnahme dieser fremden Menschen. »Danke. Sehr liebenswürdig.« Dann trat er ins Freie, wo ihn ein Sonnenstrahl und die Ausscheidungen einer vorüberfliegenden Krähe trafen.

Ein außergewöhnlicher Pechvogel, der Autor, ging es Marietta durch den Kopf. Natürlich war auch das Sperren des Kontos gescheitert. Nachdem sich Mr. Paul Swift von einem Passanten ein Mobiltelefon geborgt und bei einer Notfallnummer der Banken angerufen hatte (die er im Vorraum einer Filiale an den Bankautomaten gefunden hatte) war er – mit dem fremden Mobile – durch eine Verkettung unglücklicher Umstände (in besagtem Vorraum) eingeschlossen worden und hatte dort zwei Stunden durchnässt und von zahlreichen Passanten ausgiebig besichtigt zubringen müssen, bis er von einer Spezialsicherheitsfirma befreit wurde, die es sich nicht nehmen ließ, ihn nach Hause zu begleiten, um seine Personalien zwecks Regress aufzunehmen.

Und was, wenn in diesem einen, ganz besonderen Fall die eiserne Regel, dass man den Verfasser und sein Werk nie als identisch betrachten durfte, ganz ausnahmsweise nicht gültig war? Was, wenn Dylan recht gehabt hatte und der Protagonist der Geschichte das Alter Ego des Urhebers war? War das möglich? Oder anders gefragt: War es nicht sogar wahrscheinlich? Jetzt, wo sie sich die Frage stellte, schien es ihr mit einem Mal ganz augenfällig! Der Autor hatte sein Manuskript verloren. Es war auch nicht irgendeine Kopie oder ein Computerausdruck, es war ein mit der Schreibmaschine geschriebenes Original. Als Marietta es in der Bibliothek hinterlegen wollte, war er bereits weg gewesen. Ihre Anzeige war ins Leere gegangen, ja sogar ihre Telefonnummer war falsch in der Zeitung abgedruckt worden. Alles schien eine einzige Verkettung unglücklicher Umstände zu sein.

Wenn man sich all dies vor Augen führte, schien es kaum anders denkbar, als dass der Protagonist, als dass Paul Trevor Swift das literarische Abbild seines Schöpfers war. Und hatte der Protagonist nicht sogar irgendwo von einem Cameo-Auftritt geschrieben, von einer Rolle für sich selbst in seinem nächsten Roman? Mit einem Mal erschien es Marietta nicht mehr nur eine bloße Möglichkeit, sondern von hoher Wahrscheinlichkeit: Der Schriftsteller hatte seine eigene Geschichte aufgeschrieben!

Die Anzeigenabteilung der *Times* war im rückwärtigen Teil des pompösen Palastes untergebracht, den sich die Eigentümer dieser altehrwürdigsten unter den altehrwürdigen Zeitungen hatten erbauen lassen und der heute im Schatten eines riesigen Wolkenkratzers stand. Die junge Lektorin war vor allem von den schieren Ausmaßen des Gebäudes beeindruckt, als sie durch die Drehtür hineinging und sich dann durchfragte.

Schließlich saß sie an einem schmucklosen, nüchternen Bürotisch am Fenster und blickte zur London Bridge Street hinaus. Man hatte ihr drei Stapel Zeitungen hingelegt. Und eine schriftliche Erklärung, wonach sie keinerlei Informationen, die ihr bei ihrem Aufenthalt im Verlagsgebäude bekannt wurden, an Dritte weitergeben dürfe. Marietta Piccini fragte sich, welcher Art solche vertraulichen Informationen wohl sein konnten, wenn sie einzig alte Zeitungen durchsah. Aber sie zeichnete das Papier ab und begann dann, ziellos und durchaus auch etwas mutlos durch die diversen Ausgaben der *Times* zu blättern, was natürlich hoffnungslos war. Denn jede einzelne Ausgabe hatte Dutzende und Aberdutzende von Seiten, und Marietta wusste nicht, wo sie zu suchen anfangen sollte.

Als sie nach zwanzig Minuten erst bei der dritten Ausgabe und definitiv am Verzweifeln war, öffnete sich die Tür in ihrem Rücken und ein etwas gehemmt wirkender, aber im Übrigen sehr freundlicher junger Mann trat ein und streckte ihr die Hand entgegen. »Wir haben gestern telefoniert«, nuschelte er. »Ich habe Ihnen alles bereitgelegt.«

»Ah ja, vielen Dank, Mr. ...«, erwiderte Marietta.

»Johnson«, erklärte der junge Mann.

»Mr. Johnson. Piccini. Wie der Komponist. Nur mit i.«

»Freut mich, Sie kennenzulernen.« Er warf einen Blick auf die Zeitungsstapel und auf das aktuell aufgeschlagene Exemplar. Dann nickte er verstehend. »Wenn Sie so suchen, werden Sie morgen noch beschäftigt sein.«

»Da sagen Sie was. Eher übermorgen.«

»Ja.« Mr. Johnson lachte. »Aber es geht schneller, wenn Sie gleich an den richtigen Stellen suchen. Eine Anzeige, wie Sie es mir gesagt haben, würden wir nicht im Sportteil abdrucken. Auch bei der Kultur hat sie nichts zu suchen ...«

»Es geht aber um ein verlorenes Manuskript.«

»Sie haben natürlich recht, Miss Piccini. Aber als Anzeige würden wir das trotzdem nicht ins Feuilleton setzen.« Er blätterte so behände, dass Marietta vom Zusehen ganz schwindelig wurde. Dann legte er ihr eine aufgefaltete Seite hin. »Sehen Sie das durch, dann suche ich schon einmal die entsprechende Seite aus der nächsten Ausgabe. Wenn wir schnell sind, schaffen wir es bis Feierabend.«

»Oh, das ist aber liebenswürdig, danke!«

Wegen eines Heizungsproblems war im Haus das warme Wasser ausgefallen. Es blieb Paul nichts anderes übrig, als kalt zu duschen. Er versuchte es angesichts seiner Erkältung als Experiment zu betrachten: Hieß es nicht in der chinesischen Medizin, dass Gleiches mit Gleichem bekämpft werden musste?

Dennoch entschied er sich für eine große Kanne heißen Wassers (er hatte versäumt, neuen Tee zu besorgen), das er mit großer Dankbarkeit trank, während er die Unterlagen für den morgigen Arbeitstag durchblätterte. Es war ein ereignisreiches Wochenende gewesen, eines, das er so rasch nicht vergessen würde. Hoffentlich war Sophie glücklich mit ihrer Entscheidung. Er würde sie nicht mehr anrufen. Sie hatte ihn nicht sprechen wollen. Nun wollte er sie nicht mehr sprechen. Da sie einen so glatten Schnitt für die Trennung gewählt hatte, würde es ihm nicht einmal besonders schwer fallen, sein Leben neu zu ordnen und mit der Situation zurechtzukommen. Gewiss, er würde unter der Stille der Wohnung leiden, er würde Sophie noch lange vermissen – die Sophie, in die er sich verliebt und mit der er zusammengelebt hatte. Der Sophie, die ihn ohne ein Wort verlassen hatte, musste er nicht nachtrauern. Sie kannte er eigentlich gar nicht. Vielleicht hatte er die Frau, die er hatte heiraten wollen, überhaupt nie wirklich gekannt. Vermutlich war ihr Schritt so gesehen der richtige gewesen. Auch für ihn. Mit ihm hätte sie womöglich gar nicht glücklich werden können. Vielleicht gab es ja bereits jemand anderen, es würde Paul nicht wundern, denn Sophie war eine sehr attraktive Frau, zudem eine, die sich nahm, was sie wollte. Außerdem war sie eine überaus aktive Frau. Es wäre ihr vermutlich schwergefallen, ihr ganzes Leben mit einem Mann wie Paul Trevor Swift zu verbringen, dem die Zwischentöne oft reizvoller erschienen als die Hauptmelodie. Der sich für die Feinheiten interessierte. Der lieber lauschte, als selbst groß zu tönen. Sie wäre unglücklich geworden, was wiederum ihn unglücklich gemacht hätte, und so wären sie gemeinsam alt und letztlich unglücklich gewesen.

Als wollte es ein Beispiel für ein solches Schicksal geben, begann das Paar aus der Nachbarwohnung mit einem Streit, der sich die nächste halbe Stunde hinzog. Es ging dabei um einen verschollenen Teewärmer. Und während Paul sich noch fragte, ob damit wohl ein Stövchen gemeint war oder ein Überzug für die Kanne, steigerte sich das Problem zu nachgerade epochaler Bedeutung. Denn wie sich herausstellte, war nicht nur der Teewärmer verschwunden, sondern seit einiger Zeit auch ein Salzstreuer und ein Nagelknipser (seit letztem Jahr). Natürlich auch »das Brillenetui meiner Mutter« (irgendwann) und der Schlüssel für das kleine Fenster im WC (weshalb es jetzt ständig geschlossen blieb; man konnte sich vorstellen, dass das der Ehe nicht zuträglich war). Vor allem aber jede Gelassenheit und Nachsicht: weg. Stattdessen: Bitternis, Vorwürfe, nagende Enttäuschung.

Unter anderen Umständen hätte Paul das Stövchen aus dem Küchenschrank genommen und hinübergebracht, um den Streit zu schlichten. Doch Sophie war weg und mit ihr das Stövchen. Denn das hatte sie irgendwann einmal von einer Freundin geschenkt bekommen. Das hieß: Moment! Hatte er das Ding nicht gestern oder vorgestern irgendwo gesehen?

Hastig zog er die Schubladen auf, und tatsächlich fand es sich in der Kommode. Auf dem Porzellan waren einige Teeflecken, die er zunächst entfernte, während er mit halbem Ohr auf den Streit bei den Nachbarn lauschte und so Überraschendes aus der Welt des medizinischen Schuhwerks und des Onlinepokers erfuhr. Mehr als er gerne wissen wollte, um genau zu sein. Vor allem faszinierte ihn dabei allerdings die Stimme der Frau.

»Ist Ihnen bewusst, dass Sie einen großartigen Sopran haben?«, fragte er deshalb wenig später, als er – die eine Hand an der Klingel, in der anderen das Stövchen – vor der Nachbarin stand.

»Finden Sie?« Der Zorn, der sie die zurückliegende halbe Stunde zu einem Feuerwerk von Vorwürfen beflügelt hatte, war wie wegblasen. »Das ist aber nett von Ihnen.«

»Ich dachte, ich bringe Ihnen meinen Teewärmer«, erklärte Paul und reichte das Stövchen über die Schwelle. »Ich brauche ihn eigentlich nicht.«

»Du meine Güte, waren wir so laut?«, fragte Mrs. Drummond betreten.

Paul zuckte die Achseln. »Die Wände sind dünn. Und ich habe offenbar ein sehr feines Gehör.«

Mrs. Drummond nahm das Stövchen. »Und Sie brauchen es tatsächlich nicht mehr?«

»Nie benutzt. Und da Sie doch sehr an Ihrem hingen ...«

Mrs. Drummond, die im friedlichen Zustand jedenfalls durchaus liebenswürdig aussah, wie Paul auch schon bei anderen Gelegenheiten festgestellt hatte, schenkte ihm ein Lächeln. »Tja, dann ... Aber ich bestehe darauf, dass Sie dann wenigstens auf eine Tasse Tee hereinkommen.« Sie trat beiseite und wartete, bis Paul sich einen Ruck gegeben und die Wohnung betreten hatte. Im Hintergrund stand Mr. Drummond, dessen rötliche Gesichtsfarbe zeigte, dass er noch ziemlich aufgewühlt und von dem Streit auch offenbar etwas angegriffen war.

»Guten Tag«, murmelte er.

»Das wünsche ich Ihnen auch, Mr. Drummond«, sagte Paul, der auf eine Einladung nicht vorbereitet gewesen war. Ein wenig befangen folgte er der Hausherrin in die Küche, die gleichzeitig Esszimmer war und ihn an das Haus seiner Tante Celia erinnerte, die er als Kind gelegentlich besucht hatte: Alles schien nach dem Vorbild einer Puppenstube gestaltet. Auf dem Tisch und auf der Konsole lagen zierliche Deckchen. Die Stühle waren mit geblümten Kissen dekoriert, auf der Fensterbank standen mehrere Blumentöpfe, in denen wacker blühende Pflanzen um die Wette prangten, dabei doch mit aller Sorgfalt zugeschnitten. Umrahmt wurden die Blumen von gerafften, rüschenbekrönten Gardinen. An den Wänden zwei Stillleben neben dem Portrait einer sehr vornehmen Dame. »Meine Mutter«, erklärte zu Pauls Überraschung nicht Mrs., sondern Mr. Drummond, nicht ohne Stolz in der Stimme, während seine Frau, die sich bereits darangemacht hatte, Wasser aufzusetzen und Tee in die Kanne zu füllen, leise ein eher bitteres kleines Lachen beisteuerte. *So ganz scheint der Streit nicht beigelegt*, dachte Paul. Wie auch? Natürlich hatten sie ihre Auseinandersetzung, die ja, wie er wusste, nur eine in einer langen Reihe von Streitigkeiten war, letztlich nur für eine kurze Weile unterbrochen. Womöglich nur für die Dauer seines Besuchs.

»Schön haben Sie es hier«, bemerkte er anerkennend. Auch bei Tante Celia hatte es ihm gefallen. Das Wohlgeordnete, das stets um Anmut Bemühte, es genoss seinen ganzen Respekt. Denn letztlich stand es ja für den Wunsch des Menschen, sich nicht mit dem Chaos abzufinden, mit dem uns die Welt täglich zu überrollen versucht.

»Bei Ihnen ist es sicher auch sehr hübsch«, entgegnete Mrs. Drummond.

»Oh. Im Moment ist es vor allem ziemlich leer.«

Sie nickte vielsagend. Natürlich hatte sie Sophies Auszug mitbekommen. »Sie waren gar nicht da, als ...«, bemerkte sie und unterbrach sich, da es ihr offenbar plötzlich unpassend erschien, sich in seine Dinge einzumischen.

»Nein, in der Tat, ich war nicht da«, erklärte Paul und nahm auf ein Zeichen von Mr. Drummond am Küchentisch Platz. »Um ehrlich zu sein, ich war selbst überrascht. Ich kannte die Pläne meiner Lebensgefährtin nicht.«

»Sie hat Sie also verlassen?«, fragte Mr. Drummond ganz offen und fing sich einen strafenden Blick seiner Gattin ein.

»Ja, das hat sie.«

Mrs. Drummond, die eine Tasse für ihn vorbereitet hatte, hielt inne. »Sie Ärmster. Sie müssen sehr leiden.«

»Nun ja ...« Paul nahm ihr die Tasse aus der Hand. »Wenn es jetzt schon nicht geklappt hat, stellen Sie sich vor, wie es dann später geworden wäre.«

»Schön, dass Sie es so betrachten können«, sagte sie nur. Mrs. Drummond warf ihrem Gatten einen vielsagenden Blick zu. »Und dass Sie so gar nicht enttäuscht sind.«

»Oh, das bin ich durchaus«, erklärte Paul. »Es wäre ja schlimm, wenn ich es nicht wäre, nicht wahr? Denn genau betrachtet ist eine Enttäuschung doch etwas sehr Wertvolles.«

»Finden Sie?« Mrs. Drummond gab sich nicht besondere Mühe, zu verbergen, dass sie ihren netten Nachbarn zumindest für etwas seltsam hielt.

»Nun, sie ist das Gegenteil einer Täuschung, die Enttäuschung. Ich hatte mich über die Natur unserer Beziehung getäuscht. Die Geschehnisse haben mich aus diesem großen Missverständnis erlöst. Auf die Täuschung folgte zwar die Enttäuschung, aber nun weiß ich, woran ich in Wirklichkeit bin. Nichts anderes wäre mir lieber.«

»Verstehe«, log Mrs. Drummond, der Höflichkeit ausgesprochen wichtig war, und schüttete Paul den frisch gebrühten Tee in die Tasse, über Hand und Hose.

Es war die letzte Zeitung gewesen. Buchstäblich die letzte. Vom letzten Stapel. Und in dieser Ausgabe vom 15. August die letzte in Frage kommende Seite. Dabei hatten sie die Stapel nicht einmal der Reihe nach durchgesehen, sondern den jüngsten zuerst, den ältesten dann – und zuletzt den mittleren. Mehrmals hatten bereits Kolleginnen und Kollegen von Mr. Johnson die Köpfe zur Tür hereingestreckt und einen schönen Abend gewünscht. Der war es inzwischen geworden. Ein Abend im milden Licht der Spätsommersonne. Gegenüber gab es ein Restaurant der wichtigtuerischen Art, wo man die Tische und Stühle ins Freie geschafft hatte, um den erschöpften Londonern noch ein wenig Erholung an der, nun ja, frischen Luft zu ermöglichen. Marietta hätte nicht tauschen mögen. Denn auch wenn die Arbeit stumpfsinnig und frustrierend war, so genoss sie doch die Gegenwart von Mr. Johnson, der ein äußerst witziger Charakter war. Gewiss, er hatte beschlossen, sich in typisch männlicher Weise vor der attraktiven Besucherin zu profilieren. Aber wie er es machte, das amüsierte sie – und es ließ ihr Herz ein wenig schneller schlagen. Vielleicht war es auch der Umstand, dass sie bemerkt hatte, wie er immer wieder verstohlen zu ihren Beinen hinblickte. Marietta Piccini wusste selbst, dass ihre Beine zu ihren unbedingten Vorzügen gehörten. Sie war es gewöhnt, dass man ihre Beine anstarrte. Und doch fühlte sie sich ganz besonders attraktiv angesichts der Nervosität des jungen Mannes. Solchermaßen abgelenkt, hätte sie beinahe überhört, als er sagte: »Hier, ich glaube, das könnte sie sein, Ihre Anzeige.«

Marietta spürte, wie ihr Herz einen Moment lang aussetzte. Konnte es so einfach sein? Hatte Mr. Johnson aus Tipperary eben so im Überfliegen seiner Zeitung den geheimnisvollen und heiß ersehnten Autor gefunden? Sie streckte ihre zitternden Finger nach dem Papier aus. Es war die *Times* vom 15. August. Zwischen der Ankündigung der Eröffnung einer neuen Kanzlei für Steuerrecht in Knightsbridge und der Suche nach einem Kindermädchen für eine Familie mit gehobenen Ansprüchen (»bei hervorragender Bezahlung, sofern die Referenzen erstklassig sind«) fanden sich die Zeilen:

Manuskript verloren!

Am Freitag, den 12. August, habe ich ein fast vollendetes Manuskript verloren. Falls Sie es gefunden haben, bitte melden Sie sich. Selbstverständlich werde ich Ihre Ehrlichkeit belohnen. Chiffre

»Chiffre?«, fragte Marietta Piccini verständnislos.

»Die Post ist an uns zu richten und wird dann dem Inserenten zugestellt.«

»Also gibt es hier irgendwo die Adresse des Inserenten.«

Mr. Johnson nickte. »Die gibt es. Ich darf sie allerdings niemandem geben. Ganz abgesehen davon, dass ich gar keinen Zugriff hätte.«

»Ach. Und wer hätte Zugriff?«

»Die Kollegin ...« Er hielt inne. »Aber die darf sie Ihnen auch nicht sagen. Das fällt unter den Datenschutz.«

»Datenschutz? Ich will ja gar nichts über ihn wissen, sondern ihm bloß mitteilen, dass ich sein Manuskript gefunden habe.« Sie zögerte. »Vielleicht.«

»Sicher«, sagte Mr. Johnson und packte die Stapel wieder zusammen, um sie auf einen Rollwagen zu legen, mit dem sie auch herbeigeschafft worden waren. »Dazu müssen Sie jetzt nur einen Brief an uns schreiben. Den leiten wir dann weiter. Und dann kann der Inserent seinerseits antworten und ...«

»Ist das nicht wahnsinnig kompliziert?« Marietta Piccini konnte nicht verbergen, dass sie nach all dem Suchen und Warten enttäuscht war, dass man eine Tür geschlossen hielt, hinter der sich die Antwort auf all ihre Fragen verbergen konnte.

»Tut mir leid, aber Regeln sind Regeln.«

Rules are rules. Diese Haltung kannte Marietta so nur von Engländern. Was für ein Blödsinn! Sie atmete tief durch, dann setzte sie ein möglichst geschäftsmäßiges Lächeln auf und fragte: »Hätten Sie vielleicht einen Stift und ein Blatt Papier für mich, Mr. Johnson?«

Zum Glück hatte er Fieber. Er wäre sonst vermutlich nicht rechtzeitig aufgewacht. Denn, wie ihm erst jetzt klar wurde, auch sein Wecker war mit Sophie verschwunden. Der Montagmorgen begann deshalb still. Seit Sophie bei ihm eingezogen war, hatte das Radio ihn mit Musik geweckt, die als Musik zu bezeichnen ihm schwerfiel. Sie war vor allem von wummernden Bässen und dem Hypersopran hysterischer Frauen geprägt gewesen, hatte aber immerhin dafür gesorgt, dass Paul schnell aus dem Bett kam.

Mangels Wecker wäre dieser übliche Tagesbeginn an jenem Montag aus dem Ruder gelaufen. Doch der erkaltete Schweiß, der in seinem T-Shirt klebte, hatte ihn rechtzeitig aus dem Schlaf gezogen, sodass er nun erstaunt in den Spiegel im Badezimmer blickte. Erstaunt deshalb, weil er überraschend gesund aussah. Die frische Farbe seines Gesichts empfand er zwar persönlich als Glühen. Aber für einen unbeteiligten Dritten sah er eher besser aus als sonst.

Das Wasser war immer noch eisig. Paul verzichtete darauf, noch einmal zu duschen, ließ aber ausgiebig kühles Nass über seine verbrühte Hand laufen. Es hatten sich ein paar Blasen gebildet, am Unterarm zeichnete sich ein roter Fleck etwa von Form und Größe eines Ohrs ab. Paul spürte einen leichten Schwindel. Vom Schlafzimmer her schien das Bett zu flüstern: »Komm wieder zu mir, komm doch, bei mir ist es so gemütlich.« Nun, ein starker Tee würde seine Lebensgeister wecken und die Erkältung bekämpfen, am liebsten ein Earl Grey. Leider war natürlich auch der alle. Es fand sich nichts mehr zum Aufbrühen im Haus, Sophie war bei der Auswahl der Tees, die sie mitzunehmen gedacht hatte, nicht pingelig gewesen: Sie hatte sie einfach alle eingepackt.

Paul schlüpfte in eine Jeans und zog sein ältestes Sweatshirt über, ein Relikt aus Studienzeiten, verwaschen und gemütlich, um rasch zu Mrs. Drummond hinüberzuhuschen, die sicher gerne mit Hilfe zur Hand war. Sie würde vermutlich diverse Sorten Tee für ihn parat haben und eventuell auch etwas gegen Fieber. Natürlich würde sie mit ihm schimpfen, weil er darauf bestand, die Sachen zu bezahlen. Gott sei Dank hatte Sophie beschlossen, die große Zündholzschachtel nicht anzutasten, in der er immer ein paar Pfund für alle Fälle verwahrt hielt. Er steckte die Schachtel ein und lief über den Hausflur, um bei Drummonds zu läuten.

Nur dass sie nicht da waren. Nach dem dritten Läuten gab er es auf. Die Herrschaften würden beim Einkaufen sein oder beim Arzt, wie ältere Leute es zu tun pflegten: Besorgungen immer möglichst früh am Tag erledigen. Nun gut, eine große Tasse heißen Wassers würde ihn auch ordentlich durchheizen. Vielleicht gab es auch noch Milch in seinem Kühlschrank. Schon nahm die Idee eines kräftigen, tiefdunklen Kakaos vor seinem geistigen Auge Gestalt an und erquickte ihn geradezu. Dennoch waren seine Schritte vom Fieber verlangsamt, als er wieder über den Flur zurückging – um gerade noch zu sehen, wie die Tür zu seiner Wohnung ins Schloss fiel.

Letztlich war es doch ganz schnell gegangen. Sie hatte ihren handgeschriebenen Brief an Mr. Johnson überreicht, der ihn sympathischerweise direkt seiner Kollegin gebracht hatte – respektive gebracht hätte, wäre die Kollegin denn noch in der Redaktion gewesen. So aber endete der Arbeitstag auch für Marietta Piccini mit dieser Aktion und sie war im Begriff, etwas für sie Ungeheuerliches zu tun (nämlich den jungen Mann mit dem roten Haarschopf zu fragen, ob er nicht Lust hätte, noch gemeinsam etwas essen zu gehen), um dann doch tatenlos dem Unvorhergesehenen beizuwohnen (wie nämlich besagter junger Mann von seiner Freundin abgeholt wurde).

»Ich kann Ihnen morgen bestimmt schon Bescheid geben«, sagte Mr. Johnson zum Abschied.

»Danke«, erwiderte Marietta. »Ich kann Ihre Kollegin anrufen, das ist schon in Ordnung« – wohl wissend, dass sie undankbar war. Schließlich hatte ihr der junge Mann viel Zeit gewidmet und vielleicht bei weitem nicht so sehr geflirtet, wie es sich für Marietta angefühlt hatte. Sie schenkte ihm ein geschäftsmäßiges Lächeln, nickte seiner Geliebten zu, die ihm penetrant die Hand ins Nackenhaar schob, und beeilte sich dann, zum Ausgang zu kommen.

Am nächsten Morgen war Marietta Piccini die erste Anruferin in der Anzeigenredaktion. Allerdings dauerte es elf Anrufe lang und letztlich bis 10:24 Uhr, ehe sie die Kollegin von Mr. Johnson erreichte und diese das Schreiben vom Vorabend zur Kenntnis genommen hatte.

»So leid es mir tut, ich kann Ihnen die Adresse des Inserenten trotzdem nicht sagen.«

»Aber ich habe doch schriftlich geantwortet«, beharrte die junge Lektorin.

»Richtig. Deshalb kann ich auch etwas für Sie tun, und das werde ich. Ich werde Ihren Brief an die uns vorliegende Adresse weiterleiten. Wenn der Inserent mit Ihnen in Kontakt treten möchte, wird er sich dann bei Ihnen melden. Ich gehe davon aus, Sie haben Ihren Namen und Ihre Adresse angegeben? Und vielleicht sogar eine Telefonnummer, unter der man Sie erreichen kann?«

Ja, das hatte sie. Ihr italienisches Temperament zügelnd, bedankte sie sich formvollendet britisch und knallte den Hörer aufs Telefon. Dann griff sie sich ihre Geldbörse und schlüpfte in ihre bequemsten Schuhe. Sie würde sich am Kiosk eine Zeitung kaufen und sich damit gemütlich ins Café setzen. Das hatte sie sich verdient. Sie wollte jetzt einfach einmal den Kopf frei bekommen. Von dem Manuskript. Von dem Autor. Von der ganzen vertrackten Geschichte. Sie hatte einen

Brief geschrieben, sie hatte ihn auf den Weg gebracht, jetzt war es auch einmal an der Zeit für etwas anderes.

Vor ihrer Wohnungstür wäre sie beinahe über Dylan gestolpert, der auf der Treppe saß, den Kopf auf die Hände gestützt, und dabei aussah wie ein Häuflein Elend.

»Guten Morgen, Dylan!«, rief sie verwirrt aus. »Alles in Ordnung?«

Er blickte auf in einer Mischung aus Hoffnungslosigkeit und Sanftmut. »Guten Morgen, Marietta«, sagte er in reinstem Englisch (nun ja, sagen wir: in sehr zivilisiertem Englisch). »Sie sehen wunderschön aus heute.«

Marietta Piccini pflegte in solchen Fällen immer ein wenig zu erröten (auch wenn solche Fälle nicht allzu häufig vorkamen; aber vielleicht errötete sie ja gerade deshalb).

»Danke«, flüsterte sie und senkte den Blick. »Ich wollte gerade einen Kaffee trinken. Wollen wir zusammen …?«

»Sehr gerne! Einen Abschiedskaffee, das ist eine gute Idee.«

»Abschiedskaffee? Warum das?« Die Röte auf ihren Wangen wich einer gewissen Blässe.

»Ich muss leider ausziehen«, erklärte der Waliser, während er hinter ihr in die Wohnung kam.

»Oh. Das tut mir leid! Warum denn?«

Dylan seufzte. »Die Miete ist zu hoch.« Er blickte beschämt zu Boden. »Ich war ein paar Monate in Verzug.«

»Das heißt, Sie haben noch keine neue Unterkunft gefunden?«

»Leider nein. Es ist schwierig. Sie wissen es ja selbst: London braucht die einfachen Menschen, aber es bietet ihnen keinen Platz.«

Wohl wahr. Wie oft war es Marietta schon aufgefallen, wie oft hatte sie sich schon gefragt, wo all die schlecht bezahlten Arbeitskräfte nur wohnten, die für das schöne Leben der Reichen in dieser Stadt sorgten, die putzten und kochten und fuhren, die wuschen und backten und sich um tausenderlei Alltagsdinge kümmerten. Es bedurfte dieser Menschen millionenfach – doch wenn man auch nur eine einzige günstige Unterkunft in London suchte, so war man verloren. Befand sich in einem solchen Dilemma auch Dylan, ihr stets so liebenswürdiger Nachbar, dessen gute Laune auch manche ihrer eigenen trüben Stunden aufgehellt hatte? Marietta konnte sich vorstellen, dass ein kleiner Mitarbeiter eines Wettbüros keine großen Gehälter kassierte, während seine Kunden womöglich, ohne mit der Wimper zu zucken, jede Woche Beträge verspielten, von denen eine Familie in Ponte Felcino ein ganzes Jahr hätte leben können. Oder länger. Andererseits: Millionäre gingen wohl eher ins Casino als in ein gewöhnliches Wettbüro. Und wer wusste schon, ob Dylan nicht selbst seinen Lohn leichtfertig verspielt und deshalb nichts mehr für die Miete übrig gehabt hatte.

»Spielst du eigentlich selber?«, rutschte es ihr heraus, noch ehe sie über ihre Worte hatte nachdenken können.

Doch Dylan schien es nicht zu stören. »Ein Barmann trinkt nicht«, sagte er gelassen. »Jedenfalls keiner, der seinen Job ernst nimmt.«

Marietta nickte. »Das kann ich verstehen.« Es hätte sie auch gewundert. Dylan war ein netter Kerl, daran bestand nicht der geringste Zweifel. »Nun«, sagte sie und lauschte verblüfft und, ja, auch ein klein wenig schockiert auf die Worte, die ihr über die Lippen kamen, »vielleicht kann ich helfen ...«

ZEHN

Es gab eine Stelle in dem Manuskript, die John Robert Thornton ganz besonders berührt hatte. Vielleicht hing es damit zusammen, dass das Mädchen, Lilly, ihn an seine Schwester Claire erinnerte, die er über alles geliebt hatte und die eines Tages – es war kurz vor seinem zehnten Geburtstag gewesen – über Nacht verschwunden war. Das hieß: Für ihn war sie verschwunden. Denn man hatte ihm, natürlich im besten Willen, ihn zu schonen, verschwiegen, dass sie eine Hirnhautentzündung erlitten hatte, in die Klinik gekommen und dort nach drei Tagen verstorben war. Selbst das Begräbnis hatte ohne ihn stattgefunden. Stattdessen war seinen Eltern nichts Besseres eingefallen, als ihm von einer »längeren Reise« zu erzählen, die Claire hätte unternehmen müssen – und niemand wisse, wann sie zurückkäme. Natürlich kam sie nie mehr zurück. Sie schickte auch keine Karte und keinen Brief, rief niemals an und kümmerte sich auch sonst nicht darum, wie es ihrem kleinen Bruder ging. Bis sein Vater ihn – da war er sechzehn – eines Tages mit auf den Friedhof nahm. *Claire*, das war alles, was auf dem Grabstein stand.

Am nächsten Tag war John von zu Hause weggegangen. Er hatte nichts gesagt, sich nicht verabschiedet, sondern nur die Geldbörsen seiner Eltern leergeräumt und war mit dem Zug nach London gefahren, um in einem Hotel zu arbeiten, dann in einem Supermarkt, bei einer Zeitung und schließlich in einem Buchverlag, wo man ihm – inzwischen war er einundzwanzig gewesen – eine Ausbildungsstelle anbot. Sein Einstieg ins Verlagsgeschäft. Wenn er zurückdachte an seine frühen Jahre, dann erschien es ihm mit einem Mal nicht mehr so unglaublich, dass sich sein Leben schon so lang anfühlte, viel länger, als es gemessen an einer zu erwartenden, wenngleich immer fiktiven Durchschnittslebensdauer war. Aber gleich, wie alt man wurde, in einem Teil seines Herzens blieb doch jeder Mensch immer auch das Kind, das er einmal war. In seinem Fall: der Zehnjährige, der sich von seiner geliebten und vergötterten Schwester verlassen fühlte. Vielleicht traf ihn die Stelle in dem Manuskript, bei der er nun angekommen war, deshalb so ins Innerste.

Lilly vermisste zwar ihren Vater, sie vermisste ihn sogar sehr. Aber natürlich wusste sie auch, dass er sie zweifellos noch viel mehr vermisste. Denn sie hatte ja zumindest noch Mama, mit der sie zusammenwohnte in ihrer alten Wohnung, während Papa ausgezogen war und nun ganz alleine lebte. Deshalb setzte sie sich jede Woche einmal, wenn sie nicht so viel für die Schule tun musste, hin und schrieb ihm einen Brief. Manchmal malte sie ein Bild dazu (zum Beispiel sich selbst mit Papa; manchmal auch etwas, das sie erlebt hatte, wie kürzlich die Queen in ihrer Kutsche). Sie gab dann den Brief Mama, die eine Briefmarke draufklebte und ihn von ihrem Büro aus an Papa abschickte. Manchmal durfte sie den Brief auch selber in einen Postkasten werfen. Inzwischen wusste sie sogar Papas Adresse auswendig und konnte sie in schönen Buchstaben eigenhändig auf den Umschlag schreiben.

So verkürzte sie sich selbst und vor allem ihrem Vater die Wartezeit bis zu ihrem nächsten Besuch. Trotzdem fiel es ihr manchmal schwer, dass sie ihn die ganze Woche über nicht sah, sondern erst am Wochenende wieder zu ihm durfte. Papa hatte eine Wohnung mit einer Dachterrasse, von der aus man die Spitze eines der Türme der Tower Bridge sehen konnte. Dort gab es Kuchen und Saft, wenn sie nicht irgendwo hingingen, um zu essen. Ein wenig wunderte sich Lilly, dass es in Papas Kleiderschrank auch Frauenkleider und im Flur Damenschuhe gab. Aber er hatte ihr erklärt, dass die Vormieterin sie vergessen hatte und er sie für sie aufhob, falls sie eines Tages käme, um sie abzuholen. Vermutlich hatte sie auch noch eine Zahnbürste und Schminksachen dagelassen, denn das hatte Lilly im Badezimmer gesehen.

Neben seinem Bett hatte Papa ein Bild von Lilly aufgestellt. Es war zwar eines, das sie nicht mochte, aber sie freute sich trotzdem immer, wenn sie es sah. Und in der Schublade darunter – sie hatte ja gar nicht herumschnüffeln wollen, aber eine neue Wohnung, das war nun einmal etwas Aufregendes – da fand sie bei einem ihrer Besuche auch ihre Briefe. Sie zog die Schublade sachte ein bisschen weiter auf, obwohl Papa bestimmt nichts dagegen gehabt hätte. Aber dennoch hatte sie ein bisschen das Gefühl, etwas Verbotenes zu tun, und lauschte, ob er noch telefonierte (was er oft tat, weil er auch am Wochenende viele dringende geschäftliche Anrufe bekam). Die ganze Schublade war mit Briefen voll, die sie ihm geschrieben hatte. Und auf jedem hatte sie etwas gemalt. Eine Sonne, ein Herz, ein paar Sterne, ein Einhorn ... Lilly versuchte sich zu erinnern, welcher der erste gewesen war. Aber es mochte ihr nicht mehr einfallen. Sie nahm ein paar von den Briefen heraus. Und dann noch einige. Schließlich hielt sie alle Briefe in der Hand. Jeden einzelnen drehte sie um. Der erste Brief war doch ganz leicht zu finden gewesen. Er trug ein Kleeblatt neben Papas Namen und er war geöffnet.

Alle anderen Briefe aber waren verschlossen.

Es war unbedacht gewesen, natürlich war es unbedacht gewesen. Und nun standen sie da: zwei Koffer. Und eine Plastiktüte, in der sich noch einige Schuhe befanden.

So harmlos es aussah, so klar war es ein Alarmsignal: Es waren Tatsachen. Vollendete Tatsachen, wie zu befürchten stand. Denn ein Rückzieher schien Marietta kaum noch möglich. Wie hatte sie es ihm nur anbieten können? Wie hatte er es nur annehmen können! Ein Engländer hätte das unbedachte Angebot niemals angenommen. Ein Engländer hätte lieber unter der Brücke geschlafen.

»Sind Sie sicher, dass ich Sie nicht störe?«, fragte Dylan treuherzig.

Im Gegenteil, dachte Marietta und antwortete doch: »Ganz sicher. Sie können hierbleiben, so lange Sie wollen.« Sie hätte sich ohrfeigen können. Zumindest brachte sie noch zustande: »Bis Sie etwas Passendes gefunden haben.«

»Sie sind wirklich ein besonderer Mensch«, stellte

Dylan fest und nickte anerkennend. »Schöne Wohnung!«

»Danke. Sie ist klein.«

»Sie müssen unglaublich klug sein.« Dylan war vor dem Bücherregal stehen geblieben und sein Blick glitt über all die Taschenbuchausgaben von Chaucer und Chandler, von Lampedusa und Leopardi, von Pasternak und Puschkin, über Balzac und Baudelaire, Price und Poe ...

»Ich habe mal zwei Semester lang studiert«, erklärte ihr neuer Untermieter. »Mathematik.« Er zuckte mit den Achseln. »Bin bei der Wahrscheinlichkeitsrechnung hängengeblieben.« Und auf Mariettas verständnislosen Blick fügte er hinzu: »Wettbüro.«

»Oh.«

Wenig später waren der Wettbüromitarbeiter und die Lektorin in ein Gespräch über Dichtung vertieft, das einen ungekannten Furor aus Marietta herausbrechen ließ, denn der junge Mann behauptete ja nicht weniger, als dass Literatur an sich völlig überflüssig sei. Nutzlos. Zeitverschwendung!

»Und Sie sammeln wirklich Werke, die niemals verlegt wurden?« Fasziniert betrachtete Dylan die Italienerin, deren Wangen rot glühten. »Wozu um alles in der Welt? Die sind ja noch belangloser als die verlegten!«

Marietta schwankte zwischen den Möglichkeiten,

ihren neuen Mitbewohner unvermittelt wieder vor die Tür zu setzen oder ihn zu missionieren. Doch er würde sich als unbelehrbar erweisen, da war sie sich ganz sicher. Also versuchte sie es mit Milde. »Ich bringe es nicht über mich, sie einfach zurückzuschicken und aus meinem Gedächtnis und aus meinen Unterlagen zu löschen«, sagte sie. »Es ist die Arbeit vieler Tage. Die Autoren kämpfen Monate, manchmal Jahre, um ein Werk niederzuschreiben. Vielleicht werde ich die Einzige bleiben, die das jemals zu schätzen weiß. Auch wenn es nicht verlegt wird.«

»Das kann ich verstehen.« Auch der Waliser schien nicht länger diskutieren zu wollen. »Aber bedeutet das, dass Sie tatsächlich Kopien der Manuskripte bei sich aufheben?«

»Oh ja, so weit ich es schaffe. Sehen Sie, manche von diesen Werken sind tausend Seiten lang, manche noch länger. Eine Kopie anzufertigen kostet Zeit.« Leise ergänzte sie: »Und Geld.«

»Und dann?«

»Was? Und dann?«

»Gibt es eine Art geheime Bibliothek?«

»Geheim ist diese Bibliothek nicht«, sagte Marietta und gab dem jungen Mann ein Zeichen, ihr zu folgen. Sie öffnete den Garderobenschrank im Flur. »Das ist natürlich kein sehr schöner Ort für Literatur. Aber angesichts meiner beschränkten Möglichkeiten ...«

Teils in Ordnern, teils in Heftern, teils auch nur mit Gummibändern zusammengehalten standen hier eng an eng in dem Schrank im Flur etliche Werke. »Hm. Darf ich?« Skeptisch nahm er ein besonders voluminöses Manuskript heraus und schlug es auf:

Das Meer, das Meer

Ein altes Vorurteil besagt, dass Matrosen in jedem Hafen ein Liebchen hätten. Wie in jedem Gerücht, so steckt auch in diesem ein Körnchen Wahrheit. Viele Seemänner sehnten sich von Landgang zu Landgang, um nach Wochen oder Monaten der Entbehrung in die Arme einer Frau zu sinken. Mancher sank bereits auf See und sah den nächsten Hafen nicht mehr. Mancher hielt seiner Liebsten auch in der Ferne die Treue. Allen aber war gemein, dass sie den Hafen von St. Claude mehr ersehnten als jeden anderen. Denn in jenem Städtchen an den Küsten Französisch-Guyanas lebten die schönsten Frauen. Und keine von ihnen hatte einen Mann. Wann immer ein Schiff in St. Claude anlegte, standen die Frauen des Ortes in den Türen ihrer kleinen, bunt gestrichenen Häuser und begrüßten die Seeleute mit duftenden Gastmählern und frisch gemachten Betten, in denen sie all ihren Liebeszauber entfalteten.

»Eine Männerphantasie«, murmelte Dylan, halb amüsiert, halb gelangweilt.

»Sie sollten zumindest den nächsten Absatz lesen.« Marietta nahm ihm den Ordner aus der Hand und zitierte:

An einem Tag im Jahr jedoch waren alle Häuser verlassen. Alle Häuser außer einem. In jenem Haus aber lebte eine Frau, deren Namen niemand kannte und die den Seemännern Sturm schickte. Dann erhoben sich die Elemente und stürzten jedes ankommende Schiff in die Tiefen des Ozeans, und nur ein einziger Matrose überlebte den Fluch. Ihm aber widerfuhr in dem Ort ein Wunder, das er nie mehr vergessen würde.

Dies ist die Geschichte eines Überlebenden, der sich im Jahr des Drachen von St. Claude aufmachte, das Wunder seines Überlebens hinaus in die Welt zu tragen.

Marietta reichte das Manuskript zurück. »Lesen Sie es. Es ist eine Geschichte über Magie und Emanzipation. Mir gefällt besonders, dass ein Autor diese beiden Elemente so raffiniert kombiniert hat.« Sie griff nach einem anderen Manuskript, das in eine schmale Pappmappe gepackt war. »Oder das hier. Es wird Ihnen gefallen.«

Dylan nahm es zu Hand und blätterte es auf.

Die Krönung der Königin Semiramis
Eine erotische Erzählung

»Das ist aber keine erotische Schatzkammer hier?«, fragte Dylan, nachdem er ein paar Seiten überflogen und sein Puls sich erkennbar beschleunigt hatte.

»Keineswegs. Wenn man davon absieht, dass die meisten guten Bücher einen gewissen Sexappeal haben.«

»Schön wär's«, stichelte Dylan, nahm aber trotzdem die Mappe unter den Arm. »Ich werde das prüfen.«

»Nur zu! Nichts anderes hätte sich der Autor gewünscht. Lesen Sie gerne alles, was Sie hier finden.«

»Im Ernst jetzt? *Das* ist deine Geldbörse?« Sir Bernard blickte ihn mit einer Mischung aus Unglauben und Bewunderung an. Solche Exzentrizitäten waren gemeinhin sein Privileg.

»Es ist nicht wirklich meine Geldbörse«, erklärte Paul mit einem Schulterzucken, während er das Wechselgeld hineinfallen ließ und die Zündholzschachtel wieder zuschob. »Ist mehr sowas wie ein Haushaltsnotgroschen, den ich zufällig dabeihatte, als ich heute Morgen aus dem Haus gegangen bin.«

Sir Bernard, der im Leben kein Sir werden würde, den aber alle Kollegen so nannten, weil ihm ein unvergleichliches Talent zu aristokratischem Gehabe anhaftete, nickte. Allerdings ohne das leiseste Verständnis. »So wie dein lässiges Outfit?«

»Oh, das. Das ist eine längere Geschichte.«

»Verstehe.« Sir Bernard ging voraus und suchte einen Tisch am Fenster. Seit der Chinese die Kantine übernommen hatte, war der Laden gut besucht und man musste ein gutes Auge haben, um einen der begehrten Plätze mit Blick auf die Themse zu bekommen. »Dort«, nickte er und gab Paul ein Zeichen, mitzukommen. »Jedenfalls war das ein ziemlich cooler Auftritt vorhin bei der Konferenz.«

»Ich hatte den Bus verpasst. Dann fiel die U-Bahn aus ... Eine Verkettung ungünstiger Umstände.«

»Das muss man einplanen, mein Lieber.« Sir Bernard hatte seinen Gönnerton aufgelegt. »Ich konnte genau sehen, dass der Chef nicht amüsiert war.«

»Das kann ich verstehen. Es ist immer unschön, wenn Zuspätkommer eine Besprechung stören. Zum Glück hatte ich keinen Beitrag.«

»Nun, den hast du ja dann immerhin noch geleistet.«

Paul Swift nahm den Deckel von seinem Jiaozi

und schob die kunstvoll geschnitzten Karotten etwas zur Seite, ohne aber den Glückskeks zu entdecken, den es zu jedem Gericht gab.

»Alles in Ordnung?«

»Ich habe nur den Glückskeks gesucht.«

Sir Bernard lachte. »Du bist unglaublich. Hier, kannst meinen haben.«

Er nahm seinen Keks mit spitzen Fingern und reichte ihn Paul, der ihn auf eine Serviette an den Rand seines Tabletts legte.

»Inwiefern habe ich einen Beitrag geleistet?«

»Na ja, mit deiner Campus-Kleidung und der Verspätung hast du Eindruck bei unseren Investoren gemacht«, stellte Sir Bernard nüchtern fest. »Jedenfalls haben sie sich für unsere Finanzprodukte in der anschließenden Fünferkonferenz weit weniger interessiert als für unsere Mitarbeiterführung.« Der Vorstand nahm Bernard McEnroy in seiner fachlichen Mittelmäßigkeit gerne mit in geschlossene Besprechungen, wenn dritte Parteien anwesend waren. Er galt nicht nur ohnehin als Kandidat für den nächsten freiwerdenden Vorstandsposten, er schmückte vor allem mit seiner Eloquenz, seinen Eton-geschliffenen Manieren und seinen erstklassigen italienischen Anzügen jede Runde, in der es zu repräsentieren galt.

»Tja, auf diese Weise hat mich der Vorstand zumindest einmal zur Kenntnis genommen«, scherzte

Paul und stellte fest, dass sein Essen so überwürzt war, dass es kaum als genießbar gelten durfte. Aber genau genommen hatte er sowieso keinen Hunger. Also gabelte er ein wenig Reis und trank dazu seinen Pfefferminztee.

»Wie kannst du das nur trinken, Paul?«

»Ich bin etwas angeschlagen.«

»Dann solltest du dir was Vernünftiges holen. Whisky. Oder wenigstens Rum. Warte ...« Noch bevor Paul etwas erwidern konnte, hatte Sir Bernard seine eindrucksvolle Gestalt erhoben und war unter den Blicken etlicher Mitarbeiterinnen hinüber zur Theke gegangen, wo er diskret mit dem Pächter verhandelte, während Paul seine heiße Eierblumensuppe schlürfte. Es dauerte nicht lange, da warf Sir Bernard die Schöße seines Jacketts zurück und nahm wieder Platz, in der einen Hand hatte er zwei Gläser gebracht, in der anderen eine kleine Teekanne.

»So«, sagte er und gefiel sich erkennbar selbst. »Damit du wieder auf die Beine kommst.« Dann goss er jedes der beiden Gläser randvoll und schob eines auf Pauls Seite des Tisches. »Zum Wohl, alter Gefährte.«

Es war Whisky. Vermutlich schottischer. Anderen hätte Sir Bernard kaum getrunken. Paul hätte auch den nicht getrunken, wäre es nicht allzu unhöflich gewesen. Wie auch immer Sir Bernard den Wirt dazu gebracht hatte, er hatte es geschafft, ihm etwas Hochprozentiges abzuschwatzen, obwohl doch in der Firma Alkohol verpönt war. Tatsächlich musste Paul eingestehen, dass das Gefühl, das sich in seinem Magen ausbreitete, ein gutes war. Er hatte fast den Eindruck, als lege sich eine wärmende Hand über seine inneren Organe.

Eine kleine Weile saßen sie schweigend. Während Bernard McEnroy seine Nr. 54 so würdevoll zu sich nahm, als wären sie zum Dinner bei der Queen geladen, blickte Paul auf den Fluss hinab und nippte an seinem Glas. Ein schöner Tag, von Regen keine Spur, von Hagel ganz zu schweigen. Auf der A 1206 drängte sich der Verkehr, im graublauen Himmel kreuzten sich die Kondensstreifen der zahllosen Flugzeuge, für die London Dreh- und Angelpunkt ständigen Einsatzes im Dienste der Luftlinien und ihrer Aktionäre (und gelegentlich auch der Reisenden) war. Vom Nebentisch hörte er – natürlich ohne hinzusehen – ein paar Kolleginnen, die sich offenbar über seinen unpassenden Auftritt amüsierten. Warum eigentlich sollte man Finanzprodukte nicht auch in Freizeitkleidung verkaufen können? Was sprach dagegen, dass man ehrlich war? Weshalb erschien es dem Vorstand so wichtig, dass man sich verkleidete wie ein Politiker (deren Äußeres war bekanntlich auch nur Fassade), um den Kunden die neuesten Anlagemöglichkeiten näherzubringen? Schuf es wirklich so viel mehr Vertrauen, wenn alle in Schlips und Kragen arbeiteten? Er hätte es an sich ganz erfrischend gefunden, von jemandem beraten zu werden, der aussah wie ein guter Kumpel und nicht wie ein mustergültiger Bankmitarbeiter – zumal gerade Letztere in jüngerer Vergangenheit unter einem dramatischen Vertrauensverlust litten (nicht ohne Grund, wie auch Paul durchaus fand). Nun gut, zum Glück hatte Paul mit dem Außendienst gar nichts zu tun. Er saß in der Kreditbewilligungsabteilung und arbeitete als Ausfallversicherungsexperte den Kollegen aus den einzelnen Departments zu, die ihrerseits jeweils Dutzende oder Hunderte von Filialen unter ihrer Aufsicht bündelten und dafür sorgten, dass man dort die Kunden mit »optimierten Produkten« versorgte, zur Not auch solchen, die die Kunden gar nicht brauchten.

Umgekehrt gab es immer wieder den Fall, dass gerade ein Kredit wirklich dringend gebraucht wurde, eine vorläufige Deckungsbestätigung von Paul aber durch die Revision wieder zurückgenommen wurde, sodass er den Fall noch einmal prüfen und (korrekt, das heißt »abschlägig«) bescheiden musste. Ein Ärgernis, über das er bereits mehrmals versucht hatte, mit dem für ihn zuständigen Vorstand zu sprechen. Doch zu einem Termin war es noch nie gekommen. Und sein Abteilungsleiter hatte sich regelmäßig auf die Vorstandsdirektive berufen, ohne aber klarzumachen, wie diese konkret lautete.

»Wollen wir gehen?«, riss Sir Bernard ihn aus seinen Gedanken.

»Sicher.« Paul stellte das erst halb geleerte Glas ab und nahm sein Tablett.

»Hast du nicht was vergessen?«

»Nämlich?«

»Deinen Glückskeks!«

»Oh ja, richtig«, sagte Paul. »Danke, dass du mich erinnerst.« Er riss die Plastikfolie auf, knackte den Keks und zog das Zettelchen heraus. Mit einem Lächeln zog er seine Zündholzschachtel aus der Tasche des Sweatshirts und legte den schmalen Papierstreifen hinein.

»Und?«

»Du glaubst doch wohl nicht an Weissagungen«, meinte Paul und zwinkerte seinem Kollegen zu.

»Nicht im Geringsten«, stellte Sir Bernard fest. »Aber ich finde diese Rituale amüsant.«

»So geht es mir auch«, erwiderte Paul, ohne ein weiteres Wort zu verlieren. Allerdings pflegte er Orakeln zu glauben – solange sie Gutes prophezeiten.

Dylan erwartete sie mit einem Irish Stew nach Walisischer Art und zwei Flaschen Bier.

»Sie haben gekocht?« Marietta war mehr als erstaunt: Sie war unangenehm berührt. Den Nachbarn einzuladen, vorübergehend bei ihr zu wohnen, hatte sie von der ersten Minute an bereut. Dafür kannte sie ihn weder gut genug, noch wusste sie, wie sich diese Situation wieder würde beenden lassen, ohne dass es peinlich würde. Dass er nun aber etwas so Freundschaftliches tat, wie ein gemeinsames Abendessen zu kochen, war ihr entschieden zu viel der Intimität. Sie konnte, wollte und würde nicht mit ihm zusammenleben wie ein altes Ehepaar, das nur im Bett auf Distanz war. Abgesehen davon war schwerlich vorstellbar, das jemand, der nicht den geringsten Sinn für Literatur hatte, auch nur irgendeinen Sinn für gutes Essen hatte.

Vielleicht hatte er ja ihre Gedanken erraten, jedenfalls rettete Dylan die Situation, indem er sie mit seinem englisch-walisischen Kauderwelsch begrüßte und so unverdrossen weiterhin völlig Unverständliches von sich gab, dass Marietta nach einigen Augenblicken laut lachen musste.

»Halt!«, rief sie und hob die Hand. »Bitte!« Sie faltete in einer entschuldigenden Geste die Hände und senkte ihre Stimme, um ihn ganz leise, aber umso deutlicher aufzuklären: »Es tut mir leid, Dylan, ich hätte es Ihnen schon vor langer Zeit sagen sollen, aber ich kann Sie nicht verstehen, wenn Sie so sprechen. Mein Englisch mag gut sein. Aber es ist nichts wert, wenn das, was ich höre, gar nicht nach Englisch klingt.« Sie suchte seinen Blick und hielt kurz inne. »Aber das wissen Sie inzwischen längst, richtig?«

»Sicher«, erwiderte Dylan. »Es wurde mir allerdings erst an dem Morgen klar, nachdem ich Sie heimgebracht hatte.«

»Und mir wurde an jenem Morgen erst klar, dass Sie gar nicht so sprechen müssen, sondern ...«

»Sondern? Ganz normales Englisch sprechen?«

»Ja.« Sie zuckte entschuldigend mit den Achseln.

»Dann wird mir nichts anderes übrig bleiben, als weiterhin Englisch zu sprechen. Oder das, was Sie für Englisch halten.«

Marietta nickte. »Danke.« Dann ging sie zum Tisch, öffnete eine der Bierflaschen und trank einen Schluck. »Sie müssen das hier nicht machen«, sagte sie, nachdem sie etwas Mut gefasst hatte.

»Kochen?« Der Waliser griff nach der anderen Flasche und tat es Marietta gleich. »Verstehe. Sie möchten nicht, dass ich mich allzu heimisch fühle in Ihrer Wohnung.«

»So wollte ich das nicht sagen ...«

»Aber Sie haben recht! Die Gefahr besteht in der Tat. Denn es gefällt mir bei Ihnen. Sie haben Geschmack. Und es duftet gut bei Ihnen. Nicht mal die Bücher stören mich.«

Beschämt blickte Marietta zu Boden. »Danke. Das ist nett von Ihnen.«

Dylan nahm einen Schluck Bier, nickte und erklärte: »Ich wollte meinen Dank ausdrücken. Sie haben mir hier ein Dach über dem Kopf angeboten. Ohne es zu müssen und ohne mich gut zu kennen. Das war mutig und es war liebenswürdig. Dafür danke ich Ihnen. Aber ich werde Ihre Großzügigkeit nicht ausnutzen. Mit etwas Glück kann ich in ein paar Tagen wieder ausziehen. Bis dahin würde ich mich gerne erkenntlich zeigen. Nun ja, ich könnte mich nützlich machen. Nichts weiter. Aber immerhin das. Was meinen Sie?« Er hielt ihr seine Flasche hin.

»Klingt gut«, sagte Marietta und lachte, ehe sie mit ihm anstieß und sich dann von ihm in die Geheimnisse der walisischen Küche einweihen ließ, worauf sie ihn ihrerseits gerne in die Geheimnisse der Bücherwelt eingeweiht hätte – wären seine Erzählungen aus der Welt eines Wettbüros nicht so kurzweilig gewesen, dass der Abend geradezu verflog. Und nur ein ganz kleiner Zweifel nagte beim Zubettgehen an Marietta, dass er seine Storys womöglich nur vor ihr ausgebreitet hatte, weil er verhindern wollte, von ihr missioniert zu werden.

Es war auffällig, wie lange im Wohnzimmer, wo Dylan auf dem Sofa schlief, nachts das Licht brannte. In den ersten Tagen hatte Marietta gehofft, er hätte sich an einem ihrer Bücher oder einem der unveröffentlichten Manuskripte festgelesen. Doch als sie zum wiederholten Mal auf dem Weg ins Badezimmer sah, dass er immer nur in sein Smartphone schaute, musste sie sich eingestehen, dass sie offensichtlich jemanden beherbergte, der gegen den Zauber der Literatur so immun war wie ein Gummistiefel.

Eines Abends aber hörte sie ihn ein ums andere Mal kichern, ja mitunter sogar laut lachen. Das weckte ihre Neugier und sie wagte es, ihn in »seinem« Zimmer zu stören.

»Entschuldigen Sie, dass ich frage. Aber nun möchte ich doch wissen, was Sie so amüsiert.«

Dylan, der mit den Beinen auf der Lehne auf dem Sofa gelegen hatte, schwang sich auf und blitzte sie mit von Tränen feuchten Augen an. »Was ist das?«, fragte er seinerseits und reichte ihr einen Hefter mit vielleicht zwanzig Seiten.

»Ach, das ist eine Sammlung, die ich angelegt habe«, erwiderte Marietta, schwankend, ob ihr das folgende Geständnis peinlich sein musste oder nicht. »Erste Sätze.«

»Erste Sätze? Wovon?«

»Es sind die missratensten ersten Sätze, die ich je

gelesen habe. Hauptsächlich aus Manuskripten. Auch ein paar absurde Titel. Ein Kuriositätenkabinett, wenn Sie so wollen.« Sie räusperte sich. »Es kommt einem so viel Unsinniges und Verrücktes unter ...«

»Das klingt nach einem Buch, das mich tatsächlich ausnahmsweise interessieren könnte!« Dylan kräuselte die Lippen und zitierte: *»Gurkenbeete säumten ihren Weg.«*

Marietta lachte. »Es gibt Schlimmeres. Hier zum Beispiel.« Sie deutete auf einen anderen Satz: *»Niemals, nie, nie, niemals wieder in ihrem gesamten Leben würde sie sich ein solches Sandwich antun.«*

»Oder der: *Isabelle lag in seinen Armen, die stark waren wie zwei Schraubstöcke.«*

»Ein kleines Schweinchen, rief Grabowskis Mutter und biss ihn liebevoll ins Ohr.«

»Nun, das könnte doch ein süßer erster Satz eines Kinderbuchs sein«, warf Dylan zu Mariettas Überraschung ein.

»Sollte aber ein philosophischer Roman über Pompeij werden.«

»Oh.«

»Oder der: *Warum nur um alles in der Welt muss ich nur so verdammt sexy sein, fragte sich Erica Spindler, während ihr Blick auf ihre 28 Kinder fiel.«*

Sie lachten gemeinsam. Aber in das Lachen schlich sich für Marietta Piccini eine leichte Wehmut. Waren nicht letztlich all diese ersten Sätze Denkmäler verlorener Hoffnungen? Hoffnungen darauf, gelesen und gewürdigt zu werden, jemanden zu finden, der sich mit den Texten auseinandersetzte. Denn – niemand wusste das besser als die Lektorin – auch die erfahrensten und erfolgreichsten Schriftsteller brauchten jemanden, der sie vor misslungenen Sätzen und missratenen Geschichten bewahrte, der sich mit ihren Werken beschäftigte und ihnen Hinweise und Anleitung gab, wie aus einem vielleicht mäßigen Roman ein ordentlicher wurde – von einem Meisterwerk ganz zu schweigen.

»Ich habe diese Sätze einige Zeit lang gesammelt«, gestand Marietta. »Aber irgendwann, ich weiß nicht ... Wenn man sie so losgelöst von den folgenden Texten liest, dann haben sie beinahe etwas ... Rührendes?«

Dylan nickte. »Ich verstehe, was Sie damit sagen wollen. Trotzdem wäre ich neugierig auf Erica Spindlers Geschichte.«

»Wirklich?«

»Als Film.«

»Klar. Und ich würde das kleine Schweinchen gerne näher kennenlernen. Als Buch.«

Was nie geschehen würde. Wieder fiel ihr das geheimnisvolle Manuskript ein. Ob es auch diesem so gehen würde?

Sicher. Er hätte den linken Aufzug nehmen können, der praktisch gleichzeitig mit dem rechten gekommen war. Oder er hätte die zwei Stockwerke, obwohl das nicht gerne gesehen wurde, zu Fuß gehen können. Doch er entschied sich für den rechten Aufzug. Die Glocken klangen noch in seinem Ohr, als er sich nach rechts wandte: bimm, bimm. Ganz kurz hintereinander. Links, rechts. Er stieg also in den rechten Aufzug. Und als er den Blick hob, sah er sich Auge in Auge mit Frederic Wilkinson, dem CEO und heimlichen Herrscher des Unternehmens. Er stand mithin jenem Manne gegenüber, der sich nach Aussage von Sir Bernard in kleiner Runde sehr kritisch über Pauls Auftritt in der größeren Runde geäußert hatte. Leider war Wilkinson nicht allein, sondern in Begleitung seiner Gäste von Bridgewood Capital Partners, die sich anschickten, einen mehrere hundert Millionen Pfund schweren Anteil an der Firma zu übernehmen. Paul Trevor Swift schenkte ihnen sein freundlichstes Lächeln, doch in dem Augenblick, in dem er einen der Investoren scharf die Luft einsaugen hörte, wusste er, dass er wohl wirklich besser den linken Aufzug genommen hätte.

Es war nicht so, dass er stark nach Alkohol gerochen hätte. Wie auch, er hatte kaum ein halbes Glas Whisky getrunken. Aber in der Enge eines Fahrstuhls war sein Atem von dem eines schweren Trinkers kaum zu unterscheiden. Paul versuchte, die Luft anzuhalten, was ihm aber angesichts seiner Erkältung schwerfiel und ihn veranlasste, sich mit der Hand an der Wand abzustützen. Eine Geste, die leicht missverstanden werden konnte – und offensichtlich auch missverstanden wurde.

»Mr. Swift«, hörte Paul die Stimme seines Chefs in seinem Nacken. »Sie melden sich bitte in fünfzehn Minuten in meinem Büro. Persönlich. Nicht in vierzehn und auch nicht in sechzehn.«

»Jawohl, Mr. Wilkinson«, erwiderte Paul und nickte. »Gerne.« Dann wankte er nach draußen, da sich im selben Augenblick die Fahrstuhltür wieder öffnete und den Weg zu seinem Büro freigab, das hieß: zu dem Platz im siebzehnten Stock, der im Großraumbüro für ihn vorgesehen war.

ELF

Du klingst müde, Kind.«

»Ich hatte viel Arbeit, Mama.«

Die alte Dame seufzte, wie nur sie seufzen konnte: voll Theatralik, beinahe wie von Verdi komponiert, den ihre Mutter nicht ohne Grund zutiefst verehrte. »Übertreib es nicht, mein Kind. Ihr jungen Leute denkt immer nur an die Karriere.«

»Ich denke nicht nur an die Karriere, Mama.« Sie hätte nicht einmal gewusst, welche Art von Karriere das hätte sein sollen. »Es geht mir gut. Wirklich.«

»Das hast du auch gesagt, als Papa dich mit einer Blutvergiftung ins Krankenhaus gebracht hat und du fast gestorben wärst.«

»Mama, da war ich drei.«

»Du warst fünf.«

Marietta erkannte erst, während sie es tat, dass sie das Seufzen ihrer Mutter kopierte. Würde sie am Ende so werden wie die alte Frau: fürsorglich bis zur Selbstaufgabe, pessimistisch und stets aufs Essen bedacht?

»Isst du auch genug?«, fragte ihre Mutter denn

auch prompt. Das fragte sie in jedem Telefonat. In manchen mehrmals.

»Ich esse genug, Mama.«

»Was hast du gestern Abend gegessen?«

»Gestern Abend ...« Marietta zögerte. Was hatte sie gestern gegessen?

»Du weißt es nicht«, stellte ihre Mutter fest, und zwar etwa so, wie sie ein Todesurteil verkündet hätte.

»Ach, Mama, ich habe Pasta gegessen. Die esse ich fast jeden Abend. Außerdem ...« Sie biss sich auf die Zunge. Fast hätte sie verraten, dass sie einen Mitbewohner hatte, der sie bekochte. Es war ganz klar, was Mama darüber gedacht hätte. »Außerdem esse ich neuerdings öfter walisisch.«

»Hm. Onkel Alfredo sagt, du besuchst ihn nie.«

»Alfredos Restaurant ist am anderen Ende der Stadt, Mama.«

»Das ist die *Conti Bar* auch. Und trotzdem bist du jede Woche mindestens einmal hingegangen, als du noch zu Hause gewohnt hast.« Die Stimme ein einziger Vorwurf.

»Zu Hause in Ponte Felcino, Mama!« Sie würde es nie verstehen. »Ponte Felcino ist nicht London, das kannst du nicht vergleichen.« Gott, *Contis Bar,* da war sie mit vierzehn hingegangen. Oder mit fünfzehn. Um ein Tonic Water zu trinken. Oder eine Cola mit Limette und Eis. Was man eben so tat mit vierzehn.

»Ich fahre nächste Woche wieder zu Onkel Alfredo, Mama.«

»Warum nicht heute, Kind?«

Wie alt musste man eigentlich werden, damit einen die Eltern nicht mehr »Kind« nannten? »Weil ich eineinhalb Stunden unterwegs bin dorthin. Das *Alfredo's* ist in Southwark.«

»Es ist in London, Kind.«

»Southwark *ist* in London. Aber es ist weiter weg von hier als Perugia von Ponte Felcino.«

»Na und? Es ist noch früh. Wenn du jetzt fährst, dann kannst du noch ein bisschen helfen.« Helfen. Das hatte sie Onkel Alfredo tatsächlich immer wieder angeboten, auch weil es ihr unangenehm war, dass er sie immerzu einlud und sie sich nicht revanchieren konnte. Aber erstens hatte er jede Hilfe kategorisch abgelehnt, und zweitens hatte sie feststellen müssen, dass die paar Male, da sie sich durchgesetzt und in der Küche mit angepackt hatte, extrem anstrengend gewesen waren. Weniger der Arbeit wegen als vielmehr, weil Tante Carla sie unentwegt ausgefragt hatte: *Hast du denn inzwischen einen Freund,* cara? *Was machst du da eigentlich mit deinen Haaren, färbst du sie etwa? Ist dein Arbeitgeber gut zu dir? Wie, du hast keinen festen Arbeitgeber? Heißt das, du arbeitest gar nicht? Und was machst du, wenn du keine neuen Aufträge bekommst? Ist das etwa ein Tanga, den du da trägst?* – Also war sie dazu übergangen, Onkel Alfredo seinen Willen und sich selbst verwöhnen zu lassen, ohne in der Küche mitzuhelfen, auch wenn es bedeutete, dass sie sich buchstäblich jedem Gast des Restaurants als »meine wundervolle Nichte Marietta aus Ponte Felcino, das liegt in der Nähe von Mailand« vorstellen lassen musste, mit den ältesten Freunden ihres Onkels über Gegenden und Städte Italiens plaudern musste, von denen sie nie vorher etwas gehört hatte, und sich die Weisheiten ihres Großonkels anzuhören, der stets an dem kleinen Tischchen neben der Bar saß und dort an einem Caffè corretto nippte, der nie auszugehen schien.

»Bist du noch dran, Kind?«

»Bin ich, Mama. Ich fahre nachher hin.« Warum nicht. Das *Alfredo's* betäubte zumindest ganz hervorragend das Heimweh, das sie nach den Gesprächen mit ihrer Mutter regelmäßig befiel.

»Das ist gut, Kindchen. Grüß deinen Onkel von mir. Und Tante Carla. Und die anderen auch.«

»Mache ich, Mama. Und du grüß mir Papa und gib ihm einen Kuss. Und Franca.« Ihrer Schwester, der immer alles so leicht von der Hand ging und mit der sie sich nie verstanden hatte.

»Oh, Franca! Das Wichtigste hätte ich fast vergessen!«, rief ihre Mutter. »Du musst an Silvester nach Hause kommen.«

»Warum? Heiratet sie endlich?«

»Hat sie es dir schon gesagt?« Es war nicht zu überhören, dass ihre Mutter enttäuscht war, dass sie es nicht zuerst hatte aussprechen können.

»Nein, Mama. Ich habe nur geraten.«

»Na, da hast du richtig geraten, Marietta.« Und es war deutlich, dass in der Benutzung ihres korrekten Vornamens der unausgesprochene Vorwurf enthalten war: Und warum bist du nicht auch längst verlobt, verheiratet, Mutter geworden und hast uns ein paar süße Enkelkinder geschenkt?

»Ich freue mich, Mama«, sagte Marietta mit sanfter Stimme. »Für dich und für Papa. Und natürlich für Franca. Du musst sie von mir umarmen.«

»Und du kommst an Silvester?«

»Natürlich komme ich«, sagte Marietta und dachte daran, wie viele Verehrer ihre gefährlich hübsche Schwester schon gehabt hatte. Ob es damit nach der Hochzeit wohl vorbei sein würde? »Vielleicht fange ich ja den Brautstrauß.«

Ihre Mutter lachte. »Das ist eine gute Idee. Du solltest gleich zu üben anfangen.«

»Ciao, Mama.«

»Ciao, bambina, meine Süße.«

Sein Arbeitsplatz begrüßte ihn mit beinahe derselben Trostlosigkeit, die ihm stets anhaftete, gerade so, als sei er noch »sein« Arbeitsplatz. *Beinahe* deshalb, weil außer den zwei Bildschirmen, dem Headset zum Telefonieren, den Akten und einem Kaktus mit zarten gelben Blüten ein rosa Zettel in der Tastatur steckte, auf dem in hübschen Buchstaben stand: »Es tut mir so leid. Bitte melde dich mal bei mir. Valerie.« Auf der Rückseite war eine Telefonnummer notiert.

Valerie war eine Kollegin, die in der PR arbeitete und Paul gelegentlich aufgefallen war, weil sie einfach nicht so verlogen war, wie man sich PR-Leute immer vorstellte. Stattdessen machte sie unbeirrt kluge Vorschläge aus der Abteilung »gesunder Menschenverstand« und hielt den Anfeindungen des Controllings oder des Strategy Management unverdrossen stand, was vielleicht daran lag, dass sie einige Zeit als Buchhändlerin gearbeitet hatte und erst seit kurzem in London lebte: Sie war einfach noch nicht so durch und durch von der »City« verdorben. Außerdem war sie überaus attraktiv und hatte nur einen ganz unauffälligen deutschen Akzent. Paul hatte sich in seinen Pausen gelegentlich mit ihr über Literatur unterhalten und sich gefreut, dass sie nicht nur die großen deutschen Dichter kannte, sondern auch in der englischsprachigen, in der französischen und italienischen Literatur bestens bewandert war. In dem einen Jahr, in dem sie die Buchhandlung ihrer auf ominöse Weise verschwundenen alten Tante geführt hatte, hatte sie sich praktisch durch die halbe Weltliteratur gewühlt. Ihren Zettel aber hatte sie auf Deutsch geschrieben, weil sie wusste, dass niemand außer Paul Deutsch konnte. Nun, um der Wahrheit die Ehre zu geben, von Können war er weit entfernt. Aber für eine banale Alltagskonversation genügte es.

Sorgsam faltete er den Zettel zusammen und steckte ihn zu seiner provisorischen Zündholzschachtelbörse, in der außer dem Papierstreifen aus dem Glückskeks nur noch ein paar wenige Münzen waren und die er nun in der Brusttasche seines Sweatshirts trug. Er würde Valerie vermissen. Vielleicht würde er ja wirklich den Mut finden, sie anzurufen. Immerhin hatte auch sie den Mut gefunden, ihm diese Botschaft zukommen zu lassen – zumindest theoretisch für jeden lesbar, der an Pauls Schreibtisch vorbeikam. Das hieß: an seinem früheren Schreibtisch.

Ohne großes Aufheben darum zu machen, packte Paul die wenigen persönlichen Dinge, die er da hatte, in die Schachtel, die man ihm in der Personalabteilung in die Hand gedrückt hatte (»Sie haben fünfzehn Minuten, Ihren Schreibtisch zu räumen. Bitte achten Sie darauf, dass Sie kein Firmeneigentum mitnehmen. Und geben Sie Ihre Codekarte am Empfang ab, wenn Sie das Haus verlassen. Über alles Weitere werden wir Sie postalisch informieren«). Eine Packung Hustenbonbons, ein Foto von Sophie, ein Deodorant, Brillenputztücher, zwei Notizblöcke, einen alten Füllfederhalter, ein Päckchen Aspirin, in dem noch zwei Tabletten waren, ein Kamm (dem zwei Zinken fehlten, den er aber liebte, weil er ihn schon seit seiner Kindheit hatte) und ein Band mit Shakespeares Sonetten. Er blätterte auf:

Wenn vierzig Winter deine Stirn beschweren
Und Furchen ziehn durch deiner Schönheit Flur,
Der Jugend Kleid, das wir jetzt scheu verehren,
Ein wertlos Ding, ein schlechter Lumpen nur.

Nun, so weit war es noch nicht, auch wenn dem Abschied durchaus eine gewisse Wehmut innewohnte. Gewiss, er würde die Arbeit hier nicht vermissen, sie war ihm nie ans Herz gewachsen. Doch im Kleinen hatte er die Zeiten durchaus auch gemocht, die er hier verbracht hatte. Die Konferenzen, die sich mehr als alles andere für das Studium menschlicher Dummheiten eigneten, die Gespräche im Restaurant, die so viel über Lieben und Vorlieben der Zeitgenossen offenbarten, die Gespräche mit Kunden, gerade auch mit schwierigen Kunden: Paul Swift hatte es immer als besondere Herausforderung begriffen, ihren Zorn zu besänftigen und tiefe Empörung in gegenseitiges

Verständnis umzuwandeln. Valerie natürlich, auch wenn er kaum mit ihr zu tun gehabt und sie hauptsächlich aus der Ferne beobachtet hatte. Die Diskussionen mit Sir Bernard und die Betrachtung seiner diversen Moden mit all ihren geschmacklichen Verirrungen. Den Blick über die Themse, der wirklich einzigartig war, auch wenn kaum jemals Zeit blieb, ihn zu genießen (und auch wenn sein Schreibtisch sehr weit von den riesigen Panoramafenstern entfernt stand). Kathryn am Empfang, die das schönste Englisch sprach, das er kannte. Vielleicht weil sie halb russischer Herkunft war, was ihrer Aussprache die Farbe ruhig fließender Gewässer verlieh. Alles das würde er durchaus vermissen.

Andere Dinge würden dafür seine Zeit füllen und ihm neue Blicke auf die Welt eröffnen. Aussichten, auf die man sich freuen durfte und auf die Paul Trevor Swift sich auch ehrlich freute, während er vorsichtig ganz obenauf den Kaktus in den Karton stellte. Eine der kleinen gelben Blüten segelte zu Boden. Er hob sie auf und nahm sie mit spitzen Fingern mit. Er würde sie Kathryn an der Rezeption hinlegen, ein winziger Lichtblick unter der immer künstlichen Beleuchtung des Empfangs. Dass ihm beim Bücken der Zettel aus der Tasche gefallen war, den ihm seine Kollegin geschrieben hatte, hatte er nicht bemerkt.

Ein letzter Blick zurück. Sollte er den Computer

noch ausschalten? Er musste sich noch ausloggen! Sofern sein Passwort überhaupt noch freigeschaltet war. Es war.

Sehr geehrter Darlehensnehmer, hiermit informieren wir Sie über eine Änderung in unseren Geschäftsbeziehungen. Wie Sie Art. 56 b Abs. 4 unserer AGB entnehmen, ist das Kreditinstitut zur jederzeitigen Kündigung des Darlehens berechtigt, wenn der Darlehensnehmer mit mehr als zwei Raten ganz oder teilweise in Verzug kommt und keine Sicherheiten in mindestens 1,4facher Höhe beim Kreditinstitut hinterlegt sind. Sie sind per 31. August d. J. mit mehr als zwei Raten ganz oder teilweise in Verzug ...

Paul hatte mit seinem Abteilungsleiter noch darüber diskutiert. Sieben Jahre lang war das Darlehen pünktlich von dem Ehepaar aus Brighton bedient worden. Dann hatte der Mann wegen der Finanzkrise seinen Arbeitsplatz verloren und einen schlechter bezahlten als »Mädchen für alles« in einem Kino gefunden. Man kämpfte sich durch, man zahlte, was ging. Man strampelte, um im Leben nicht unter die Räder zu kommen. Und dann saß da in London ein Banker und entschied, dass man sein Haus verlieren würde, dass man auf einen Schlag ein Darlehen zurückzahlen sollte, das inzwischen vom Wert des Hauses nicht mehr gedeckt war. Weil die Immobilienpreise gefallen waren. Weil die Leute kein Geld mehr hatten, um sich Häuser zu kaufen. Und das hieß: Man war das

Haus los – und hatte am Ende noch höhere Schulden bei der Bank.

»Sie werden sie nie bezahlen können«, hatte Paul argumentiert.

»Das ist nicht unser Problem«, hatte sein Abteilungsleiter dagegengehalten.

»Auch wenn sie die Schulden bei uns haben?«

»Sie werden die Schulden nicht mehr in dieser Abteilung haben. Unser Darlehensvertrag ist mit der Aktion sauber.«

Sauber. So hatte er es gesagt. Doch wie sollte etwas sauber werden, wenn man es mit schmutzigen Methoden erreichte? Ohne lange nachzudenken, setzte sich Paul ein letztes Mal an seinen Computer und tippte:

Sehr geehrter Darlehensnehmer, hiermit informieren wir Sie über eine Änderung in unseren Geschäftsbeziehungen. Sie sind per 31. August d. J. mit mehr als Raten Ihres o. a. Darlehens in Verzug. Um eine Überschuldung zu vermeiden und in Anbetracht unserer langjährigen guten Geschäftsbeziehung hat unser Institut entschieden, ...

Einen Moment zögerte Paul. Das Geld nun einfach zu verschenken, hätte der Bank zwar keine Probleme beschert. Doch es wäre vermutlich angreifbar gewesen. Und es wäre unmittelbar aufgefallen.

... Ihnen den Negativsaldo bis zum Ende der Laufzeit zu stunden. Ihr Darlehenskonto ist damit per 31. August d. J.

wieder ausgeglichen. Wir bitten Sie, darauf zu achten, die in Zukunft fälligen Raten wieder pünktlich und vollständig zu zahlen. Weitere Maßnahmen Ihrerseits sind in dem Zusammenhang nicht nötig.

Aus dem Augenwinkel sah Paul einen Kollegen von der Security kommen. Rasch klickte er auf *Senden* – dann schloss er das Programm.

»Ihre Viertelstunde ist um, Mr. Swift«, erklärte – nicht unfreundlich – der Wachmann.

»Wollte mich nur noch ausloggen«, erklärte Paul. »Nicht dass noch jemand unglücklich wird durch meine Arbeit hier.«

»Schade, dass Sie gehen müssen.«

Schade. War es das? Nein. Es mochte ein Einschnitt in seinem Leben sein. Vielleicht brachte es ihm Probleme. Aber immerhin hatte es ihm die Freiheit gegeben, wenigstens einmal das zu tun, was er so oft hätte tun wollen: jemandem, der es schwer hatte, einen Lichtblick zu bescheren. Und das machte ihn glücklich.

»Nett, dass Sie das sagen.« Er nickte dem Wachmann zu. »Alles Gute Ihnen.«

»Ihnen auch. Gehen wir?«

»Gerne. Gehen wir.«

Das *Alfredo's* lag nicht nur einfach in Southwark, es lag in einer Gegend, die von einem seltsam gehässigen Schicksal in der Phase der Luxussanierungen und der städtischen Subventionen schlicht vergessen worden war. Man konnte an dem Straßenzug gut studieren, wie das London der späten Siebziger- und frühen Achtzigerjahre ausgesehen haben musste: grau, heruntergekommen, vernachlässigt. Auch die Fassade des kleinen italienischen Restaurants machte da keine Ausnahme. Wenn man aber eintrat, dann öffnete sich eine geradezu puppenstubenhafte Idylle. Auf den runden Tischen lagen rotkarierte Tischdecken, in bauchigen Chianti-Flaschen steckten Tropfkerzen, von der Decke hingen leere Panettone-Schachteln und neben der Theke flackerte ein gekachelter Pizzaofen. Das Italienklischee war so extrem, dass Marietta jedes Mal, wenn sie die Tür öffnete, innerlich zurückprallte. Warum um alles in der Welt mussten sich ihre Verwandten so lächerlich anbiedern? Hätte nicht gute lombardische Küche ohne Weiteres ausgereicht? Eine zurückhaltende, elegante Einrichtung ohne Folklore und Nippes? Und vor allem: eine Speisekarte ohne eine Doppelseite mit Pizzen von *Quattro Stagioni* bis *Corned Beef, Tottenham* und *Waterloo*?

»*Ciao,* Marietta! Wie geht es dir? Lass dich anschauen! Schön bist du – und groß bist du geworden!« Marietta wäre am liebsten im Erdboden versunken.

Diese Feststellung hörte sie, seit sie Onkel Alfredo und seine Frau kannte, also seit sie auf der Welt war. Gut, es hatte eine längere Lücke gegeben, bevor sie nach England gezogen war. Aber sie war definitiv in den zwei Jahren in London nicht mehr gewachsen. Es hätte ja in ihrem Alter auch an ein medizinisches Wunder gegrenzt.

»*Ciao,* Tante Bella. Ich bin glücklich, dass ich euch wieder einmal sehe«, erwiderte Marietta.

Isabella Buffalino drückte sie so fest an sich, dass weitere Worte nicht nötig waren – sie wären auch gar nicht möglich gewesen. »Paolo, schau, meine Nichte«, erklärte sie dem am nächsten sitzenden Gast und seiner Familie. »Sie ist vor ein paar Wochen nach London gezogen.«

»Vor zwei Jahren«, keuchte Marietta.

»Als wäre es gestern gewesen. Ich sehe dich noch vor mir, wie du ganz verhungert angekommen bist ...« Marietta konnte sich auch noch gut erinnern: Sie war von ihrer Mutter mit Vorräten ausgestattet worden, als ginge sie nicht zum Arbeiten nach England, sondern um einen Feldzug zu unternehmen. Teile der Verpflegung mussten heute noch in den Schränken ihrer Küche liegen.

Onkel Alfredo kam aus der Küche und drückte Marietta an seine breite Brust, nötigte sie, sich an den Tisch seines Vaters zu setzen, setzte ihr auseinander, dass die Muscheln ganz vorzüglich seien, aber die Scampi auch nicht zu verachten, das Ossobuco natürlich dringend zu empfehlen sei, aber der Vitello Tonnato mindestens ebenso, dass sie sich aussuchen sollte, was sie nur wolle, aber – ach! – eigentlich gar nichts aussuchen brauche, weil sie ohnehin von allem probieren müsse. Doch auf jeden Fall zuerst einmal einen kleinen Vorspeisenteller bekäme (der sich dann als Platte für mindestens zwei Personen entpuppte, und zwar zwei hungrige, junge und männliche).

Es war jedes Mal eine Herausforderung, Onkel Alfredo zu besuchen. Die Gastfreundschaft war legendär, der Familiensinn hatte was Pathologisches. Eigentlich hätte man die ganze Sippschaft kollektiv in Sicherungsverwahrung nehmen sollen, denn was sie mit Verwandten und Freunden anstellte, grenzte an vorsätzliche Körperverletzung. Und Marietta liebte es. Sie fürchtete sich davor und sie war fassungslos, wenn es ihr widerfuhr. Doch sie liebte es. Denn es war ein Herzstück Heimat in dieser so kühlen, technokratischen Stadt, in der alles stets in Geld aufgewogen wurde, was immer es auch war.

Und so kam es, dass Marietta Piccini zunächst die halbe Speisekarte probierte, dann genötigt wurde, ihre Stimme zu einer kleinen Arie des großen Beinahe-Namensvetters Giacomo Puccini zu erheben *(Tosca)*, um schließlich gemeinsam mit dem restlichen

Restaurant, das erfreulicherweise fast ausschließlich von Italienern besucht war, auch noch den Gefangenenchor aus Verdis *Nabucco* anzustimmen und sich mit der italienischen Gemeinde in den Armen zu liegen. Letztlich war es ein Bad in der Illusion von Heimat, dem sie sich gemeinsam hingaben, ehe – der Abend war weit fortgeschritten und etliche Flaschen lombardischen Weines geleert – Marietta endlich den Nachhauseweg antrat.

Zu Fuß ging sie ein Stück die Straße hinab und dann Richtung Fluss. Die Themse funkelte in der Nacht. Dort drüben standen einige der neuen Wolkenkratzer, in denen Finanzfirmen und Unternehmensberatungen ihre Sitze hatten oder Medienkonzerne und internationale Kanzleien residierten. In einem davon würde vielleicht ...

Ernüchtert von dem unerwarteten Gedanken hielt Marietta inne. Ja, tatsächlich, in einem davon würde vielleicht auch die Firma ansässig sein, in welcher der Autor des geheimnisvollen Manuskripts arbeitete. Schließlich hatte er auch von der Kantine aus auf den Fluss geblickt. Einer chinesischen Kantine, wie Marietta sich erinnerte. Wie viele chinesische Kantinen mochte es in diesen Hochhäusern geben? Das konnten doch kaum mehr als eine Handvoll sein. Wenn überhaupt! War es am Ende möglich, den unbekannten Autor zu finden, indem man seinen Arbeitgeber fand? Oder zumindest den Ort, an dem er arbeitete – und an dem er zu Mittag aß?

Eine andere Art von Trunkenheit nahm von Marietta Piccini Besitz. Es war die Trunkenheit von einer Idee, von einer Möglichkeit, von einer einzigartigen Chance! Ja, sie würde die chinesischen Kantinen in den Bürohochhäusern an der Themse ausfindig machen und in jeder davon einen Zettel aufhängen: »Sie haben ein Manuskript verloren? Ich habe eines gefunden. Bitte melden Sie sich bei mir.« Und dann ihre Telefonnummer, die richtige. Bestimmt würde der unbekannte Autor die Botschaft entdecken, schließlich war er ein Mann des Wortes. Ein Brief, ein Aushang, ein Druckwerk eben, das würde er nicht übersehen. Und endlich würde sie ihn kennenlernen, diesen Unbekannten, der nun schon so lange in ihrem Kopf herumspukte und dessen unvollendeten Roman sie so mochte. Und er würde ihn zu Ende schreiben oder ihr das vielleicht ja längst vorhandene Ende ebenfalls geben können, damit sie es den Thorntons präsentierte und diese das Buch druckten. Und alle Mühen würden belohnt und alle Hoffnungen erfüllt werden, und der Schöpfer von Paul Trevor Swift würde als »ihr« Autor in die Literaturgeschichte eingehen, ja, er würde Teil der offiziellen Literaturgeschichte werden – anders als die unzähligen Schriftstellerinnen und Schriftsteller, die hoffnungsvoll produzierten, um als hoffnungslose Fälle unerhört und ungelesen zu bleiben und nur jenes dunkle Zimmer zu besiedeln, das Marietta Piccini ihre verborgene Literaturgeschichte nannte.

Beschwingt lenkte sie ihre Schritte gen Westen, um die nächste U-Bahn zu nehmen und rasch nach Hause zu kommen. Schließlich hatte sie am nächsten Tag Großes vor.

Viel zu lange schon hatte er seine Mutter nicht mehr besucht. Was natürlich auch daran lag, dass die westlichen Außenbezirke mit den öffentlichen Verkehrsmitteln nur unter geradezu unerträglichen Bedingungen zu erreichen waren. Und daran, dass Sophie es nicht gerne gesehen hatte. »Kann sich nicht mal einer deiner Brüder um eure Mutter kümmern? Müssen immer wir das tun?«, hatte sie gerne gefragt, ohne recht eigentlich eine Antwort hören zu wollen. Und Paul hatte stets geantwortet: »Meine Brüder leben in Boston und in Stockholm. Ich kann nicht erwarten, dass sie genauso oft bei ihr vorbeischauen wie ich.«

Nicht gesagt, aber gefühlt hatte er im Übrigen: Außerdem fahre ich meinetwegen mindestens so gerne hin wie ihretwegen. Obwohl seine Mutter ihn stets mit Vorwürfen begrüßte und mit größeren Vorwürfen verabschiedete.

»Was ist mit dir, Paul?«, waren entsprechend die ersten Worte, die sie an ihn richtete, als er an jenem Tag die Tür zu ihrem Zimmer im *Royal Bullington House* öffnete (einer Seniorenresidenz, die durch einen bizarren Zufall beinahe so hieß wie eine Verbindung junger reicher und vor allem asozialer Schnösel).

»Ich freue mich, dich zu sehen, Mama.«

»Lässt mich deine Verlobte grüßen?« Die alte Dame, die es sich nicht nehmen ließ, sich die Haare violett zu färben, musterte ihn durch ihre leicht angetrübten Brillengläser. Paul trat zu ihr und küsste sie auf beide Wangen. Allein sein kurzes Zögern mit einer Antwort war ihr Antwort genug. »Aha«, sagte sie. »Nun, ich habe es nicht anders erwartet. Ich nehme an, sie hat dich vor die Tür gesetzt?«

»Ich wohne noch in der Wohnung, Mama«, erklärte Paul und warf einen Blick zu den leicht angewelkten Topfpflanzen auf dem Fenstersims.

»Also ist sie ausgezogen. Hat sie dir eine Szene gemacht?«

»Nein, Mama.« Paul nahm seufzend die Gießkanne, die etwas hinter der Gardine verborgen war, und füllte sie im Badezimmer rasch auf, um den Primeln und den Rosen Wasser zu geben. »Woher weißt du das?« Er sah sie aus dem Augenwinkel an und schüttelte lächelnd den Kopf. Nun kannte er diese Frau sein ganzes Leben lang, aber noch immer war sie ihm ein Rätsel.

»Ich kenne dich dein ganzes Leben lang, Junge«, erklärte Mrs. Henrietta Swift. »Ich kann dich lesen wie ein Buch.«

»Du beeindruckst mich immer wieder, Mama.«

»Dann wollen wir mal hoffen, dass das noch lange so bleibt, Junge.«

Paul horchte auf. »Gibt es etwas, das ich wissen sollte?«

Doch Henrietta Swift schüttelte den Kopf und wedelte mit der Hand, damit er fortfuhr, die Pflanzen zu wässern. »Unsinn. Ich bin gesünder, als ich mit zwanzig war. Mich wirst du so schnell nicht los.«

»Das beruhigt mich, Mama.«

»Ich weiß, Paul. Ich weiß. Aber nun hol uns mal zwei Gläser und den Gin. Ich habe ihn hinter den Büchern im Regal versteckt, damit ihn die Schwester nicht findet. Bei Shaw.«

»Und du denkst, dass sie das nicht längst gemerkt hat?«

»Natürlich weiß sie es. Aber sie weiß nicht, dass ich weiß, dass sie es weiß.« Amüsiert erkannte Paul, wie ein spitzbübisches Lächeln die Mundwinkel seiner Mutter umspielte. Wie sehr wünschte er sich, eines Tages ebenso lebensklug zu sein wie sie.

Ein wenig erinnerte Marietta die alte Dame an ihren Urgroßvater, den sie über alles geliebt hatte. Er war immerhin 104 Jahre alt geworden und hatte jeder Frau im Dorf nachgeblickt, ohne aber seiner Maria (nach der Marietta benannt worden war) jemals untreu zu werden. (»Auch heute noch!«, wie er mit über hundert stets betont hatte.)

»Ihr geheimnisvolles Manuskript?«, fragte Dylan, als er in die Küche kam, um sich etwas zu essen zu holen. Es war spät geworden, und Marietta hatte sich das Werk einmal mehr vorgenommen, um versteckte Hinweise zu suchen. Sie nickte.

»Wie kommen Sie darauf?«

»Sie haben diesen gewissen Gesichtsausdruck, den Sie immer haben, wenn Sie über diesen Roman erzählen. Oder wenn Sie darin lesen.«

»Oh. Und wie ist er, dieser Gesichtsausdruck?«

Dylan betrachtete sie einen Moment lang, als müsste er in ihrem Gesicht forschen. »Wie ein Spielsüchtiger, der zufällig einen gültigen Wettschein findet«, sagte er schließlich. »Ich denke, es ist eine Mischung aus aufgeregt und hoffnungsvoll.«

»Verstehe. Nun, vielleicht liegt es daran, dass ich auch eine Art Süchtige bin.«

»Sie wollen süchtig sein?«

»Nach Büchern. Nach Geschichten.«

Dylan drang nicht weiter in sie, sondern nahm

sich lediglich etwas Käse aus dem Kühlschrank und ein Stück Brot von der Anrichte.

Marietta hatte im Internet nach dem *Royal Bullington House* gesucht. Vergeblich. Wieder und wieder durchforstete sie ihre Notizen, ob es nicht noch irgendwelche Hinweise gäbe, denen sie bislang nicht nachgegangen war. Doch wegweisende Entdeckungen blieben die Unterlagen und blieb auch das Manuskript ihr schuldig.

ZWÖLF

Einige Tage lang galt es zu warten. Anders als gedacht, wurden es durchaus kurzweilige Tage. Zunächst sprang ein von Marietta entdeckter Roman auf die Bestsellerliste, zum ersten Mal! Nicht ganz an die Spitze, gewiss, aber doch so deutlich wahrnehmbar, dass sich ein Gefühl von Stolz einstellte, wie es Eltern für ihre Kinder empfinden, wenn diese, sagen wir, sich auf dem Fußballplatz durch das Siegtor oder in der Schule hervortun oder wenn sie die beste Arbeit des Jahrgangs schreiben. Ein unverhofftes, sehr beflügelndes Gefühl, zumal Marietta damit nicht entfernt gerechnet hatte: Immerhin handelte es sich bei dem plötzlich so hochverkäuflichen Werk um ein namibisches Kochbuch in Form von Erzählungen einer Ururgroßmutter. Aufgezeichnet von der Ururenkelin (auch wenn Marietta hauchzarte Zweifel nicht völlig aus ihrem Gewissen tilgen konnte – was aber wohl nur an der problematischen Dokumentation lag). *Das schlafende Lamm*, so der Titel, ging mithin schon in die dritte Auflage, kaum dass es erschienen war. Und Mr. Thornton hatte Marietta einen Blumenstrauß geschickt (der Dylan zu sehr abstrusen Thesen über die Beziehung der Lektorin zu ihrem Verleger verleitet hatte).

Aber auch Dylan trug dazu bei, dass die Zeit verflog, zunächst jedenfalls, und zwar indem er weiterhin unerhört köstliche und verboten schwere walisische Gerichte in der Küche zauberte, um sich für Mariettas Gastfreundschaft zu revanchieren, während er gleichzeitig mit ihr über die völlige Belanglosigkeit von Literatur stritt. Marietta meinte förmlich ihre Formen schwellen zu sehen, wenn sie morgens vor dem Spiegel stand. Doch da sie Essen liebte und ohnehin nie dem Schlankheitswahn erlegen war, nahm sie dieses köstliche Schicksal hin und genoss es, nicht selbst kochen zu müssen.

Tagsüber aber verbrachte sie die meiste Zeit im Bus. Sie hatte sich – einer kriminalistischen Ermittlung nicht unähnlich – eine Art Tafel angelegt, auf der sie die Wege des Protagonisten aus *Das Glück der kleinen Augenblicke* und auch alle sonstigen örtlichen und zeitlichen Informationen sammelte und sorgfältig sortierte. Diese Tafel war zunächst einmal nichts anderes als ein an die Wand ihres Arbeitszimmers geklebter Stadtplan von London. Piccadilly Circus hatte sie mit einem großen roten Punkt versehen. Die Buslinien, die durch diesen Punkt fuhren, hatte sie ebenfalls hervorgehoben. Sie hatte das Hochhaus an der Themse, von dem sie glaubte, Paul Swift hätte dort gearbeitet, markiert und einen Radius um den Circus gezogen, den sie als glaubwürdige Region betrachtete. Weiter weg würde Mr. Swift nicht wohnen, da er seine Geschichte sonst anders erzählt hätte. Besonders hervor hob sie zwei Buslinien, die im weiteren Verlauf an Friedhöfen vorbeifuhren, schließlich gab es im Bus ja die alte Dame mit der Gießkanne.

Marietta fertigte einen Tagesplan, eine Art Maßnahmenkatalog an, den sie akribisch abarbeitete, setzte eine Personenliste auf, in der all die Figuren vorkamen, die den Roman bevölkerten, von dem kleinen Mädchen über Sir Bernard bis hin zur alten Mutter des Protagonisten. Und jede dieser Figuren wurde mit allen Attributen ausgestattet, die sich unmittelbar oder mittelbar aus dem Werk ergaben.

Während sie London im Bus durchkämmte und von Bibliothek zu Bibliothek fuhr (denn natürlich konnte es durchaus sein, dass Paul Swift sich nicht nur in der London Library, sondern auch in anderen öffentlichen Bibliotheken aufhielt und womöglich auch dort nachgefragt hatte), trug sie ihre Tasche mit Manuskripten mit sich, die sie in den Pausen prüfte oder bearbeitete, um ihre Aufgaben als Lektorin nicht zu vernachlässigen.

Wieder und wieder fuhr sie mit den Bussen über den Piccadilly Circus. Längst hatte sie die Phase überwunden, in der es ihr peinlich geworden war, weil es ja nun wahrlich seltsam auf Dritte wirken musste. Längst war sie in der Phase, sich als den guten Geist von Piccadilly zu fühlen. Täglich schwebte sie mehrmals, ja mitunter mehr als ein Dutzend Male, im Oberdeck eines Linienbusses über den berühmtesten und wohl auch belebtesten Platz Londons und betrachtete die Menschen. Mochte einer von ihnen Paul Swift sein?

Nein, vermutlich nicht. Denn er erzählte seine Geschichte ja nicht als Besucher des Platzes, der einen vorbeifahrenden Bus beobachtet, sondern als Fahrgast des Busses, der den vorbeiziehenden Platz betrachtet. Wenn er diese Strecke täglich fuhr, dann war die Wahrscheinlichkeit groß, dass Marietta eines Tages mit ihm im selben Bus sitzen würde. Würde sie ihn erkennen? Der Protagonist war zwar äußerlich beschrieben worden in dem Roman. Aber was dort stand, galt für unzählige Männer. Allenfalls der Hut war womöglich ein besonderes Kennzeichen, weil Hüte nicht sehr *à la mode* waren. Ob seine Mappe braun war oder schwarz, ob er dick war oder dünn, volles oder lichtes Haar hatte ... All das jedoch und vieles mehr wusste man nicht.

Vage glaubte sich Marietta daran zu erinnern, dass eine Brille erwähnt worden war, konnte die Stelle aber nicht mehr finden. Nein, der Protagonist war ein Mann ohne besondere Eigenschaften. Nur sein Alter war bekannt: Mitte dreißig. Dass er Linkshänder war *(er formulierte mit der Linken, während er mit der Rechten den Takt und den Fluss der Sprache dirigierte)*: geschenkt! Das sah man niemandem an – und auch die Linkshänder waren Legion.

Und so beobachtete sie vor allem die Menschen im Bus. Nicht nur die männlichen übrigens, sondern auch alle anderen. Denn es gab ja auch hinreichend sonstige Fahrgäste in dem Roman. Wenn sie etwa die vornehme alte Dame erkennen würde, von der die Rede in dem Manuskript war, dann wüsste sie, dass sie im richtigen Bus saß. Wenn die vornehme alte Dame und die Dame mit der Gießkanne gleichzeitig im Bus saßen und vielleicht gar noch ein Mädchen, dann war die Wahrscheinlichkeit riesig, dass auch Paul Swift sich in dem Moment im Bus aufhielt.

Deshalb erschauderte Marietta stets, wenn sich die Tür öffnete und eine in die Jahre gekommene Frau sich anschickte, den Bus zu betreten. Und wenn ein Mädchen einstieg, hielt die junge Lektorin für einen winzigen Moment den Atem an. Hoffte. Verharrte in verschärfter Spannung. Und beobachtete, lauschte und verwarf ein ums andere Mal den Gedanken, es könne sich um eine der Figuren aus dem geheimnisvollen Manuskript handeln. Natürlich war ihr klar, dass sie Phantome jagte. Denn nichts bewies ja, dass *irgendetwas* aus dem Roman auf Tatsachen beruhte. *Alles* konnte ja reine Phantasie sein. Erfindung, allenfalls dem Leben nachempfunden. Wer wollte denn schon mit Sicherheit sagen, dass es Mr. Paul Trevor Swift tatsächlich gab. Oder die aristokratische Lady. Den Pfarrer, der die Totenmesse gelesen hatte, oder gar den verstorbenen Alan Rigby. Gewiss, an einen Hagelschauer im Frühsommer konnte auch Marietta Piccini sich erinnern, das war denn doch allzu ungewöhnlich gewesen für die englische Kapitale.

Seufzend blätterte sie in dem schon sehr zerlesenen Manuskript, das sie auf diesen Ausflügen stets mit sich führte. Die Londoner Topographie war auf jeden Fall sehr sorgfältig nachgezeichnet. Die Straßennamen, die Gebäude, an denen sie vorbeifuhren ... Die Gebäude! Natürlich, wenn die Gebäude stimmten, so war sie in der richtigen Buslinie unterwegs. Und offensichtlich war das der Fall. Denn es folgten ja auf den Circus die »immerfort geschäftige, von Menschen schwirrende Oxford Street mit ihren Konsumtempeln« und später »die distinguierten Fassaden von Knightsbridge«, sie passierten »das spröde Rund der Royal Albert Hall« ... Mit anderen Worten: Sie war auf die richtige Fährte gekommen!

Klopfenden Herzens musterte Marietta noch einmal die Fahrgäste. Ihr war, als würde sie versuchen, ins Innerste dieser Menschen zu sehen, jeden geheimen Gedanken erforschend, jeden kleinsten Makel verfolgend. Tatsächlich saß vorne beim Busfahrer eine alte Dame, die so wuchtig war, dass Marietta gar nicht auf die Idee gekommen wäre, sie für von vornehmster Wesensart zu halten. Doch nun, da sie sich darauf konzentrierte und sich vorstellte, wie ein Dichter die Frau nach seinem Willen formen würde, welches Maß und welchen Takt er ihr anlegen würde, da schien es ihr plötzlich gar nicht mehr so unwahrscheinlich, dass Paul Swift (beziehungsweise sein Schöpfer) in dieser fülligen Lady mit dem schlecht sitzenden Hut eine Persönlichkeit erkannt hatte, die von natürlicher Noblesse war, eine souveräne Frau von zeitloser Ausstrahlung. Und er hatte dies übersetzt in eine aristokratische Figur, die auch in ihrer äußeren Haltung ihre innere Eleganz zu repräsentieren verstand: Dame Cynthia.

Ihre Handflächen waren feucht, als Marietta Piccini sich entschloss, alle Schüchternheit zu überwinden und den Busfahrer – am besten in Anwesenheit der alten Dame! – anzusprechen. Denn wenn es wirklich der Bus war, wer vermochte schon zu sagen, ob der Fahrer nicht auch Paul Swift persönlich kannte oder doch zumindest wusste, wann und wo der Schriftsteller immer zuzusteigen pflegte. »Entschuldigen Sie, Sir«, sagte sie und hielt sich an einer der Stangen fest, da der Bus eben eine scharfe Kurve beschrieb. »Ich bin auf der Suche nach einem jungen Mann ...«

»Tut mir leid, Ma'am«, erwiderte der Busfahrer lachend. »Bin schon vergeben.«

»Oh, nein, pardon, so meinte ich das nicht ...« Schamesglut schoss Marietta ins Gesicht.

»Machen Sie sich nichts daraus, Miss«, warf die Aristokratin ein, die zu Mariettas Verblüffung unglaublich zarte, feingliedrige Hände hatte. »Mr. Middleton macht immer solche Scherze.«

Die Lektorin nickte. »Es geht darum, dass ich glaube, der Herr hat etwas verloren.«

»Wenn er etwas im Bus hat liegenlassen, können Sie es bei mir abgeben.« Der Busfahrer blickte in vorbildlichem Pflichtbewusstsein stur auf die Straße. »Sonst können Sie es natürlich auch ins Fundbüro bringen.«

»Nein, nein«, entgegnete Marietta. »Es handelt sich um ein Manuskript. Ich glaube, dass der Autor des Werkes gelegentlich mit diesem Bus fährt, und zwar vielleicht auch etwa um diese Uhrzeit. Und ich wollte Sie fragen, ob Sie ihn womöglich kennen.«

Nun blickte der Busfahrer doch kurz auf und musterte Marietta aus schmalen Augen. »Einen Schriftsteller? Ich?« Er lachte. »Ich habe das letzte Mal ein Buch gelesen, da war ich zehn. Und da habe ich auch nach dem zweiten Kapitel aufgegeben.«

»Er fährt immer in Ihrem Bus,« erklärte Marietta.

»Aber wenn Sie das wissen, was wollen Sie dann von mir wissen?«

»Sie kommen übrigens auch darin vor«, sagte Marietta, einer plötzlichen Eingebung folgend, zu der alten Dame.

»Ich? Worin?«

»In dem Roman.«

»Oh.« Sie deutete mit ihren zierlichen Fingern auf das Manuskript. »Ist er das?«

»Das ist er. Darin kommen mehrere Busfahrten vor. Und in dem Zusammenhang auch Sie.« Sie wandte sich an den Busfahrer: »Und Sie.«

Es war gewiss nicht beabsichtigt, dass der Bus an dieser Stelle eine Kurve beschrieb, welche die Verkehrsführung nicht vorgesehen hatte.

»Ich? Warum das denn?« Für eine kurze Spanne schien es, als führe der Bus den Fahrer und nicht umgekehrt, ehe sich Letzterer wieder in der Gewalt hatte – und damit auch das Fahrzeug.

»Nun, Sie sind doch die wichtigste Autorität hier an Bord, nicht wahr?«

»So gesehen ...«

»Ein Mann von Mitte dreißig«, erklärte Marietta, wobei sie eigentlich nur ihre Mutmaßungen heranzog. »Sorgfältig gekleidet, ruhig, höflich. Mit einer Mappe, aus der er vielleicht gelegentlich Papiere nimmt. Er setzt sich gerne ans Fenster und blickt nach draußen. Den Bus nimmt er auf seinem Weg ins Büro, wobei er aber irgendwo jenseits von Piccadilly in die U-Bahn umsteigt. Das heißt, in dieser Richtung fährt er nach Hause. Vielleicht nimmt er manchmal sein Notizbuch zur Hand und schreibt etwas auf …«

»Nun«, meldete sich die alte Dame und wandte sich an den Busfahrer. »Könnte das nicht dieser junge Mann sein, der sich neulich den Kopf so schrecklich angeschlagen hat, als Sie bremsen mussten?«

»Das klingt tatsächlich nach ihm«, sagte Marietta atemlos. »Er ist nämlich auch ein echter Pechvogel.«

Der Busfahrer wiegte den schweren Schädel. »Könnte er sein, ja«, beschied er knapp. »Ist letztens beim Aussteigen über einen anderen Fahrgast gestolpert und hat ihm zur Entschuldigung ein Buch geschenkt.«

»Einen Gedichtband!«, warf die alte Dame ein. »Shakespeares Sonette!« Und sie hob an, eines zu rezitieren, während der Busfahrer trocken erklärte: »Aber seit ein paar Wochen hab ich ihn nicht mehr gesehen.«

»Wie? Nicht mehr gesehen?«

»Ist nicht mehr auf meiner Linie gefahren.«

Die Entlassung, dachte Marietta, als sie wieder nach Hause fuhr. Natürlich. Er war gefeuert worden nach der Sache mit dem Verstoß gegen den Dresscode und der Alkoholfahne im Aufzug. Und da er gefeuert worden war, hatte er keinen Anlass mehr gehabt, den Bus zu benutzen: Wo kein Arbeitsplatz, da kein Arbeitsweg. Sie hätte heulen können. So nah war sie ihm gekommen – und nun diese Enttäuschung. Statt nur noch den richtigen Zeitpunkt abwarten zu müssen, sah sie sich wieder ganz zurückgeworfen an den Anfang ihrer Recherche.

Schlimmer noch: Ihr wichtigster Anhaltspunkt – das Bewegungsprofil des Autors – war weg. Sie konnte ihn nun allenfalls noch über die Orte finden, an denen er sich aufzuhalten pflegte. Doch wie sollte sie unter all den indischen Restaurants gerade das *Satyam* finden, wie unter all den pakistanischen Läden den, der bei ihm um die Ecke war. Es war aussichtslos. Allenfalls, ja allenfalls ... die Kantine ...

Eine Stunde später war sie in den Docklands unterwegs. Es waren Strecken, die sie zu Fuß zurücklegte, die ihr vorkamen, als würde sie zwischen zwei Blöcken buchstäblich die Entfernung von Perugia nach Mailand erwandern. Hinzu kam, dass die Spätsommersonne sich entschlossen hatte, noch einmal all ihre Leidenschaft zu entfesseln und die Stadt unter eine Haube von Smog und schwüler Hitze zu packen. Hochhäuser am Fluss gab es in London dutzendweise, und in allen waren irgendwelche Finanzfirmen untergebracht. Immerhin machte Marietta Piccini die Erfahrung, dass man an den Rezeptionen, die sich gewöhnlich in kathedralenhaften Sälen befanden, durchaus freundlich entgegenkommend war. Man beschied ihr höflich, schnell und bestimmt, dass es kein chinesisches Restaurant im Hause gebe. Auch kein Firmenrestaurant und keinen Caterer. Einen Club? Gewiss nicht. Clubs gab es allerlei. Aber *chinesische* ... Die Vorstellung schien für die im Übrigen sehr weltläufigen und distinguierten Concierges eher amüsant. All die in dunkle Anzüge gekleideten Empfangsmitarbeiter (meist Herren, in wenigen Fällen auch Damen) schenkten Marietta ein Lächeln und manch hochgezogene Augenbraue. Alle – bis auf einen. Der kleingeratene Pförtner des Brick Building (in dem vermutlich kein einziger Brick verbaut worden war, sondern ausschließlich Beton, Stahl und Glas) erinnerte sich: »Wir hatten bis vor kurzem ein internationales Restaurant mit sehr viel asiatischen Spezialitäten. Der Betreiber war Koreaner oder Taiwanese. Vielleicht auch Australier ...«

Marietta beschloss, diese Auswahl nicht zu hinterfragen, sondern aufs Wesentliche zu kommen: »Bis vor kurzem?«

»Ich glaube, es ist Ende August geschlossen worden. Ist leider noch nichts Neues drin.« Als hätte die junge Frau ihn gefragt, um eine Kleinigkeit dort zu essen! Aber egal: »Zu welcher Firma hat denn dieses Restaurant gehört?«, wollte sie wissen.

»Oh, zu keiner bestimmten. Man kann hier in jedes Restaurant des Hauses gehen. Verpächter ist die Brick Building Corporation.«

»Verstehe. Und in welchem Stockwerk war dieses Restaurant?«

Der schmächtige Mann schürzte die Lippen, als gälte es, ein etwas delikates Wissen weiterzugeben. »Siebzehn, denke ich. Ja, siebzehn.«

»Und könnten Sie mir vielleicht liebenswürdigerweise sagen, welche Firmen im siebzehnten Stock residieren? Und eventuell in den Stockwerken darüber und darunter?«

Der Pförtner nickte und schenkte ihr sein verbindlichstes Lächeln. Dann nickte er noch einmal und sagte: »Nein. Leider.«

»Nein?«

»Es tut mir leid, Ma'am. Aber diese Informationen sind vertraulich.«

»Vertraulich? Aber angenommen, ich möchte mich bei so einer Finanzfirma beraten lassen? Die würden es sicher nicht gerne sehen, wenn Sie potenzielle Kunden abwimmeln.«

»Ma'am, das mag vielleicht bei einer Filiale der Bank of Scotland so sein oder beim Post Office. Aber hier verhält sich der Fall anders.« Er legte die Fingerspitzen aneinander und nickte abermals. »Hier residieren nur sehr diskrete Firmen. Und Firmen, bei denen man einen Termin braucht, um vorgelassen zu werden.« Seine im Gegensatz zum Gesamteindruck eher viel zu große Nase beschrieb einen Schwenk hinüber zu den Aufzügen, und Marietta nahm wahr, dass sie alle gerade im Erdgeschoss und, vor allem, dass alle Türen gerade geöffnet waren.

»Tja, dann ...«, sagte sie und wandte sich ab. Sie ging zum Ausgang, nur um unmittelbar davor scharf abzubiegen und hastig in den ersten Lift einzusteigen. Siebzehnter Stock, dachte sie, da kann ich immer noch weiterfragen. Sie wollte drücken – nichts. Denn, wie sie unvermittelt feststellen musste: Es gab in diesem Aufzug keine Knöpfe.

»Sie sagen mir, in welches Stockwerk Sie fahren wollen, und ich gebe das in mein System ein«, erklärte der Pförtner, der ohne Eile hinzugetreten war, völlig entspannt. »Und dann bringt Sie der Lift dorthin.« Er deutete eine leichte Verbeugung an und wies mit der Hand zur Tür hin. »Aber nun wollen Sie sicher gehen. Denn es wäre für uns beide ja nicht besonders angenehm, wenn ich die Security bemühen müsste.«

Marietta Piccini wäre vor Scham gerne ins vierte Tiefgeschoss gefahren, um nie wieder aufzutauchen. Doch da auch das ohne Unterstützung des Pförtners nicht möglich war, bemühte sie sich um einen Rest Würde, indem sie ihm ein verzweifeltes Lächeln schenkte und erwiderte: »Sie haben völlig recht. Ich danke Ihnen.«

Mit leicht wankendem Schritt suchte sie den Weg nach draußen und blieb einen Moment stehen, um durchzuatmen. Immer noch brannte die Sonne auf die stickige Stadt. Wäre sie nicht so ratlos und wäre die Situation nicht so hoffnungslos gewesen, sie hätte lachen können. Eine kleine Weile betrachtete sie die vorbeihastenden Menschen in ihren Anzügen und Kostümen, die Taxis und Limousinen, die Betriebsamkeit und Hektik. Fast jeder hier telefonierte im Gehen, und wer nicht telefonierte, las oder tippte etwas auf seinem Smartphone. Und dann geschah etwas, das Marietta wie eine himmlische Fügung erschien: Ein Wagen fuhr vor, dunkel, teuer, mit getönten Scheiben, und heraus stiegen zwei Herren in perfekten Anzügen. Italienischen Anzügen, wie Marietta sofort erkannte. Und auch wie die Herren ihre Anzüge trugen, war eindeutig nach italienischer Art: mit selbstverständlicher Eleganz, wie sie ein Engländer niemals zuwege bringen würde. Im nächsten Augenblick erkannte die junge Lektorin das Idiom

Neapels – und ein Geistesblitz durchzuckte sie, dass ihr Herz geradezu schmerzhaft beschleunigte.

»Signori!«, sprach sie die Herren an und erklärte in ihrem schönsten Hochitalienisch (mit leicht neapolitanischer Tönung). »Wir freuen uns, Sie bei uns begrüßen zu dürfen!«

»Ah!«, erwiderte der Ältere der beiden, der keinen Zweifel daran ließ, dass ihm gefiel, was er sah. »Sind Sie von Brickwater Stanton?« Sein Italienisch war gepflegt, aber provinziell.

»Ganz richtig.« Marietta deutete etwas an, das ein Knicks sein mochte. »Ich bin Ihre Dolmetscherin.«

»Oh, sehr aufmerksam. Hatten Sie das arrangiert, Signor Manzetti?«

Der andere Mann, etwas jünger und offensichtlich sehr zielstrebig, machte eine unbestimmte Geste. »Ich hatte darum gebeten.«

»Sehr gut.« Der Ältere wandte sich wieder an Marietta. »Wissen Sie, mein Englisch ist etwas eingerostet.«

Marietta deutete auf die Tür. »Wir freuen uns, Sie in London begrüßen zu dürfen. Sie hatten hoffentlich einen guten Flug ...« Sie blickte zu dem Jüngeren. »Wenn Sie Signor Manzetti sind ...« Ihr Blick wanderte zu dem Älteren. »Dann müssen Sie ...«

»Bitallini«, erklärte der Ältere und lächelte, als hätte sie einen Intelligenzwettbewerb gewonnen.

»Signor Bitallini, es ist mir wirklich eine große Ehre!« Mit diesen Worten ging sie voran und trat – mit einigem Abstand zu den Herren – an den Empfang. »Die Herren Bitallini und Manzetti für Brickwater Stanton. Würden Sie uns bitte anmelden?«

»Sie sind aber wohl nicht Mr. Bitallini«, sagte der kleine Pförtner äußerst distanziert. »Oder Mr. Manzetti?«

»Weder noch, Sir. Ich bin nur die Übersetzerin.«

»Die Übersetzerin, soso.« Er musterte sie, offenbar unentschlossen, wie er diese Wendung beurteilen sollte. »Und in welches Stockwerk möchten Sie nochmal?«

»Zu Brickwater Stanton. Das Stockwerk müssten Sie wissen, nicht wahr?«

Der Concierge nickte langsam, warf noch einmal einen Blick zu den beiden Italienern, zückte dann drei Besucherausweise und schob sie Marietta über die Theke. »Diese Schilder bringen Sie bitte gut sichtbar an Ihrer Kleidung an. Sie nehmen bitte Aufzug Nummer zwei, der Sie ins zweiundzwanzigste Stockwerk bringt.«

»Danke.« Marietta wandte sich um. *»Signori, andiamo!«*

Violet Thornton war keine neugierige Frau, jedenfalls nicht im pathologischen Sinne. Aber sie war auch nicht immun gegen die Verlockungen des Unbekannten. Eigentlich war sie nur auf der Suche nach einem Manuskript gewesen, das irgendwo in den Verlagsräumen liegen musste und das es endlich zu lektorieren galt. Naheliegenderweise suchte sie es auch auf dem Schreibtisch ihres Mannes, der zu einem Termin außer Haus gegangen war und dabei, wie sie nun bemerkte, seinen Computer nicht ausgeschaltet hatte. Auf den naheliegenden Gedanken, einmal in seinen Dateien und Korrespondenzen zu stöbern, wäre sie nicht verfallen. Man musste seinem Partner seine Geheimnisse lassen – vor allem, wenn man wusste, dass es keine Geheimnisse gab (oder zumindest nichts, was diesen Begriff verdient hätte). Wenn natürlich auf dem Bildschirm noch die zuletzt aufgerufene Datei sichtbar ist, dann kann auch die diskreteste Ehefrau nicht umhin, einen Blick zu riskieren.

Die Büros der Brickwater Stanton Capital Ventures Ltd. lagen in privilegierter Lage zur Themse hin. Wenn man das in großen, spiegelnden Lettern am Empfang angebrachte Signet des Unternehmens (ein

Adler auf einer Münze mit dem Profil eines römischen Legionärs) passiert hatte, eröffnete sich ein Blick über die City of London, wie ihn Marietta Piccini sich nicht spektakulärer hätte vorstellen können. Man fühlte sich buchstäblich über das gewöhnliche Leben erhaben, den Zwängen ordinären Wirtschaftens gänzlich enthoben. In diesem Augenblick wurde Marietta schlagartig bewusst, dass sie den kleinen Bluff nicht würde durchhalten können. Denn sie mochte ja im Englischen durch und durch sattelfest sein – *Business English* aber hatte sie nie gelernt. Wenn man hier zur Sache kam, würden Fähigkeiten von ihr erwartet werden, die sie nicht hatte. Sie räusperte sich.

»Signori, solange wir noch warten, würden Sie mich bitte einen Moment entschuldigen?«

Damit ließ sie die beiden Italiener auf den weißledernen Designersesseln zurück und eilte wieder zum Eingang, wo sie im Vorübergehen die Gästetoiletten entdeckt hatte. Aus dem Blickfeld der Herren aber ging sie zügig daran vorbei zu den Glastüren, auf denen ebenfalls das Logo der Firma prangte.

Es wäre alles sehr einfach gewesen, wenn sich die Architekten dieses kolossalen Gebäudes nicht entschlossen hätten, überall auf Knöpfe zu verzichten. So wie im Aufzug keine Möglichkeit bestanden hatte, selbst das Stockwerk zu wählen und ihn in Gang zu setzen, so war auch hier eine Sperre für Normalsterbliche vorgesehen: Die Eingangstür ließ sich auch von innen nur durch einen Code öffnen, den man auf einem kleinen Tastenfeld rechts neben der Tür einzugeben hatte, oder indem man eine Firmenkarte auf die dafür vorgesehene Fläche legte. Aus den Augenwinkeln erkannte Marietta, dass an der Decke Kameras angebracht waren. Sie wurde vermutlich gerade beobachtet. Also begann sie in ihrer Tasche zu suchen, so demonstrativ und glaubwürdig wie möglich. Um ein wenig Zeit zu gewinnen, ließ sie einen Lippenstift fallen und später ein Haargummi, trat Schritt für Schritt auf das Kästchen an der Wand zu. Die Empfangsdame von Brickwater Stanton tauchte einige Schritte hinter Marietta auf.

»Entschuldigung?«, sagte sie und hob eine Hand.

Schwindeleien waren etwas, das Marietta nicht lag. Nie gelegen hatte. Im Gegenteil. Sie war die Ehrlichkeit in Person. Schon allein der Gedanke, man könnte glauben, sie hätte die Unwahrheit gesagt, war ihr seit frühester Kindheit ein Gräuel gewesen. Und in diesem Moment, in dem vor ihrem geistigen Auge die Demaskierung als Hochstaplerin und unbefugter Eindringling in den heiligen Gral der Finanzwelt entstand, schlug ihr Herz bis zum Hals – als jenseits der gläsernen Tür die Silhouette eines anderen Anzugträgers auftauchte, der mit lässiger Bewegung seine Firmenkarte aus der Hosentasche zückte und gegen den Scanner hielt.

»Alles in Ordnung!«, rief Marietta der Sekretärin zu. »Habe nur etwas vergessen.«

Und während die Tür aufschwang und der Businessman mit polierten Turiner Lochschuhen eintrat, huschte Marietta mit ihrem schlechten Gewissen hinaus und stolperte zu den Aufzügen hin. Die Tür schwang wieder zu, der Anzugträger, die Empfangsdame und ganz Brickwater Stanton waren aus Mariettas Leben verschwunden, nur das Firmensignet prangte noch in ihrem Rücken und auf ihrer Netzhaut.

Um im Blick der Kameras nicht allzu verdächtig zu wirken, nahm die junge Lektorin ihr Mobiltelefon hervor und simulierte ein Gespräch, während sie überlegte, wie sie nun weiter vorgehen konnte. Zum Glück entdeckte sie die Tür zu den Treppen. Also machte sie sich auf, sich durch die verschiedenen Büros zu fragen.

Kein Glück, nirgends. Was immer Paul Swift passierte, es endete in Chaos und Niederlage. Es war zum Verzweifeln. Auf dem Heimweg stolperte er und fiel hin, schlug sich das Knie auf. Direkt neben einer Arztpraxis. Doch der Arzt war gerade verstorben und die Praxis geschlossen. Die Hausmeisterin hielt ihn für einen Dieb und Einbrecher und rief die Polizei. Nicht nur, dass der ältere der Polizisten glaubte, in Paul einen gesuchten Gewaltverbrecher zu erkennen (während seine Kollegin ihn für einen bekannten linksextremen Chaoten hielt), mangels Dokumenten konnte Paul das Missverständnis auch nicht aufklären und sich ausweisen, weshalb er sich unversehens im Polizeifahrzeug wiederfand und vor allem: in Gewahrsam.

Immerhin hatte er beim Warten auf dem Revier Gesellschaft eines anderen Ausgestoßenen, der sich als großer Kenner von Thoreau und Nietzsche hervortat und so lange aus den Werken der Philosophen zitierte, bis man ihn in eine Zelle verbrachte, weil es die anwesenden Amtsträger nicht mehr aushielten. Zurück blieben nur ein paar Dutzend kleinere Tierchen, die man mit bloßem Auge kaum sehen konnte, die Paul aber schon bald am ganzen Körper und vor allem auf der Kopfhaut zu spüren begann.

Man hatte ihn auf seine Bitte hin einige Anrufe tätigen lassen. Er hatte sich entschieden, Sophie anzurufen, weil er annahm, dass sie ihm am leichtesten aus der misslichen Lage helfen konnte. Doch Sophie war auf Madeira gewesen und im Hintergrund hatte

Paul ständig eine männliche Stimme gehört: »Stimmt was nicht, Liebes? Komm doch bitte wieder in die Badewanne, der Champagner wird warm.« Es war nur richtig gewesen, dass Sophie das Gespräch nach wenigen Minuten unterbrochen hatte.

Doch jetzt quälten ihn Hunger und Hoffnungslosigkeit.

Violet Thornton hörte das Schloss. Sie lehnte sich zurück und legte das Kinn in eine Hand. »Oh, John«, seufzte sie.

»Liebling? Hast du was gesagt?«

Er hatte wirklich Ohren wie ein Luchs. »Ich sagte: Oh, John«, rief Violet Thornton ihrem Mann zu, der auf dem Flur seinen Hut an die Garderobe hängte und aus den Schuhen schlüpfte.

»Aha?« Mit rosigen Wangen stand er in der Tür und blickte liebevoll auf seine Frau hinab, die sich auf nachgerade jugendliche Art in den Schreibtischstuhl hatte sinken lassen und nun mehr lag als saß. »Und wieso: Oh, John? Habe ich etwas angestellt?«

Violet Thornton schüttelte den Kopf. »Nein, mein Lieber. Überhaupt nicht. Aber ich habe deinen Text gelesen.«

»Meinen Text ...« Seine Augen wanderten zum Bildschirm hin. »Oh.«

Zu behaupten, Violet Thornton hätte ihm einen

zärtlichen Blick geschenkt, wäre eine Untertreibung gewesen. Sie liebte diesen Mann. Seit vielen Jahren schon. Und sie liebte es, wenn er schrieb – und wie er schrieb. Nun ja, mit Ausnahme dieses Textes. »Meiner war besser, John.«

Der Verleger hob in einer hilflosen Geste die Arme. »Deine sind immer besser, Liebling.«

»Außerdem hast du selbst gesagt, wir können die Geschichte nicht zu Ende schreiben.«

»Wir *dürfen* sie nicht zu Ende schreiben, Violet.«

»Und doch hast du es versucht?«

»Sagen wir: Ich konnte nicht anders. Aber aus irgendeinem Grunde fügt sich dieser Text nicht zu dem, was mir vorschwebte. Mir will bloß nicht klar werden, was es ist.«

»Nun, das ist doch offensichtlich, John.«

»Ist es das?« Er trat neben sie und legte ihr zärtlich die Hand auf die Schulter. »Und willst du es mir auch verraten?«

»Du hast den Protagonisten nicht erkannt.«

»Also, bitte.« Er nahm die Hand weg. In solchen Dingen war John Thornton empfindlich. »Wie sollte ich Mr. Swift nicht erkennen. Nenn mir einen Satz, aus dem du das herausliest, Violet.«

Die Verlegerin seufzte gutmütig und beugte sich etwas vor, um zu zitieren, während ihr Gatte heimlich ihre anmutige Figur bewunderte, die irgendwo zwischen zierlich und weiblich lag, also genau dort, wo seine süßesten Träume beheimatet waren. *»Kein Glück, nirgends«*, las Violet Thornton und blickte zu ihm auf. »Findest du das wirklich? Ich finde, der Roman ist praktisch in jeder Zeile eine Geschichte über das Glück. Deshalb stimmt es auch nicht, wenn du schreibst: *Was immer Paul Swift passierte, es endete in Chaos und Niederlage*. Das ist ja gerade sein Geheimnis, dass er sich dem Chaos und der Niederlage völlig verweigert. Vor allem der Niederlage. Und deshalb ist es auch völlig falsch, wenn du daraus folgerst: *Es war zum Verzweifeln*.« Sie nahm seine Hand. »Paul Swift würde niemals verzweifeln. Der Mann ist sowas wie die fleischgewordene Hoffnung. Der Optimismus in Menschengestalt. Ist dir das nicht aufgefallen?«

Doch, natürlich war ihm das aufgefallen. Es war auch das, was er an der Figur so mochte. Er hatte es nur in seinem eigenen Text überhaupt nicht berücksichtigt. Langsam nickte John Thornton. Voll Bewunderung betrachtete er seine Frau, die wie immer so viel klüger und raffinierter dachte als er. »Du hast recht«, sagte er. »Du hast völlig recht, Violet.« Und er beugte sich zu ihr hinab und küsste sie auf die Stirn, während er mit einer Hand zur Computermaus griff und den Text mit zwei unauffälligen Klicks für immer löschte.

Am Ende hatte sie doch die Security kennengelernt. Nach einigen teils mehr, teils weniger erfolgreichen Anläufen, die Firmen in den Stockwerken 16 und 17 über einen schreibenden Kollegen auszufragen (»Ich bin schon froh, wenn einer seine Unterschrift fehlerlos hinbekommt. Banker sind doch alle funktionale Analphabeten.« – »Schreibend? Was schreibt er denn? Rechnungen? Haha.« – »Gab's hier tatsächlich mal, glaube ich. Ein Mr. Jones. Oder Braxton, glaube ich. Jim mit Vornamen. Oder Robert. Sowas.«), war sie offenbar einmal zu oft vor den Kameras vorbeigehuscht, vielleicht auch einmal zu oft über die Feuertreppe gelaufen, um sich nicht restlos verdächtig zu machen. Und dann waren sie vor ihr gestanden und hatten sie direkt vom Eingang zu PCB Delouche Corp. weg zwischen sich genommen und zum Lift und schließlich vor das Gebäude eskortiert, zwei im wahrsten Sinne des Wortes unwiderstehliche Männer in schwarzen Anzügen, unter denen sie schwarze T-Shirts trugen, mit Armen so dick wie anderer Leute Oberschenkel. Sehr beeindruckend, aber nicht so beeindruckend wie die Erkenntnis, dass alles vergebens war: Marietta Piccini würde niemals den Autor des Manuskripts finden, was immer sie auch unternahm, welchen Schatten auch immer sie zu überspringen bereit war.

Als sie anderthalb Stunden später die Treppe zu

ihrer Wohnung hinaufstieg, war ihr klar, dass sie die Suche aufgeben musste, wenn sie sich nicht völlig in diesem Verwirrspiel verlieren wollte. Denn ein Verwirrspiel war es: Sie nahm längst die Phantasie eines Autors für Realität, glaubte, hinter jeder Figur einen echten Menschen sehen zu dürfen und hinter jeder Bewegung des Protagonisten eine Wendung im Leben seines Urhebers. Doch so war es nicht! Literatur war Fiktion! Der Autor war frei, sich eine Welt zu erdichten, die weit weg war von der Welt, in der er lebte. Ja, er durfte es nicht nur, er musste es sogar, wenn er gewisse Schranken überwinden wollte.

Dies alles und die Erkenntnis, wie töricht sie die letzten Wochen verbracht hatte, ging ihr durch den Kopf, als sie die Tür aufsperrte und den Duft eines dieser unaussprechlichen walisischen Gerichte witterte. Dylan hatte gekocht. *Guter Dylan*, dachte sie. Gott sei Dank war er bei ihr eingezogen. Zuerst hatte sie sich geärgert, dass aus dem »Dach über dem Kopf« unversehens eine Dauerlösung geworden war. Doch inzwischen mochte sie ihn gar nicht mehr missen, zumal sein Englisch immer besser wurde. Vielleicht hatte sie sich auch nur an seinen Akzent gewöhnt.

»Post liegt auf der Kommode!«, rief er zur Begrüßung aus der Küche.

Ein einsamer Umschlag neben dem Schlüsselbrett.

Lachsfarben. Darauf ein Postcode. Ihre Adresse. Und der Absender: *The Times.*

Mit zitternder Hand nahm Marietta das Kuvert und riss es auf. So lange hatte sie auf diesen Moment gewartet. Und nun war er doch eingetreten. Endlich würde sie erfahren, wer das Manuskript verloren und die Anzeige geschaltet hatte. Sie bekam kaum Luft, als sie den Inhalt des Umschlags hervorzog. Es war ein weiterer Umschlag. Einer, den Marietta erkannte. Es war ihr Brief, den sie an die *Times* gerichtet hatte, damit die Zeitung ihn an den Inserenten weiterleitete. Über der Anschrift der Zeitung, an die sie das Schreiben gerichtet hatte, klebte ein rechteckiges Feld mit einer anderen Adresse:

Mr Paul Jones
17, Blandford Road
London W4 1DU

Dieses Feld aber war durchgestrichen – und daneben prangte ein Stempel, auf dem angekreuzt war: »Empfänger unbekannt verzogen«.

DREIZEHN

Dieses Manuskript, über das wir neulich sprachen ...«, sagte Dylan, während er einen Teller spülte.

»Das unvollendete, das Sie gelesen haben, während ich auf dem Sofa schlief?«

»Genau das. Was ist daraus geworden?«

»Fragen Sie nicht«, seufzte Marietta. »Das ist eine traurige Geschichte.«

»Schade. Es hat mir gefallen.«

»Tatsächlich?« Vielleicht war ja doch noch nicht alle Hoffnung verloren, Dylan für die Literatur zu gewinnen. »Mir auch.« Sie nahm ein Geschirrtuch und trocknete den Teller ab. »Aber ich schaffe es nicht, den Autor ausfindig zu machen.«

Dylan hielt inne und blickte aus dem Fenster über der Spüle in die Abenddämmerung. »Tja. Nach den Gesetzen der Wahrscheinlichkeit ...« Natürlich, er hatte schließlich Wahrscheinlichkeitsrechnung studiert. Vermutlich bewertete er alles nach deren Gesetzen. »Was ist nach den Gesetzen der Wahrscheinlichkeit ... wahrscheinlich?«, fragte Marietta.

Der Waliser legte den Schwamm beiseite und sah sie mit großer Ernsthaftigkeit an. »Nun, zunächst haben wir zwei Menschen, die sich an einem Ort aufhalten. Bei sechs Milliarden Menschen ist die Wahrscheinlichkeit noch gering. Aber wenn sie beide in London leben und wenn sie sich beide mit Literatur beschäftigen, ist die Wahrscheinlichkeit natürlich sehr groß. Darauf ließe sich schon wetten.«

»Aber?« Sie hörte es an seinem Ton, die Sache hatte einen Haken.

»Aber dass ausgerechnet der eine dieser beiden Menschen zu genau diesem Zeitpunkt ein Manuskript verliert und ausgerechnet der andere zu genau diesem Zeitpunkt dort ist und es findet, das ist wiederum sehr unwahrscheinlich.«

»Aber es ist doch geschehen!«

»Sicher. Das lag aber außerhalb der Wahrscheinlichkeit.«

»Oh. Und wie würden Sie das dann nennen?«

Dylan lachte. »Glück natürlich. Reines Glück.«

Marietta nickte betrübt. »Dann ist es vermutlich noch viel unwahrscheinlicher, dass ich den Autor finde.«

Dylan zuckte die Achseln. »Wer weiß? Jedenfalls werden Sie es nicht ohne Glück schaffen.«

Sie würde es gar nicht schaffen, das wurde ihr von Tag zu Tag klarer. Vielleicht sollte es einfach nicht sein. Immerhin freute sie sich, dass der Büchern so ablehnend gegenüberstehende Waliser es trotzdem gemocht hatte. Und das sagte sie ihm auch.

»Es gab da *eine* Geschichte, die mir sehr gefallen hat«, relativierte er prompt, »und bei der ich irgendwie an Sie denken musste.« Er wischte sich die Hände an seinem Hemd trocken und ging hinüber zu der tiefen Fensterbank, auf der auch Marietta gerne lesend saß. Dort lag aufgeblättert ein Ordner mit einem nicht allzu voluminösen Stapel Papier. Er nahm ihn zur Hand, räusperte sich und las:

An jedem Tag, auch an den Wochenenden, geht zur exakt gleichen Uhrzeit eine junge Frau die Straße hinab. Niemand weiß, wohin genau sie geht und was sie an all den Tagen vorhat. Und erst spät, wenn es längst Abend geworden ist, kehrt die junge Frau wieder zurück und kommt in entgegengesetzter Richtung die Straße wieder herauf, um hinter der schweren Pforte von Hausnummer neun zu verschwinden und erst am nächsten Morgen wieder aufzutauchen.

Um nämliche Zeit, morgens wie abends, stehen hinter den Gardinen etlicher Fenster, die die Straße säumen, Männer jeden Alters und beobachten die junge Frau mit verliebten Augen, denn sie ist der Inbegriff von Anmut. Niemand weiß, wie sehr sie unter Einsamkeit und stetem Liebeskummer leidet, aus den unterschiedlichsten Gründen wagt niemand, sie anzusprechen oder gar ihr seine Liebe zu gestehen. Sie ist nicht von außerordentlicher Schönheit. Sie ist weder grazil noch perfekt gekleidet, sie schminkt sich kaum und entspricht vielleicht nicht einmal sehr dem Schönheitsideal. Doch sie trägt ihre Seele mit aller Eleganz durchs Leben, zu der ein Mensch nur fähig ist – zu der nur eine Frau fähig sein kann. Denn wenn auch etwa Intelligenz, Bildung und Empathie Frauen und Männer gleichermaßen zieren, so sollten Männer darüber hinaus vor allem Haltung zeigen und einen Sinn für Selbstironie, der ihre natürliche Lächerlichkeit relativiert. Frauen aber sind zur Anmut fähig. Sie vervollkommnet sie …

Dylan brach ab und sah auf. »Man hätte das auch weniger geschraubt sagen können. Aber er hat recht.«

»Finden Sie das? Finden Sie, dass Männer einen natürlichen Hang zur Lächerlichkeit haben?« Die Frage war gemein, das wusste Marietta. Doch schien ihr mit einem Mal, dass sie tiefer in Dylans Seele hatte blicken dürfen als bisher, tiefer vielleicht, als er selbst es gewollt hatte.

»Nun ja«, sagte er leise. »Ist es nicht so?«

»Allgemein vielleicht«, schlug sie vor. »Aber sicher nicht in Ihrem Fall.« Sie schenkte ihm ein Lächeln, das er zögerlich erwiderte.

»Danke«, sagte er mit rauer Stimme. »Aber das andere stimmt.«

»Das andere?«

»Was er über Sie schreibt.«

Ihre kleine Tasche war voll, aber das hatte Papa nicht bemerkt, viel voller, als sie es auf dem Herweg gewesen war. Sie hatte sie alle mitgenommen. Heimlich hatte sie sie eingesteckt. Und nun stand sie mit Papa an der Bushaltestelle und fragte sich, was er wohl denken würde, wenn er wieder einen Brief von ihr erhielt und ihn zu den anderen legen wollte – und wenn er feststellte, dass es diese anderen Briefe nicht mehr gab. Würde er böse auf sie sein? Würde er traurig sein? Oder würde es ihm gar nichts ausmachen? Würde es ihm womöglich gar nicht auffallen?

»Hörst du?«, vernahm sie endlich. Papa hatte etwas zu ihr gesagt, offenbar schon mehrmals, aber sie war zu sehr in ihren Gedanken gewesen.

»Ja?«

»Denk daran, Mama zu sagen, dass ich nächstes Mal nicht kann.«

Nicht kann. Das hieß, Papa hatte keine Zeit für Lilly. Manchmal kam das vor, dann fiel das Treffen aus oder es fand an einem anderen Tag statt, vor allem, wenn Mama schimpfte, weil sie keinen kinderfreien Tag hatte, wenn er ganz ausfiel.

»Klar«, sagte Lilly knapp. »Ich sage es ihr.«

»Gut.« Ihr Vater strich ihr übers Haar, dann blickte

er auf die Uhr. »Der Bus sollte längst da sein.« Er ging zu der Tafel, an der die Abfahrtzeiten angeschrieben waren. Völlig richtig, der Bus war bereits sieben Minuten zu spät. »Wird noch eine gute Weile dauern«, erklärte ein kleiner Mann, der neben der Tafel stand und sein Smartphone studierte.

»Tatsächlich?«

»Unfall auf der Cheltenham Road.« Der Mann nickte zur Fahrbahn hin, und in der Tat fuhr in die Richtung, in der der Bus zu fahren gehabt hätte, kein einziges Auto, und es kam auch keines.

»Oh!«, sagte Lillys Vater und trat wieder zu seiner Tochter. »Hm. Sollen wir noch irgendwo eine Limo trinken gehen?« Er blickte sich um und entdeckte einen Kiosk neben einer kleinen Grünanlage. »Dort vielleicht?«

Lilly nickte und nahm seine Hand, die sich hart und trocken anfühlte, obwohl sie sah, dass ihm Schweißperlen auf der Stirn standen. Am Kiosk gab es nur Bier und Cola und andere Getränke, die Lilly nicht mochte oder nicht kannte. Am Ende nahmen sie eine Tüte Chips und setzten sich auf eine Bank, hinter der eine Menge Dosen und Zigarettenkippen auf dem Boden lagen.

»Nicht die beste Gegend«, murmelte Papa.

»Macht nichts«, tröstete Lilly ihn und streckte die Hand aus, um ein paar Chips zu nehmen. Eine Weile saßen sie schweigend. Am Anfang war ihr Vater noch sehr nervös und schaute ständig, ob nicht endlich der Verkehr wieder in Bewegung und der Bus kam. Doch nach einer Weile wurde er ruhiger. »Noch eine?«, fragte er, nachdem er aus Versehen die letzte Faust Chips in seinen Mund gestopft hatte. Lilly nickte. Und während er hinüberging zum Kiosk, nahm sie die Briefe aus ihrer Tasche, warf noch einmal einen Blick darauf und dann alle in den Mülleimer neben der Bank. Vielleicht würde sie ihm eines Tages neue schreiben. Vielleicht nicht. Sie wusste es nicht. Sie wusste nicht, ob er es überhaupt wollte. Vor allem wusste sie nicht, ob sie selbst es noch wollte.

Papa kam mit einer neuen Chipstüte und riss sie auf. »Als Kind hatte ich so gut wie nie Chips«, erzählte er. »Weißt du, wir waren ziemlich arm damals. Meine Eltern fanden, Chips wären Verschwendung. Schokolade auch.« Er lächelte, als wäre es eine schöne Erinnerung, die er vor sich sah. »Bei uns gab es zu Weihnachten Handschuhe. Oder ein neues Federmäppchen. Das kannst du dir gar nicht vorstellen.«

Lilly konnte es sich vorstellen. Sie saß in der Schule neben einem Mädchen, das aus Afghanistan gekommen war. Daria. Als sie ihr ein Päckchen Buntstifte mitgebracht hatte, war Daria ihr um den Hals gefallen, und Lilly hätte schwören können, dass sie Tränen in den Augen gehabt hatte.

»Gut, dass es dir so viel besser geht als mir damals.«

Lilly sagte nichts. Auch weil sie nicht wirklich wusste, wie es ihrem Vater als Kind ergangen war. Er hatte noch nie von seiner Kindheit erzählt. Also saßen sie schweigend beieinander und steckten abwechselnd die Hand in die Chipstüte und aßen und blickten die Straße hinab, um nach dem Bus Ausschau zu halten. Und gerade als Papa ihr die letzte Handvoll hinhielt und Lilly sie herausnahm, sahen sie zwei Ampeln weiter, wie sich ein roter Doppeldecker um die Ecke schob.

»Da ist er!«, rief ihr Vater und zerknüllte die Tüte. Er stand auf, klopfte sich die Brösel von der Hose und warf die Tüte in den Mülleimer. Das hieß: Er warf sie versehentlich daneben. Hastig bückte er sich, um sie aufzuheben und endlich reinzuwerfen, da fiel sein Blick auf den Mülleimer oder vielmehr: auf das, was obenauf lag. Der folgende Moment kam Lilly unendlich lang vor. Sie sah, wie er erkannte, dass dort die Briefe an ihn lagen, wie sein Gesicht einen ganz ungläubigen Ausdruck annahm, wie er die Hand ausstreckte, die Chipstüte ihr entglitt und wieder zu Boden fiel. Und wie er nach den Briefen griff und sie aus dem Eimer nahm. Stumm. Ganz ohne Hast. Wie er sie betrachtete, und wie ein erster Regentropfen auf das Bündel Briefe in seiner Hand fiel. Und noch einer. Wie er sich übers Gesicht wischte, ehe er sich

Lilly wieder zuwandte, und wie er den Mund öffnete und schloss und wieder öffnete und sich dann hinsetzte und eine ganze Weile bebend und schweigsam neben ihr saß.

Lilly musste schlucken. Sie hatte ihren Vater noch nie weinen gesehen. Es dauerte ziemlich lange, bis sie es schaffte, etwas zu sagen. Aber als sie es sagte, da wusste sie plötzlich nicht, ob sie es ausgesprochen hatte oder ihr Vater: »Entschuldigung.«

Er hatte es gesagt. Er hatte ihren Gedanken ausgesprochen. »Entschuldige, Liebes. Ich ...« Er rang um Worte. »Ich bin ein schlechter Vater. Ich hätte sie lesen sollen. Natürlich hätte ich sie lesen sollen.« Er rang um Fassung, holte Luft, wiederholte seine Worte, bis Lilly ihm eine Hand auf den Arm legte und ihm mit der anderen die Briefe abnahm.

»Vielleicht hast du dich nur nicht getraut«, meinte sie.

»Getraut?«

»Wenn man einen Brief bekommt von jemandem, den man sehr vermisst, und man liest ihn, dann ist man nicht glücklich, sondern traurig«, erklärte Lilly. »Ich kenne das. Du hast mir mal eine Karte von einer Reise geschickt. Zuerst habe ich mich gefreut. Aber als ich sie gelesen hatte, war ich traurig, weil du nicht bei mir warst. Oder weil ich nicht bei dir war, ich weiß nicht.«

Lillys Vater nickte nachdenklich, während ein weiterer Bus an der Haltestelle gegenüber Stopp machte. »Ja, vielleicht ist das so. Aber …«

»Ich könnte sie dir vorlesen«, schlug das Mädchen vor.

»Vorlesen?«

»Ja. Dann musst du nicht traurig sein, denn ich bin ja bei dir.«

Ein vorsichtiges Lächeln verscheuchte den Kummer aus Papas Gesicht, und Lilly nahm den ersten Brief (den mit den bunten Sternen und den Feenaufklebern) und begann zu lesen, während auf der Cheltenham Road Bus um Bus vorbeifuhr, der Abend sich über die Stadt senkte und sich auf einer anderen Parkbank ganz in der Nähe ein Mann zur Nachtruhe legte, den sie vielleicht erkannt hätte, hätte sie ihn bemerkt.

»Weggezogen? Wer? Von wo?«, fragte Dylan ungläubig.

»Der Autor. Ich habe seine Anzeige in der Zeitung gefunden. Er hatte auch eine aufgegeben, so wie ich. Aber in einer anderen Zeitung.«

»Aber dann hast du ihn doch!«

»Eben nicht!«, rief sie ihm hinterher. »Er war bereits weggezogen, als mein Brief an die *Times* ihn erreicht hatte. *Hätte*«, verbesserte sie sich.

»Also *das* ist jedenfalls wirklich jenseits jeder Wahrscheinlichkeit.« Er schien fasziniert von dem Gedanken, dass etwas so Unwahrscheinliches sich ereignen konnte. Dann schien ihm ein Gedanke zu kommen. »Weißt du, wohin die *Times* deinen Brief geschickt hat?«, fragte er.

»Sicher. Das schon ...«

»Dann such die Adresse raus und lass uns fahren.«

Wenig später saßen sie in dem geliehenen Auto eines Freundes von Dylan und heizten durch den dichten Londoner Verkehr, dass Marietta an Mailand denken musste. Von einem Augenblick auf den anderen fühlte sich ihr Leben an wie das reinste Abenteuer! Die Londoner Innenstadt flog an ihnen vorbei, als wären sie Bonnie and Clyde. Am Ende würden Sie gar den Autor finden, weil Dylan auf den ebenso schlichten wie bestechenden Gedanken gekommen war, dass man seine neue Adresse doch bei Nachbarn hinterlässt, wenn man umzieht! Auch Paul Swift würde es nicht anders gemacht haben.

Die Blandford Road lag im Westen der Stadt, ganz in der Nähe der University of London. Irgendwie überraschte Marietta das nicht. Es war eine ruhige, eher bürgerliche Straße, in der aufgeräumte Häuser sorgfältig nebeneinander und gepflegte Wagen davor standen. Die Nummer 17 machte da keine Ausnahme. Die Bewohner waren freundlich und nur ein wenig misstrauisch (was an Mariettas Akzent liegen konnte oder an dem Wagen, den sie sich geliehen hatten und auf dessen Seiten der riesige Schriftzug des Wettbüros prangte).

»Sie meinen den jungen Mann, der hier bis vor kurzem gewohnt hat? Keine Ahnung, was aus dem geworden ist«, stellte die Hausmeisterin fest. »Vielleicht wissen die Brockwoods aus dem zweiten Stock etwas. Die kannten ihn wohl besser.«

Die Brockwoods waren sogar da. Doch Mrs. Brockwood (in der Marietta eindeutig Mrs. Drummond zu erkennen glaubte) konnte nur wieder und wieder den Kopf schütteln. »So ein Jammer«, klagte sie. »So ein Jammer. Er war ein so liebenswerter Mensch, nicht wahr, Rupert?«

Rupert stimmte brummend zu, ohne jedoch seinerseits Spekulationen zu wagen. Denn an Spekulationen hatte seine Frau mehr als genug zu bieten gehabt. Die Mafia. Eine politische Verschwörung. Rache dieser hinterhältigen, gemeinen Frauensperson! Was sie nicht hatte, war eine Erklärung, weshalb und wohin der nette junge Mann (den sie nur immer wieder »der liebenswerte Mr. George« nannte) verschwunden war. Praktisch über Nacht und ohne eine Nachricht zu hinterlassen.

So verzagt Marietta schon bald war, so ungebrochen war Dylans Enthusiasmus. Denn er hatte in Erinnerung, dass sie ihm von zwei anderen Orten erzählt hatte, an denen man den Autor kennen konnte, ja musste: das indische Restaurant, das er so gerne besuchte, und die Bar. Natürlich würden sie weder *Satyam* heißen noch *Harriet's Bar.* Aber sie würden sich dort finden, wo sie Paul oder George, Mr. Jones, Mr. Swift oder wie auch immer er hieß, hingesetzt hatte: am Camden Market beziehungsweise in Bloomsbury. Da es am Camden Market zweifellos weniger indische Restaurants gab, als es Bars in Bloomsbury geben würde, jagte Dylan mit dem geliehenen Ford Mustang zunächst dorthin.

»Ich habe auch eine Idee, welcher Laden es sein könnte«, erklärte er der atemlosen Marietta, die sich krampfhaft am Armaturenbrett festhielt. »Ein alter Freund von mir hat dort mal ausgeholfen.«

Tatsächlich hatte er das *Ganges* weitaus schneller gefunden als einen Parkplatz. Es war auch sehr gut vorstellbar, dass es sich um das *Satyam* aus dem Roman handelte, zumal man sich an einen Schriftsteller erinnerte, der vor kurzem noch zu Gast gewesen war und möglicherweise auch George hieß. Vielleicht aber auch Paul. Mariettas Herz wollte schon hüpfen.

Oder John. Vielleicht auch Ringo.

Bloomsbury war voll von Bars. Vor allem, wenn man eine bestimmte suchte. Nach der zweiten war Marietta klar, dass es sinnlos war, nach der vierten hatten sie sich beide innerlich von der Jagd nach dem Phantom verabschiedet. Nach der sechsten Bar wusste Marietta Piccini aus Ponte Felcino in der Lombardei, dass das Manuskript wie Goldregen für ihr Leben war: Es hatte den Himmel über ihr verzaubert. Und als sie viele Stunden später mit einem kaum weniger enttäuschten Dylan Llandough aus Cardiff vor ihrem Haus vorfuhr, flüsterte sie leise »Danke, Mr. Swift« in die zarte Morgendämmerung.

Dylan aber beschloss, dass es auch dieses Manuskript nicht wert war, sich noch länger damit zu befassen.

VIERZEHN

Die E-Mail kam irgendwann mitten in der Nacht: »Liebe Miss Puccini, wenn Sie noch jemanden auf die Gästeliste setzen wollen, geben Sie mir bitte bis morgen früh um 8:00 Uhr Bescheid. Danke. JT.«

Der Verlag hatte sich entschlossen, das Erscheinen des Romans mit einer Buchpräsentation in kleinem, feinem Rahmen zu begehen. Man hatte für einen Abend die Buchhandlung *Mayfair Books* reserviert und würde Getränke und Häppchen reichen und hoffen, dass sich auch der eine oder andere Vertreter der Medien einfände: eine feinsinnige Kritikerin oder zumindest ein hungriger Lokalreporter, der dem Werk eine Erwähnung in der Zeitung oder in einem der Kulturmagazine der BBC ermöglichte. Die Hoffnung darauf war freilich gering, da sich ja ständig Hunderte von Neuerscheinungen auf dem Markt tummelten und die großen Verlagshäuser die öffentliche Aufmerksamkeit mit ganz anderen Möglichkeiten forcierten – vor allem durch den Einsatz von erheblichen Marketingetats, wie sie ein kleines

Haus von der Sorte des *Millefeuille* Verlags nicht aufzubringen in der Lage war.

Dennoch hoffte auch Marietta Piccini auf gute Resonanz und war stolz darauf, dieses wunderbare Manuskript entdeckt zu haben. Also begann sie sogleich eine Antwortmail zu formulieren: »Lieber Mr. Thornton, wie Sie wissen, kenne ich ja nicht so viele Menschen in London. Aber wenn Sie folgende Namen auf die Einladungsliste setzen wollen, würde ich mich sehr freuen: ...«

Und dann saß sie eine Weile da und dachte nach. Denn wie wenige Menschen sie tatsächlich in London kannte, wurde ihr erst jetzt klar. Gewiss, da waren zum Beispiel der Gemüsehändler und seine schöne Frau, Dylan, Onkel Alfredo, einige andere ... Fast alle waren nur vage Bekanntschaften. Sehr wenige schätzte sie als an Literatur interessiert ein. Und die Adressen?

Nachdem sie etwas darüber nachgedacht hatte, verwarf sie ihre Mail und schrieb stattdessen:

Lieber Mr. Thornton,
wie Sie wissen, kenne ich ja nicht so viele Menschen in London. Aber vielleicht könnten Sie mir zehn Einladungen zukommen lassen, die ich dann selbst zustellen würde? Das wäre sehr nett. Vielen Dank.
Mit besten Wünschen
Ihre Marietta Piccini

Eine Minute später war die E-Mail verschickt. Zwei Tage später lag ein Päckchen mit zehn Einladungen im Briefkasten. Beschwingt nahm sie den Umschlag mit in ihre Wohnung und konnte eine gewisse freudige Erregtheit nicht vermeiden, als sie ihn öffnete und die Karten in ihre Hand glitten. Gutes Papier, darauf ein Ausschnitt des Umschlagmotivs und das Wort EINLADUNG. Sie atmete tief durch, ehe sie die Karte umdrehte und las und, ja, doch: ein klein wenig erschrak.

Das Verlagshaus Millefeuille gibt sich die Ehre,
zum Erscheinen des Romans

DAS GLÜCK DER KLEINEN AUGENBLICKE
von P. T. Swift

zu einer kleinen Soiree zu bitten.
Sie sind herzlich eingeladen, die literarische Entdeckung
des Jahres mit uns bei einem Glas Wein und
kleinen kulinarischen Köstlichkeiten zu feiern.
Miss Marietta Piccini wird aus dem Werk lesen.

Violet und John Thornton
Verleger

U.A.w.g.

Lesen? Davon war keine Rede gewesen! Wie sollte Marietta vor einer Abendgesellschaft lesen? Vor einer Gesellschaft, von der sie die wenigsten Teilnehmer kannte. Und selbst vor denen, die sie kannte, hätte sie nicht gewusst, wie sie es darbieten sollte. Marietta war immer eine zurückhaltende Frau gewesen, sie stand nicht gerne im Mittelpunkt! Das entsprach gar nicht ihrer Natur. Im Gegenteil: Wie dankbar war sie gewesen, dass sie selbst als Solistin im Kirchenchor ihres Heimatortes nie *vor* der Gemeinde singen musste, sondern stets nur *hinter* ihr, den Blicken sorgsam entrückt. Und nun eine Lesung in einer Buchhandlung vor Dutzenden fremden Menschen in einer fremden Stadt und in einer fremden Sprache?

Mit zitternden Fingern nahm sie das Telefon und wählte Mr. Thorntons Nummer. Es meldete sich seine Frau.

»Miss Piccini?«

»Mrs. Thornton, wie gut, dass ich Sie erreiche.«

»Sie klingen aufgewühlt. Was ist denn passiert? Haben Sie wieder ein geniales Manuskript gefunden?« Violet Thornton klang amüsiert, obwohl sie doch noch gar nicht wusste, worüber Marietta mit ihr sprechen wollte. Oder wusste sie es etwa schon? Hatte sie schon auf den Anruf der Lektorin gewartet? War das der Grund, warum sich nicht ihr Mann gemeldet hatte, sondern sie?

»Es geht um die Buchpräsentation«, keuchte Marietta und öffnete das Fenster, weil sie das Gefühl hatte, keine Luft zu bekommen.

»Oh ja«, erwiderte die Verlegerin. »Ist die Einladung nicht ausgesprochen hübsch geworden?«

»Hübsch? Ja, das ist sie sicher. Aber ...«

»Und wir freuen uns so, dass Sie bereit sind, ein paar Seiten aus dem Werk zu lesen«, fiel Violet Thornton Marietta ins Wort. »Wissen Sie, meinem Mann war das so wichtig. Er muss ja zunächst ein paar Worte verlieren ... das heißt: Vielleicht werde das auch ich tun. Aber es wäre ihm unendlich unangenehm gewesen, Sie nicht genügend gewürdigt zu sehen.«

»Gewürdigt? Aber ich soll lesen, und ...«

»Ja, das war eine brillante Idee, finden Sie nicht? Sie haben doch eine so wundervolle Stimme. Wenn sie nicht Lektorin geworden wären, hätten Sie Sängerin werden müssen. Und dazu dieser entzückende Akzent, Sie verzeihen mir, wenn ich das erwähne. Aber es ist ja wirklich etwas so Reizendes, da kann Ihnen niemand das Wasser reichen. Ich bin so froh, dass wir auf diese Lösung gekommen sind«, redete sie weiter, ohne Marietta noch einmal zu Wort kommen zu lassen. »John wollte ja zuerst einen Schauspieler engagieren. Ben Kingsley, dachten wir, oder Rupert Everett, aber die kann sich ja niemand leisten, das heißt, die Großen, die können das natürlich, aber wir, ausgeschlossen, das hätte uns ruiniert, nicht auszudenken, wie das ausgegangen wäre, am Ende wäre dieser großartige kleine Roman, den Sie da entdeckt haben, unser Untergang gewesen, jedenfalls freie Lektorate hätten wir nicht mehr vergeben können, stellen Sie sich vor, da bringen Sie uns das schönste Werk, das je bei uns verlegt wurde, und am Ende verlieren Sie Ihren Job darüber, weil wir pleite gegangen sind, es ist ja auch wirklich eine Schande, wie man sich als kleiner Verlag durchschlagen muss in diesen Zeiten, ich weiß gar nicht, wie sie das früher gemacht haben, als es die ganzen Branchenriesen noch nicht gab, da sind sie wahrscheinlich reihenweise in Konkurs gegangen, aber Sie, Sie haben uns gerettet, Miss Piccini, Sie können sich gar nicht vorstellen, wie dankbar wir Ihnen sind, weil Sie so großherzig waren und diese kleine Lesung übernommen haben, ich könnte Sie umarmen und küssen.« An der Stelle musste sie Luft holen – und Marietta Piccini war so gerührt, dass sie zwar ein paar Tränen in ihren Augenwinkeln spürte, aber keine Worte fand, um etwas darauf zu erwidern.

»Jedenfalls«, schloss die Verlegerin, nachdem sie einmal tief durchgeatmet hatte, »wird das ein ganz besonderer Abend für uns alle, da bin ich sicher. Und Ihnen haben wir das zu verdanken. Das wollte ich Ihnen nur sagen, liebe Miss Piccini. Entschuldigen Sie, dass ich Ihre Zeit gestohlen habe.«

»Keine Ursache, wirklich«, murmelte die Lektorin und legte auf.

Paul Swift war erstaunt, wie straff die stahlglatten Klammern saßen. Doch jetzt, da sie entfernt worden waren, schien es ihm, als strebten seine Hände zu einer imaginären Schreibmaschine hin, als wollten seine Finger über die Tasten tanzen und all das Unglaubliche niederschreiben, all die Begebenheiten, die seinem sonst so durchschnittlichen Leben neuerdings eine geradezu romanhafte Note verliehen. Mit einem Mal schien geradezu alles wie durch einen unablässigen Zauber gelenkt, schien sein kleines, unscheinbares Dasein von einem abenteuerhungrigen Schicksal getrieben, und er selbst stand staunend im Mittelpunkt dieses Schauspiels, das ihn tatsächlich mitten hineingetragen hatte in die Mühlen der englischen Justiz: Gestern noch war er durch puren Zufall in den Besitz einer großen Menge verbotener Substanzen gekommen, heute stand er vor dem Haftrichter, der darüber zu entscheiden hatte, ob Anklage gegen ihn erhoben wurde und ob er mehr als die zurückliegende Nacht hinter Gittern verbringen musste, womöglich sogar erheblich mehr.

»Ihr Name?«

»Paul Trevor Swift.«

Geburtsort. Geburtsdatum. Wohnort. Das Übliche, man kannte es aus dem Fernsehen, auch wenn Paul nie viel geguckt hatte. »Ihnen wird vorgeworfen, gegen das Gesetz über den Besitz verbotener Substanzen verstoßen zu haben«, erklärte der Richter, ohne ihn überhaupt anzusehen. »Wollen Sie sich dazu äußern?«

»Gerne«, erklärte Paul.

»Dann bitte«, forderte ihn der Richter auf.

»Ich wollte einer alten Dame behilflich sein.«

Tatsächlich blickte der Richter auf, der entgegen Pauls Vorstellung von den Gepflogenheiten an englischen Gerichten keine weiße Perücke auf dem Kopf trug, sondern stattdessen zwar einen sorgfältig gestutzten weißen Bart, aber schlichtweg keinerlei Haupthaar. »Sie wollen mir nicht im Ernst erzählen, dass Sie der barmherzige Samariter sind und völlig grundlos hier stehen.«

»Nein, Sir, das möchte ich nicht. Es gibt vermutlich eine ganze Reihe von Gründen ...«

»Verschonen Sie mich mit Ihren Mutmaßungen. Was genau ist geschehen? Und erzählen Sie mir hier keine Märchen, verstanden?«

»Selbstverständlich nicht. Dies ist eine juristische Institution, da verbietet sich Unwahrheit von selbst, nicht wahr?«

Der Richter beliebte, diese Frage als rhetorisch unkommentiert zu lassen, und gab nur ein ungeduldiges Handzeichen, fortzufahren.

»Also«, erklärte Paul so ruhig, wie es ihm angesichts der Aufregung möglich war, in die ihn dieses Abenteuer doch gestürzt hatte, »ich stand an der Millenniumbrücke ...«

»Nord- oder Südseite?«

»Nordseite. Eine alte Dame stand schwer atmend an der Treppe und hielt zitternd ihre Tasche in der Hand, die ersichtlich ziemlich schwer war.«

»Und Sie?«

»Was, und ich, Sir?«

»Wohin wollten Sie? Oder woher kamen Sie?«

»Ich kam nur vorbei. Um ehrlich zu sein, wusste ich gerade gar nicht, wohin ich sollte. Es haben ein paar unvorhergesehene Dinge in meinem Leben stattgefunden in den letzten Tagen, die mich etwas plan- und ziellos gemacht haben.«

»Sie kamen also von nirgendwo und wollten auch nirgends hin, und dann stand da die alte Frau mit der schweren Tasche. Und dann?«

»Nun, ich habe sie zuerst gar nicht bemerkt. Aber sie hat mich gefragt, ob ich ihr wohl helfen und ihr die Tasche hinüber auf die andere Seite des Flusses tragen könnte, wo ihr Enkel warten würde, dem sie dringend ein paar Lebensmittel bringen wollte.«

»Wenn sich das wirklich so zugetragen hätte, hätten Sie ihr das allen Ernstes geglaubt?«, fragte der Richter, der offensichtlich zwischen Amüsement und Empörung schwankte und sich noch nicht entschieden hatte, wohin es ihn ziehen würde.

»Ich habe es geglaubt, Sir«, sagte Paul und hob entschuldigend die Hände.

»Und dann haben Sie acht Komma drei Kilogramm synthetisches Rauschgift über die Themse getragen.«

»Hätten Sie das nicht, Sir?«

»Ich verbitte mir Spekulationen darüber, wie ich mich in welcher Situation verhalten würde, Angeklagter.«

»Ich denke, Sie hätten der alten Dame auch geholfen.«

»Und mich dabei von der Polizei kontrollieren lassen?«

»Nun, das hatte ich natürlich nicht vor. Die hätte mich vielleicht nicht einmal kontrolliert, wenn mir nicht auf der Brücke jemand die Tasche hätte entreißen wollen und ein Polizist dadurch auf mich aufmerksam geworden wäre. Und wenn der nicht einen Polizeihund dabeigehabt hätte, der diese Substanzen gerochen hätte ...«

»Schon eine sehr merkwürdige, in höchstem Maße unglaubwürdige Geschichte, die Sie mir da auftischen, finden Sie nicht?« Die Waage schien sich Richtung Empörung zu neigen.

»Wenn man es so ausspricht ...«, pflichtete Paul bei. »Ohne die Hundehaarallergie wäre es womöglich trotzdem ganz anders gekommen.«

»Hundehaarallergie.« Der Richter verschob seine Explosion, denn dieses Detail war ihm in der Tat völlig neu, und er hatte keine Idee, wie es sich in die Geschichte fügen sollte.

»Ich hatte nicht die Absicht, den Polizisten tätlich anzugreifen«, erklärte Paul und blickte zu den beiden Vertretern der Polizei hin, die ihn in den Saal geführt und nun seitlich Platz genommen hatten. »Es tut mir aufrichtig leid, bitte richten Sie das Ihrem Kollegen aus.« Wieder zum Richter hin: »Der Niesreiz war so groß, dass ich unkontrolliert ...«

Mit einem ebenso überraschenden wie heftigen Schlag mit seinem Hammer beendete der Richter die Ausführungen des Delinquenten. »Genug! Das muss ich mir nicht anhören. Sie beleidigen meine Intelligenz. Hiermit erkläre ich, dass gegen den hier anwesenden Paul Trevor Swift Anklage wegen Rauschgiftbesitzes erhoben wird und der so Angeklagte für die Dauer des Verfahrens in Untersuchungshaft kommt. Da dem Angeklagten bisher keine Straftaten zur Last gelegt wurden, kann die Untersuchungshaft gegen eine Auflage von ...« Er hielt kurz inne und taxierte

Paul, »eine Auflage von zwanzigtausend Pfund Sterling abgewendet werden.«

»Auflage?«

»Kaution.«

»Oh.«

»Haben Sie die Absicht, diese Summe aufzubringen, Mr. Swift?«

Paul seufzte. »Die Absicht hätte ich wohl, allein es fehlen mir die Mittel.«

»Dann darf ich die Vollzugsbeamten bitten, den Angeklagten wieder abzuführen und in Untersuchungshaft zu verbringen. Mr. Swift, Sie haben das Recht, sich einen Anwalt zu nehmen, und Sie können gegen meine Entscheidung Rechtsmittel einlegen.«

Nachdem sich der Richter ausgiebig die Nasenwurzel massiert hatte, schob er die Unterlagen zum Fall Swift beiseite und rief den nächsten Fall auf, während sich die Handschellen wieder um Pauls Gelenke schlossen und er von den durchaus sympathischen Polizeibeamten – einer schwarzen Frau und einem weißen Mann – hinauseskortiert wurde, die wenig später die Straßen Londons vor der Tür eines geradezu altertümlichen Gefängniswagens aus- und Paul Trevor Swift einsperrten.

»Bist du aufgeregt, John?«

»Nicht mehr als sonst.« Was nicht stimmte, und das wusste Violet Thornton. Denn wenn er aufgeregt war, dann mochte ihm seine Fliege nicht gehorchen. »Könntest du mir helfen, Liebling?«

»Aber natürlich.« Mit wenigen geübten Handgriffen knüpfte sie eine perfekte Schleife um seinen Hals und kraulte ihn zum Abschluss noch am Kinn, was er, wie sie natürlich wusste, nicht ausstehen konnte, weil er sich dann immer wie ein Kleinkind vorkam. »Hast du ein Taxi gerufen?«

»Noch nicht.« John Thornton ging hinüber in sein Arbeitszimmer, wo seine Frau ihn herumwühlen hörte.

»Suchst du etwas, John?«

»Meine kleine Ansprache. Ich hatte sie aufgeschrieben und auf den Schreibtisch gelegt.«

»Auf den Schreibtisch? So wie die Zeitungen von letzter Woche, die du zum Müll bringen wolltest?«

»Ja, so wie ... Verdammt!«

»John!«

»Entschuldige, Violet. Aber das darf ja wohl nicht sein. Glaubst du, ich habe den Zettel mit weggeworfen?«

»Ach, John, bleib gelassen«, sagte Violet Thornton, die hinter ihm ins Arbeitszimmer getreten war und nun sowohl den opulenten Duft von *Caprice d'Amour* als auch die Eleganz einer vollendeten Frau von Welt verströmte. John Thornton versuchte vergeblich, seinen Zorn zu kultivieren. Wenn sie so perfekt vor ihm stand, dann, dann ... ja, auch dann kam er sich vor wie ein kleiner Junge. Allerdings wie einer mit Wünschen, die nicht zu einem kleinen Jungen passten. »Violet, du ...«

»Hm?«

»Du siehst wieder einmal hinreißend aus. Und dieser Duft. Ich ... Findest du nicht, die Veranstaltung könnte gut ohne uns auskommen?«

Violet Thornton hob sich auf die Zehenspitzen, küsste ihren Mann auf die Nasenspitze und zwinkerte ihm zu. »Nein, John. Das finde ich nicht. Dieser Abend ist dein Abend.« Sie wandte sich ab und schwebte hinaus. »Und was noch wichtiger ist: Es ist mein Abend.«

FÜNFZEHN

Liebe Leserin, lieber Leser!

Die Geschichte dieses Buches findet an dieser Stelle ein abruptes Ende – und zugleich geht sie weiter. Denn so, wie Sie sie bis hierhin gelesen haben, wurde sie von ihrem Verfasser erzählt. Wir wissen nicht, ob es ein Mann ist oder eine Frau. Wir wissen nicht, ob der Autor seine eigene Geschichte erzählt hat oder eine frei erfundene. Auch wissen wir nicht, ob es andere Figuren des Romans in Wirklichkeit gibt, das Mädchen aus dem Bus etwa, mit dessen böser Ahnung die unglückliche Verkettung von Missgeschicken ihren Lauf nimmt. Manche glauben, sich in dem Roman wiederzufinden. Andere meinen, den Erzähler wiederzuerkennen. Doch bleibt es beim Glauben und Meinen. Wissen tun wir es doch nicht.

Als ich durch puren Zufall in den Besitz des Manuskripts kam, war ich gleichermaßen fasziniert und ratlos. Was sollte man mit einem Text anfangen, der weder vollendet ist noch einen Urheber hat, den man kennt? Meine Verleger schlugen vor: »Schreiben Sie es selbst zu Ende.« Ein Ratschlag, der ebenso dreist wie naheliegend ist. Denn eines war uns allen vom ersten Augenblick an klar: Wir wollten, dass dieses Buch erscheint. Also haben wir – jeder für sich – daran gearbeitet und darüber nachgedacht, wie wir es schaffen könnten. Da war zunächst die Bereitschaft von Mr. und Mrs. Thornton, es zu veröffentlichen, auch auf die Gefahr hin, dass dies Ärger nach sich ziehen könnte. Und da war eine Reihe von Zufällen, die den Wunsch in mir reifen ließen, dieses Vorhaben zu unterstützen.

Vor allem wollte ich nichts unversucht lassen, den Autor zu finden. Also recherchierte ich Buslinien, fuhr Tag für Tag und oft auch nachts durch London und studierte die anderen Fahrgäste, ihre Wege, ihre Gepflogenheiten. War es nicht möglich, ja, war es nicht sogar wahrscheinlich, dass der Protagonist der Geschichte ein Abbild des Verfassers war? Wenn ich mir alle unglücklichen Verwicklungen vorstellte, die ihm widerfahren waren: der Verlust seines Originalmanuskripts, der Umstand, dass ich seine Anzeige nicht entdeckt und er meine nicht gesehen hatte, sein Umzug, unmittelbar bevor ich ihm sein Werk zurückgeben konnte ... Der Mann hatte Pech, soviel stand fest. Er hatte nicht nur Pech, er war geradezu ein Unglückswurm! Der reinste Pechvogel. Er *musste* der Protagonist seines eigenen Romans sein. Wenn er das aber war, lag es dann nicht nahe, dass auch die anderen Personen aus dem Werk in der Realität existierten? Die alte Dame mit der Schaufel in der Tasche, die freundliche Bibliothekarin (das konnte unmöglich die aus der London Library sein, wie ich aus eigenem Erleben wusste), der Busfahrer, der an den Feuerwehrmann aus der Penny Lane erinnert, Dame Cynthia, die Restaurantbesitzerin und natürlich das Mädchen. Lilly. Sie alle konnten tatsächlich lebende Vorbilder haben!

Sie zu suchen, füllte mehrere Wochen meines Lebens aus. Über sie hoffte ich den Autor zu finden. Und wenn ich ihn gefunden hatte, würde ich ihn den Verlegern vorstellen und dafür sorgen, dass er einen Vertrag bei *Millefeuille* bekam und seinen kleinen Roman fertig schrieb. Ich würde, das wurde mir zunehmend bewusst, die gute Fee in seiner Lebensgeschichte werden, denn ich würde es sein, die den Bann von ihm fortnahm. Wenn er erst einmal wieder Glück hatte, würde das Unglück weiterziehen und endlich von ihm ablassen, dessen war ich mir sicher.

Also jagte ich diesem Phantom Tag für Tag und Nacht für Nacht hinterher. Ich klapperte alle Bibliotheken ab und war vermutlich die eifrigste Busfahrerin, die London je erlebt hat. Ich aß indisch und fragte in Plattenläden, ob jemand dort nach bestimmten alten LPs gestöbert hatte, jemand, dem seine eigene Sammlung ruiniert worden war. Doch je länger ich suchte, umso mehr hatte ich das Gefühl, dass der Fluch von ihm auf mich abfärbte: Nichts gelang! Wo immer ich hinkam, war ich entweder falsch oder zu spät. Konnte es wirklich sein, dass ich genauso unglücklich würde wie mein schreibender Held? Das fragte ich mich eines Tages, als ich im Park auf einer Bank saß und feststellte, dass ich mir mit einem Salatdressing meine Bluse ruiniert hatte.

Da erst erkannte ich, dass ich die ganze Zeit von völlig falschen Voraussetzungen ausgegangen war. Es war die Bluse, die mir die Augen öffnete. Denn es war, um der Wahrheit die Ehre zu geben, eine ausgesprochen hässliche Bluse. Ich hatte sie mir in einem Anfall von Geiz gekauft, nur weil sie so billig gewesen war. Und seither trug ich sie mit Widerwillen.

Der Fleck aber ließ mich grimmig lächeln: Endlich ein guter Grund, das scheußliche Stück wegzuwerfen! Das Missgeschick hatte sein Gutes für mich gehabt. Und genau das, so erkannte ich in diesem Augenblick, war die Haltung von Mr. Paul Trevor Swift: Es gibt nichts absolut Schlechtes. Was immer einem widerfährt, man kann es positiv nehmen, ja, man sollte es positiv nehmen. Er selbst hatte das in seiner Geschichte so konsequent gelebt, dass ich mich in ihn verliebt hatte, ohne es zu merken. Denn ist das nicht etwas, das wir uns von unserem Partner wünschen würden: alles mit dem Willen zum Guten zu betrachten? Ist es nicht das, was unser Partner sich auch von uns wünschen darf?

Mr. Swift suchte und fand stets das Glück der kleinen Augenblicke. Man erkennt es oft nicht auf Anhieb. Aber tatsächlich ist es die vergessene und wiederentdeckte Melodie auf der Rückseite einer Schallplatte. Es ist der Duft von Earl Grey, der Zauber eines Nachmittags im Park. Es ist die kleine Gabe eines sympathischen Paketboten und die Lust, entgegen aller Regeln einem verschuldeten Paar unerkannt und von Ferne aus der Not zu helfen. Dieses Glück war ihm kein geringeres als jedes andere. Ich gestehe, das hatte ich zunächst nicht erkannt. Geholfen hat mir dabei mein lieber Freund Dylan, der für einige Zeit bei mir eingezogen ist und der in einem Wettbüro arbeitet. Ein Spezialist für Glücksdinge also, wie Sie mir sicher bestätigen werden.

Dylan hat eine ebenso einfache wie treffende Theorie für Glück gefunden, nämlich die, dass es keine Theorie gibt. »Glück ist Zufall, dem man mit guten Gedanken begegnet«, pflegt er zu sagen. Natürlich ist auch das eine Theorie. Sie ist für mich aber eigentlich nichts anderes als eine andere Art, das auszudrücken, was mein Großvater, der wie ich aus einem kleinen lombardischen Dorf stammte, gerne sagte, wann immer ich mit meinem Dasein haderte: »Es kommt immer darauf an, was man daraus macht.«

Also habe ich beschlossen, die Suche nach Mr. Swift – oder vielmehr nach seinem lebenden Vorbild und Schöpfer – aufzugeben und stattdessen den Rat und Wunsch meiner Verleger zu befolgen und das Buch zu Ende zu schreiben. Die absurde Idee, die beiden könnten meinen, ich sollte das Werk für mein eigenes ausgeben und im Stil seines wahren Autors zu Ende führen, löste sich in dem Moment in Luft auf, in dem mir klar wurde, dass es auch einen ganz anderen Weg gibt. Diesen Weg habe ich mit diesem Nachwort beschritten. Die Geschichte wurde von einem glücklichen Pechvogel erlebt und nacherzählt, und sie wurde von einem unglücklichen Glückspilz (nämlich mir) weitergelebt und hiermit zu Ende erzählt. Sollte »Mr. Swift« sie jemals lesen, so bitte ich ihn um Nachsicht. Aber mir ist nicht bange, denn ich weiß ja, dass er in allem stets das Beste sucht. Vor allem aber weiß ich, dass es ihm glücklicherweise auch gegeben ist, stets das Beste in allem zu finden.

Mit diesen Worten schloss Marietta Piccini das Buch und verneigte sich elegant vor den Gästen. Sie hörte nicht den Beifall, denn es rauschte in ihren Ohren. Vor der Lesung war sie der Ohnmacht nahe gewesen, jetzt war sie ihr noch näher gekommen. Gleichzeitig war mit dem letzten Wort eine Last von ihr abgefallen, gegen die sich der Tower of London wie ein Kieselstein ausnahm. Mit zitternden Fingern legte sie das Buch vor sich auf den Tisch und blickte in die Runde, wo sie einen anerkennend nickenden Verleger sah, eine stolze Verlegerin, einen sehr bewegten Dylan, eine Dame mit Block, die sich gelangweilt Notizen machte, aber dann doch freundlich über ihren Brillenrand zurückblickte. Sie sah ihren Onkel und ihre Tante sich die Augen wischen, Farukjan Botsworth seine Frau anhimmeln, Mrs. Botsworth die zierlichen Hände vor den lächelnden Mund falten. Die Bibliothekarin der London Library war da – und offenbar damit beschäftigt, die sie Umgebenden darauf aufmerksam zu machen, dass sie eine nicht unerhebliche Rolle in dem Roman spielte und gewissermaßen zum Teil der englischen Literaturgeschichte geworden war. Der Busfahrer, für den das nicht minder galt, hielt sich hingegen im Hintergrund und in den Händen fest seine Schirmmütze, dieselbe hingebungsvoll knetend. Er hatte Dame Cynthia mitgebracht, die den Blick nicht von einem jungen Mann lassen konnte, der etwas abseits saß und sich eben für das Missgeschick eines verschütteten Glases Rotwein entschuldigte. Auch Mr. Johnson von der *Times* hatte den Weg in die Buchhandlung gefunden und auch er nickte Marietta anerkennend zu.

Viele der Gäste kannte Marietta Piccini nicht. Sie waren entweder als Freunde des Verlages eingeladen worden oder als Vertreter der Medien. »Margaret McClaugh vom *Times Literary Supplement* möchte Sie gerne interviewen. Ich sage Ihnen, das Buch wird ein Triumph«, flüsterte Violet Thornton ihr zu. Sie hatte sich nun nach vorne begeben, um in einem kurzen Schlusswort den Anwesenden, Marietta Piccini und vor allem natürlich dem unbekannten Autor zu danken und darauf hinzuweisen, dass Miss Piccini gerne noch für Interviews zur Verfügung stünde.

Marietta indes blieb einfach sitzen und betrachtete die Szenerie, ratlos, überwältigt und auch ein wenig ängstlich, was wohl noch alles kommen würde. Zumindest beruhigte sich langsam ihr Puls und sie war in der Lage, ein Glas Wasser zu trinken und für einen Moment die Augen zu schließen, ehe sie von einem kräftigen Schlag auf ihre Schulter in die Wirklichkeit zurückgerissen wurde.

»*Bravo, cara* Marietta!«, dröhnte ihr Onkel. »Wir sind ganz beeindruckt von dir! Ich werde deiner Mama von diesem Abend erzählen. Sie wird staunen.«

»Danke, Onkel Alfredo.« Marietta lächelte gequält, aber natürlich war sie auch ein wenig geschmeichelt vom Lob eines Mannes, der in seinem ganzen Leben vielleicht nie ein Buch gelesen hatte, zumindest nicht bis zu Ende.

Alle gratulierten sie ihr. Einige Vertreter der Presse nahmen ein paar Sätze von ihr mit, von denen sie nur hoffen konnte, dass sie – zumal wenn sie dann geschrieben standen – halbwegs klug waren. Dame Cynthia tätschelte ihre Hand und nickte und lächelte und nickte, lächelte weiter und verschwand in der Nacht. Mr. Thornton raunte: »Wir haben noch nicht über Ihr Honorar gesprochen, Miss Puccini.«

»Honorar? Für die Lesung?«

»Für das Buch.«

»Ich habe meine Rechnung für das Lektorat schon gestellt«, flüsterte Marietta.

»Gewiss. Aber Sie haben ja auch noch das Nachwort geschrieben und das Werk gewissermaßen herausgegeben. Ich denke, solange der Autor sich nicht meldet, sollten wir Sie als Autorin behandeln und Ihnen das Autorenhonorar zahlen.«

Marietta überlegte nicht. »Nein«, entgegnete sie. »Das wäre nicht richtig, Mr. Thornton. Irgendwann wird die Pechsträhne des Autors vorbei sein und er wird sich vielleicht melden. Dann kann er es sicher gut gebrauchen. Und wenn nicht, dann finden Sie bestimmt eine andere gute Möglichkeit, was mit dem Geld zu tun ist. Mir steht es nicht zu.«

Mr. Thornton nickte. »Sehr nobel«, sagte er leise. »Aber ich kann Sie verstehen.« Damit verschwand er wieder, um den Verkauf der Bücher zu beaufsichtigen, während der junge Mann mit den Rotweinflecken auf dem Jackett an Mariettas Tisch trat.

»Ich würde mich über eine Widmung in meinem Exemplar freuen.«

»Von mir?«

»Aber ja. Sie haben es fertig geschrieben. Und Sie haben so schön daraus vorgelesen. Ich würde diesen Abend gerne in besonderer Erinnerung behalten.«

»Tja, also ... wenn Sie wünschen ...« Marietta kramte in ihrer Tasche nach einem Stift, fand ihren Füller und nahm das Buch zur Hand. »Und was soll ich für Sie reinschreiben?«

»Schreiben Sie, was Sie für passend halten.«

»Gerne«, sagte Marietta und war selbst ganz verzaubert von diesem Augenblick. Dann schrieb sie ihre Widmung: *Für ein glückliches Leben. Marietta Piccini, London, 24. Oktober.* Und sie gab ihm das Buch.

Der junge Mann verbeugte sich leicht und sagte in sanftem Ton: »Das haben Sie sehr gut gemacht, Miss Piccini.« Er lächelte ihr freundlich zu, ein wenig verlegen vielleicht, ehe er sich räusperte und hinzufügte: »Ob ich Sie wohl nachher noch auf ein Glas Wein einladen dürfte?« Er deutete auf sein beflecktes Jackett. »Das heißt, falls Sie es wagen ...«

Da hob Marietta plötzlich die Hand und flüsterte: »Nicht bewegen!«

»Nicht bewegen?« Irritiert hielt der junge Mann inne und wusste nicht, was er nun tun sollte.

»Bitte«, flüsterte Marietta. »Es wäre zu schade.« Denn in diesem Moment wurde ihr klar, was hier gerade vor sich ging. Und während sie ein Prickeln auf ihrem ganzen Körper fühlte, streckte sie die Hand nach seinem Gesicht aus, ganz behutsam, um nichts falsch zu machen. »Nicht erschrecken.«

Und sie pflückte eine Wimper von seiner Wange.

»Sehen Sie nur«, sagte sie, als sie sie ihm auf ihrer Fingerkuppe präsentierte. »Ist sie nicht wunderschön?«

»Eine Wimper eben.«

»Wünschen Sie sich etwas.«

»Ich schenke Ihnen meinen Wunsch«, sagte der junge Mann und blickte auf sein eigenes Spiegelbild in ihren Pupillen. »Sie haben sie gefunden.«

»Wenn Sie wirklich wünschen«, erwiderte Marietta. Vorsichtig spitzte sie die Lippen und pustete die Wimper weg. Dann schloss sie die Augen und lächelte leise in sich hinein.

»Danke, Mr. Swift. Wollen wir gehen?«

Als Violet Thornton wenige Augenblicke später an den Tisch trat, um Ms. Piccini noch auf einen kleinen Umtrunk einzuladen, war sie etwas enttäuscht, dass die Lektorin die Veranstaltung, ohne ein Wort zu sagen, verlassen hatte. Aber vielleicht war der etwas schüchternen Lektorin am Ende alles ein bisschen zu viel geworden. Sie sammelte das Buch ein, aus dem sie gelesen hatte, den Stift, der noch dalag, und einen winzigen länglichen Zettel, wie man ihn in Glückskeksen fand, darauf ein Spruch:

Wer das Glück nicht sucht, wird es finden

Es gibt diese Tage im Leben, die alles verändern. Jeder erlebt sie, einige erkennen sie sogar. Bei manchen aber sind es Tage, an denen plötzlich jede Kleinigkeit von unvorstellbarer Bedeutung zu sein scheint. Einen solchen Tag erlebte Marietta Piccini in jenem denkwürdigen Oktober vor einigen Jahren.

ISBN 978-3-85179-362-8

Gesamtgestaltung und Satz:
Christina Krutz, Biebesheim am Rhein
unter Verwendung von Motiven von
epifantsev/123RF (Initialen),
Ekaterina Bychkova/123RF (Vignette),
Stuart Corlett/Fotolia (Vorsatz/Nachsatz)
Druck und Bindung: Kösel, Altusried-Krugzell

www.thiele-verlag.com